Der Stern des I-Sabbah

Ein Kriminalroman
aus dem Oberbergischen

von Klaus Krüth

Impressum

Bibliografische Information der Deutschen
Nationalbibliothek:
Die Deutsche Nationalbibliothek verzeichnet diese
Publikation in der Deutschen Nationalbibliografie;
detaillierte bibliografische Daten sind im Internet
über http://dnb.dnb.de abrufbar.

Herstellung und Verlag: BoD – Books on Demand,
Norderstedt

ISBN: 9783755701033

- Prolog -

Hassan I-Sabbah schaute nachdenklich aus dem einzigen Fenster seines Laboratoriums hinab in die bizarre Bergwelt Persiens. Alamut war die Trutzburg Allahs des Allmächtigen gegen alle ungläubigen Eindringlinge. Seit über 200 Jahren thronte das gigantische Gemäuer auf einem Felsen in über 2000 Metern Höhe, uneinnehmbar und stolz.

I-Sabbah lächelte und strich sich über seinen wallenden weißen Bart. Ganz uneinnehmbar war Alamut nicht. Schließlich hatte er die Festung selbst vor vielen Jahren dem seldschukischen Statthalter Mahdi abgetrotzt. Im Laufe der Zeit hatte er aber die Mauern verstärkt und Vorratslager angelegt, die es ermöglichten, auch einer langen Belagerung standzuhalten.

Bislang hatten es die Christenhunde jedoch noch nicht gewagt, auch nur in die Nähe Alamuts zu gelangen. Hier, in dieser abgelegenen Bergwelt, hatte er den mächtigen Geheimbund der Assassinen aufgebaut, dem er als uneingeschränkter Herrscher voranstand. Man hatte ihn „Den Alten vom Berge" getauft. Ein Name, der stets mit Ehrfurcht ausgesprochen wurde. Mit Bedacht schob er die weiten Ärmel seines schmucklosen weißen Kaftans zurück, verneigte sich demutsvoll und öffnete ein

schlichtes Holzkästchen auf seinem Arbeitstisch.
Es enthielt eine kleine Anzahl gläserner Phiolen,
sauber geordnet, in passgenauen Fächern.
Vorsichtig entnahm er eines der kleinen
Fläschchen und hielt es prüfend in das einfallende
Sonnenlicht. Es enthielt ein dunkelgrünes, fein
gemahlenes Pulver.

Ein leichtes Schütteln bewies, dass die Phiole gut
verschlossen war. Das Pulver war trocken
geblieben und hatte durch die Lagerung keinen
Schaden genommen.

I-Sabbah hatte viele Wochen und Monate mit der
Herstellung der Substanz verbracht. Es waren
viele Opfer vonnöten gewesen, um deren
Wirksamkeit zu prüfen. Viele seiner treuen
Assassinen hatten als Probanden Qualen erlitten
und ihr Leben gelassen. Aber das Werk war
schließlich gelungen. Schon eine kleine Prise des
Pulvers hatte die Macht, den Tod um etliche Jahre
zu betrügen, ja vielleicht sogar ganz um seinen
Lohn zu bringen und den Menschen unsterblich
zu machen. Keine Krankheit, keine Seuche, nur
der gewaltsame Tod konnte das Leben desjenigen
beenden, der davon genommen hatte. Freilich
wusste I-Sabbah sehr genau, dass das Pulver
Teufelswerk war. Von Dämonen ersonnenes Gift,
um die Menschheit zu verderben. Jeder, der davon
nahm, handelte gegen Allahs Willen und hatte
tausendfache Qualen der Hölle verdient. Kein

gläubiger Muslim würde sich durch die Einnahme des Pulvers die Freuden des Paradieses versagen. Dennoch, die Versuchung war groß und die Herzen der Sterblichen schwach. Nur wenige seiner Vertrauten wussten um die Existenz des Pulvers. Aber trotz aller Geheimhaltung war die Kunde bis zu Tankred, diesem Christenhund, gelangt. Wie oft hatte er ihn verflucht und ihm alle Qualen der Hölle gewünscht.

Tankred, der christliche Fürst von Antiochia, hatte die Stadt Apamea erobert. Seit Wochen hielt er den Missionar Abu Tahir, den wohl beredtsten Verkünder der Worte Allahs, in seinem Kerker gefangen.

Tahir war für I-Sabbah stets wie ein Sohn gewesen. Als kleiner Waisenjunge war er vor mehr als zwanzig Jahren nach Alamut, inzwischen Hauptstadt der Assassinen, in den Bergen Persiens, gekommen und I-Sabbah hatte sich seiner angenommen. Von allen seinen Schülern war er der geschickteste und verständigste gewesen. Er führte den Dolch der Assassinen schnell und mit tödlicher Genauigkeit. Er war stark und zäh, jedoch auch klug und sensibel und offen für die Wissenschaften und Künste. Seine Sprache war voller Überzeugungskraft und Willensstärke. Seine Worte waren wie Gold und Silber, seine Reden wie Schmuckstücke, die es vermochten, einen jeden in den Bann zu ziehen.

Daher hatte er den Beinamen „Der Goldschmied"
erhalten. Dies war auch der Grund, warum I-
Sabbah ihn ins Feindesland geschickt hatte, um
dort möglichst viele neue Anhänger für die
Assassinen und ihr Werk zu gewinnen, den
heiligen Krieg für den einzigen Gott Allah und
Mohammed, seinem Propheten.

Hassan I-Sabbah war erstaunt über die
Lösegeldforderung Tankreds: Er forderte weder
Gold noch Juwelen. Er erwartete nicht die
Räumung der Assassinenburgen. Er gierte nach
dem Geheimnis des ewigen Lebens.

I-Sabbah lächelte voller Verachtung, als er mit
einem Holzspatel der Phiole eine kleine Menge
des Pulvers entnahm. Vorsichtig, ohne nur ein
Gran zu verschütten, füllte er es in das Innere
eines goldenen Amuletts.

Sollten die Ungläubigen mit und durch die
teuflische Substanz in die Hölle fahren.

Das Amulett war ein Meisterwerk orientalischer
Goldschmiedekunst und mit einem geheimen
Mechanismus versehen, der es für den
Unkundigen aussichtslos machte, es zu öffnen.
Eine Säure würde bei gewaltsamer Öffnung frei
werden und der Inhalt wäre auf immer verloren.
Sorgsam verschloss I-Sabbah das Amulett und
verfluchte es im Namen Allahs. Drei seiner
treusten Assassinen gab er den Auftrag, es
Tankred zu überbringen. Bei ihrem Tode ließ er sie

schwören, dass es nur ihm und niemand anderem
zu übergeben sei.

Noch in der selben Nacht machten sich die Boten
auf den Weg.

Mairie Brennan hatte seit etwa einer Stunde Feierabend. Sie arbeitete seit zwei Wochen in dem neu eröffneten Restaurierungs- und Digitalisierungszentrum in Köln-Porz. Hier wurden die aus den Trümmern des eingestürzten Stadtarchivs geborgenen Dokumente mittels modernster Technik von Fachleuten bearbeitet. Noch heute saß der Schreck über das im März 2009 geschehene Unglück fast jedem Kölner im Nacken.

Beim Ausbau der Kölner U-Bahnstrecke waren massive bauliche Fehler gemacht worden. Die Ursache für das Unglück war bis dato noch ungeklärt. Es gab jedoch berechtigte Vermutungen, dass hier der sogenannte „Pfusch am Bau" zu der Katastrophe geführt und schließlich zwei Menschen das Leben gekostet hatte. Der sandige Boden unter dem riesigen Stadtarchiv war durch Ausschwemmung in die davor liegende Tunnelbaustelle weggesackt und das gesamte Gebäude war regelrecht in die Baugrube gekippt. Große Teile des eingelagerten Archivmaterials wurden mit in die Tiefe gerissen. Neben der Verschmutzung durch den Schutt, erlitt das Archivmaterial vielfach mechanische Beschädigungen, angefangen von kleinen Knicken, bis hin zu kleinsten Schnipseln, die in mühevoller Arbeit zusammengepuzzelt werden mussten.

Der allergrößte Schaden war aber durch Wasser entstanden. Die Baugrube hatte sich durch den langanhaltenden Regen mit Wasser gefüllt, sodass fast das gesamte Bergungsgut schwere bis mittelschwere Wasserschäden aufwies. Aus diesem Grunde wurde das Material zumeist tiefgefroren eingelagert. Mairie war nur indirekt an der Restaurierung des Materials beteiligt. Ihre Aufgabe war es, das geborgene Material zu sichten, zeitlich und thematisch neu zu ordnen und zu archivieren. Da es sich in vielen Fällen um sehr alte Schriftstücke handelte, die in Handschrift und oft altertümlicher Sprache oder sogar in Latein verfasst waren, war viel Geduld und Erfahrung Voraussetzung. Nicht immer war die Arbeit spannend. Dennoch liebte Mairie ihren Job. Sie liebte es, still und in Geduld zu arbeiten und teilweise auch knifflige „Puzzle-Arbeiten" zu erledigen, die andere Menschen schnell in den Wahnsinn getrieben hätten.

Nach ihrer Ausbildung als Buchbinderin und ihrem Studium, hatte sich Mairie auf alte Schriften spezialisiert. Eigentlich hatte sie geplant, nach Ende der Ausbildung, nach Dublin auszuwandern. Jetzt, mit 35 Jahren, schien ihr der Zeitpunkt dafür gekommen. Schon vor einiger Zeit hatte sie sich in der Dublin City Library and

Archive um eine Anstellung beworben, bislang aber leider noch keine Antwort erhalten.

Nein, es gab nichts, was sie an einem Leben in Deutschland festhalten ließ. Sie fühlte sich in Köln nicht besonders wohl. Das Grau der Stadt und die Oberflächlichkeit der Bewohner, die sich nur nach etlichen Kölschgläsern an das Wort Freundlichkeit erinnerten, hatte sie schon immer davon abgehalten heimisch zu werden.

Mairie war im Grunde ihres Wesens ein eher zurückhaltender Typ. Ihr Freundeskreis war überschaubar. Dennoch war sie nicht schüchtern. Die Menschen, die sie näher kannten, liebten ihren treffsicheren Humor und ihre Schlagfertigkeit. Ja, sie konnte sogar sehr witzig sein und ganze Gesellschaften unterhalten. Fehlte ihr aber das dazugehörige Glas Whiskey, oder das Pint Guinness, gehörte sie zumeist zu den stilleren Zuhörern.

Auch die Männerwelt fühlte sich durchaus von ihr angezogen. Mairie war recht hübsch. Ihre flammend roten Haare, ein Indiz für ihre irische Herkunft, umrahmten auf reizvolle Weise ihr ebenmäßiges Gesicht, aus dem besonders die strahlend grünen Augen hervorstachen. Ihre Figur war sportlich und durch häufiges Joggen trainiert. Eine feste Beziehung hatte sich bislang aber nicht ergeben, sei es aus Zeitmangel oder aus ihrem persönlichen Desinteresse. Bislang war es darum eher bei kurzlebigen Bekanntschaften, vorwiegend sexueller Natur, geblieben.

Mairies Mutter war schon vor vier Jahren einem Krebsleiden erlegen. Ihr Vater, ein Ire, war schon Jahre zuvor, nach der Trennung von ihrer Mutter, in seine Heimat zurückgekehrt. Mairie hatte sehr unter dem Verlust gelitten und sich schon damals, mit vierzehn, dazu entschieden, ihm dorthin zu folgen, sobald es ihr möglich wäre. Ein Großteil ihrer Familie lebte schließlich in Irland und sie trug immer die einzigartige irische Sehnsucht nach der „Grünen Insel" in ihrem Herzen. Immer dann, wenn sie diese tiefe Melancholie in sich verspürte, zog es sie in den „Irish Pub" der Kölner Altstadt.

Das Interieur des Pubs war recht aufwändig gestaltet. Die Musik war traditionell irisch und es gab frisch gezapftes Guinness. Natürlich gelang es Mairies Ansicht nach der Kneipe nicht ganz, die Atmosphäre eines Pubs in Dublin nachzuempfinden. Dennoch vermittelte sie ihr immer wieder ein Stück Heimat. Das gute Jobangebot der Stadt, nach dem Einsturz des Stadtarchivs, hatte sie aber bewogen, ihre Auswanderungspläne zu verschieben. Zurzeit herrschte im Archivierungs- und Digitalisierungszentrum aufgeregte Spannung. In naher Zukunft sollte für die Restaurierung stark verschmutzter, sehr alter Dokumente, ein neu entwickeltes Gerät zum Einsatz kommen, dessen Aufbau und Installation sie in den letzten Tagen jedoch nur am Rande miterlebt hatte.

Die Funktionsweise der Maschine war ihr und ihren Mitarbeitern noch nicht klar und man wartete daher sehnsüchtig und voller Spannung auf das Eintreffen eines Spezialisten aus Berlin, der selbst an der Entwicklung mitgearbeitet hatte und das Personal in die Bedienung einweisen sollte.

Jetzt aber war es Freitag, Wochenende! Im Normalfall arbeitete Mairie auch am Samstag einige Stunden. Sie hatte aber beschlossen, morgen frei zu machen und auf ihrem Heimweg einen Abstecher auf ein bis zwei Pint Guinness in den Pub zu machen, obwohl ihre positive Stimmung eigentlich nur wenig dazu passte.

Der Kellner, ein Student aus Tübingen und somit noch weniger Kölner als Ire, begrüßte sie wie immer freundlich und stellte unaufgefordert ein frisch gezapftes Bier auf den Tresen.

„Was machen deine ollen Schinken, Mairie?", fragte er grinsend. Wie immer antwortete sie, das Grinsen erwidernd: „Schimmeln tun sie, was sonst? Im Moment sind es ganz furchtbar olle und verschmutzte Schinken."

„Hast du heute schon den Express gelesen?", lautete die nächste Frage.

„Nö, Was haben denn die wieder zusammenfantasiert? Hat schon wieder ein Dackel Millionen geerbt?", gab Mairie zurück, anspielend auf eine Schlagzeile des Blattes, vor vielen Jahren „Nein", fuhr der Kellner fort, „aber ihr habt ja wohl einen bedeutenden Fund gemacht. Von einer ganzen Kiste wertvoller historischer Dokumente aus dem Oberbergischen des 17. Jahrhunderts war die Rede, die über Jahrzehnte im Stadtarchiv eingelagert war und keine Beachtung gefunden hat. Prozessakten, Mord und Totschlag, Folter und Todesurteile und so ein Kram, der detaillierten Aufschluss über die Vorgänge im Homburgischen der damaligen Zeit gibt. Es war sogar ein Bild in der Zeitung. Du warst auch dabei. Man konnte dich zwar nur von der Seite sehen, aber ich habe dich sofort erkannt!"

Mairie zuckte mit den Schultern. „Hätt ich es gewusst, wäre ich vorher noch zum Friseur gegangen!"

„Sag mal,", war die nächste Frage, „liest du auch den Kram, von dem hier die Rede ist? Das hier ist doch sicher superspannend, oder?"

„Möglicherweise, aber noch habe ich nicht viel davon gesehen. Ich habe nur mal einen kurzen Blick darauf werfen können. Klar, interessiert mich die Sache. Allerdings verstehe ich nicht immer alles. Dann wird alles zur Teamarbeit. Die alten Sachen sind oft in einem Deutsch geschrieben, das mit unserem nicht mehr viel zu tun hat. Auch sind die Schriften nicht immer eindeutig lesbar, obwohl ich mich da eigentlich ganz gut auskenne. Die gefundenen Dokumente sind wirklich höllisch interessant. Es sind die Fragmente einer Gerichtsakte. Es hat wohl mit einer Klage wegen Hexerei, in der Nähe von Gummersbach, zu tun." Mairie biss sich auf die Zunge. Sie hatte sich von ihrer Euphorie hinreißen lassen und schon viel mehr erzählt, als es ihrem Arbeitgeber recht gewesen wäre. Sie brach das Gespräch daher schnell ab, indem sie ihren Blick durch den Pub schweifen ließ.

Es gab nur wenige Stammgäste an diesem Abend. Ohnehin gab es im Pub sehr viel Laufkundschaft. Das war nicht untypisch für die Kölner Altstadt. Ein echter Kölner verirrte sich nur selten in die Altstadt, es sei denn, man nutzte am Sonntag das schöne Wetter für einen Spaziergang am Rhein, oder man hatte unter Einsatz seines Lebens Eintrittskarten für das „Hänneschen-Theater" ergattert.

Mairies Blick blieb schließlich an einem großen, blonden, männlichen Wesen hängen, das sich, kaum hatte Mairie den Pub betreten, direkt gegenüber postiert hatte. Dann folgte das übliche Spiel: Mairie spürte intuitiv, dass er sie anstarrte. Schließlich hielt sie es nicht mehr aus und erwiderte den Blick, um noch zu bemerken, dass ihr Gegenüber seinen Blick schnell abwandte. Dann folgte das Spiel in umgekehrter Reihenfolge und so weiter.

Als Mairie jedoch ihr kurzes Gespräch mit dem Kellner beendet hatte, änderte der große Blonde plötzlich die Spielregeln. Er schaute mit gewinnendem Lächeln zurück, ohne auszuweichen.

Mairie kicherte über diese Situation belustigt und hielt dem Blick des Blonden stand. Dieser wertete Mairies Lachen wohl als Aufforderung und wechselte die Seite der Theke, um sich auf dem Barhocker direkt neben ihr zu platzieren.

„Machen Sie das immer so?", fragte Mairie, erheblich zynischer, als sie eigentlich gewollt hatte.

„Was denn?", erfolgte die unschuldige, aber weiterhin lächelnd vorgetragene Gegenfrage.

„Naja, fremde Frauen anstarren, um sich dann flugs an sie ranzumachen!", erwiderte Mairie in verbindlicherem Tonfall und einem koketten Lächeln von der Seite.

„Oh, verstehen Sie mich nicht falsch", erwiderte ihr Gegenüber schuldbewusst, "das sollte keine Anmache sein. Nein, ich mache das nicht immer so. Sie fielen mir nur gleich auf, als Sie hereinkamen. Ich musste Sie einfach anschauen und es war mir sogar etwas peinlich, als Sie es bemerkten. Da ich jetzt aber mit Ihnen hier sitzen darf, wie ich hoffe, muss ich sagen: Georg, du hast wieder alles richtig gemacht! Entschuldigen Sie, ich habe vergessen mich vorzustellen. Ich heiße Waffenschmidt, Georg Waffenschmidt."

Mairie ließ sich selten auf Kneipengespräche ein. Sie kam hier her, um zu träumen, Pläne zu schmieden, an Dublin zu denken und in einer seligen Melancholie zu versinken. Daher wies sie, passierte es ihr, angesprochen zu werden, in der Regel jeden auf sehr kurz angebundene Weise ab.

Sie war dennoch kein Kind von Traurigkeit. Wenn ihr ein Mann gefiel, konnte sie sich durchaus auf ein kleines Abenteuer einlassen.

Das geschah jedoch sehr selten, zumal ihr Job zurzeit kaum noch Raum dazu ließ.

Heute war das aber ganz anders, denn Mairie gefiel der große Blonde.

Er war schlank, hatte eine sportliche Figur, breite Schultern und sehr feingliedrige Hände, die dennoch nicht so aussahen, als wäre ihnen schwere Arbeit fremd. Er trug einen Anzug, der bestimmt keine Stangenware war, dennoch aber den saloppen, sportlichen Eindruck betonte. Am meisten beeindruckt war sie jedoch von dem jungenhaften Lächeln, welches er immer wieder in sein ansonsten sehr männliches Gesicht zauberte.

„Okay", lachte sie, „Schwamm drüber! Ich heiße Mairie Brennan. Und da Sie nun schon mal hier sind, können wir das „Sie" lassen. Sag einfach Mairie!"

In der Folge entwickelte sich ein typisches, aber durchaus nicht langweiliges Kennenlerngespräch über Gott und die Welt, das Wetter und natürlich den Job.

Mairie erfuhr, dass es sich bei ihrem Gesprächspartner um einen recht erfolgreichen Kölner Rechtsanwalt handelte, der mit zwei Partnern in der Innenstadt eine Kanzlei betrieb. Er erzählte sehr witzig und anschaulich über seine Arbeit, zeigte aber auch sehr viel Interesse für Mairies Beruf. Er hatte in seiner Kindheit und Jugend Archäologe werden wollen, dann aber seinen Traum aus den Augen verloren. Ein Umstand, den er sehr zu bedauern schien. Er löcherte Mairie geradezu mit Detailfragen und lief damit offene Türen ein. Mairie liebte es über ihre Arbeit zu erzählen. Zudem kam es nicht sehr oft vor, dass jemand ehrliches Interesse daran zeigte. Die Zeit verging sehr schnell und nach einem deftigen Essen im nahegelegenen Brauhaus und mehr Kölsch, als Mairie lieb war, fand sie sich im Schlafzimmer des Rechtsanwaltes wieder. Er hatte in der Nähe seiner Kanzlei ein Appartement angemietet, das er nutzte, wenn er im Kölner Raum spät endende Termine hatte.

Georg zeigte sich im Bett genauso sportlich, wie sein äußeres Auftreten vermuten ließ. Dennoch war er sehr gefühlvoll und zärtlich und Mairie genoss nach ihrer langen Abstinenz die Nacht in vollen Zügen. Auch „der Morgen danach" war weit entfernt von dem häufig schalen Gefühl eines „One-Night-Stands".

Gegen neun weckte sie der verführerische Duft eines frischen Kaffees. Georg hatte schon einen reichhaltig gedeckten Frühstückstisch gezaubert, der ihre leichte Katerstimmung schnell vertrieb. Erst am frühen Nachmittag entschied sie, dass es jetzt an der Zeit sei, sich auf den Heimweg zu machen.

„Soll ich dich nicht mit meinem Wagen nach Ehrenfeld bringen? Es regnet und du bist nicht entsprechend ausgerüstet, um dem Kölner Wetter zu trotzen", fragte Georg aufmerksam.

„Woher weißt du, dass ich in Ehrenfeld wohne?", erwiderte Mairie verblüfft.

Georg antwortete mit einem schallenden Gelächter, jedoch ohne Zynismus: „Du hast es mir gestern Abend selbst erzählt, allerdings war es da schon sehr spät!"

Mairie schämte sich etwas, fing sich aber sofort: „Danke für das Angebot, aber ich denke, die frische Luft wird mir helfen, meine Gedanken wieder zu ordnen."

Die Abschiedssituation nach den Geschehnissen der vergangenen Stunden war Mairie unangenehm und sie trat ihren Rückzug sehr hastig an.

Mit einem „Tschüss Georg, es war echt schön mit dir, danke!" und einem flüchtigen Kuss wendete sie sich eilig der Eingangstür zu.

Georg sprang auf und ergriff leicht ihren Ellenbogen. „Sehen wir uns wieder?", fragte er hoffnungsvoll.

Mairie zögerte etwas, erwiderte dann: „Dòcha..., tha mi toilichte dh'fhaicinn!" und lief beschleunigten Schrittes die wenigen Stufen hinunter, hinein in einen dichten Nieselregen, der besser zu London gepasst hätte.

„Dòcha..., tha mi toilichte dh'fhaicinn!", dachte sie, „Vielleicht..., ich freue mich dich wiederzusehen!" Da war sie wieder, ihre irische Melancholie, die sie auf dem gesamten Heimweg begleitete.

2

Man schrieb den 23. April im Jahre des Herrn, Anno 1618. Es war dunkel in der kleinen Budengasse zu Cölln. In den meisten Fenstern war das Licht erloschen.

Nur eines der größten und prächtigsten Häuser war noch hell erleuchtet. Es war das Haus der Kaufmannsfamilie Kogler. Der Name rührte aus einer längst vergangenen Zeit, als die Familie noch dem Handwerk des Leinenwebers nachgegangen war.

Ungeheurer Fleiß, geschäftliches Geschick und natürlich eine nicht unerhebliche Portion des berühmten „Kölschen Klüngels" hatten aus der armen Weberfamilie im Laufe der Jahre eine mächtige Cöllner Dynastie erfolgreicher Tuchhändler entstehen lassen, der in diesen Tagen der ehrenwerte Conradius Kogler vorstand.

Kogler war bekannt als überaus korrekter, ehrlicher Geschäftsmann. Er verkaufte nie unter Preis, sein Name bürgte jedoch stets für hohe Qualität und faire und zügige Abwicklung der Geschäfte.

Diesen Ruhm hatte er schon als junger Mann erworben.

Sein Vater war schon in verhältnismäßig jungen Jahren verschieden und Conradius hatte, noch fast ein Knabe, die Geschäfte des Vaters übernehmen müssen.

Niemand in Cölln hätte einen Heller darauf verwettet, dass der junge Kogler dieser Aufgabe gewachsen wäre.

Allzu leicht schien ihn seine Jugend und Unerfahrenheit zu einem Opfer von Betrügern und Halsabschneidern zu machen.

Bald musste man jedoch einsehen, dass man den Fleiß, ebenso aber auch die Gerissenheit des jungen Kogler unterschätzt hatte. Schon nach kurzer Zeit hatte dieser das Vermögen der Familie in beträchtlichem Maße vergrößert und seine Geschäftsbeziehungen in die gesamte damals bekannte Welt ausgedehnt.

So war es denn auch nicht verwunderlich, dass er schließlich durch die Eheschließung mit der achtzehnjährigen Elisabeth Haigis zwei große Cöllner Kaufmannsfamilien miteinander verband. In den gehobeneren Kreisen Cöllns wurden Ehen nur selten aus Liebe und Zuneigung gestiftet. Dennoch wäre es unrecht zu behaupten, dass ihre Ehe reines Kalkül gewesen wäre. Der mehr als doppelt so alte Conradius kannte Elisabeth von Geburt an.

Elisabeth war die einzige Tochter des Kaufmannes Albertus Haigis. Der lange gehegte Wunsch nach einem Sohn, der einst als Nachfolger in die Fußstapfen des stolzen Vaters treten sollte, war für

Albertus und sein Weib unerfüllt geblieben. Daher begrüßte er den Antrag des ehrenwerten Conradius Kogler, als dieser um die Hand seiner Tochter anhielt und Elisabeth fügte sich gehorsam in ihr Schicksal.

Kogler begegnete der so viel jüngeren Elisabeth stets mit Höflichkeit und Respekt. Er schenkte ihr nahezu grenzenloses Vertrauen. Anstelle von Befehlen äußerte er Bitten und ließ seine Gattin im Haushalt nach ihrem Belieben schalten und walten. Schnell lernte er auch Elisabeths geschäftliches Geschick kennen und schätzen, sodass sie ihm bald im Kontor beistehen durfte. Auf dieser Basis entwickelte sich im Laufe der Zeit ein respektvolles, von gegenseitiger Zuneigung getragenes Verhältnis, weit entfernt von der heißblütigen Liebe der Jugend, jedoch ebenso weit entfernt von der zur damaligen Zeit nicht unüblichen, unangefochtene Befehlsgewalt des Mannes, der manche Ehe zum Kerker werden ließ. Auch der Umstand, dass Elisabeth keinen Sohn zur Welt brachte, konnte Conradius Treue zu seiner Gattin nicht schmälern. Trotz der Enttäuschung, als diese in späten Jahren unerwartet doch ein Kind gebar, nur ein Mädchen, welches zudem das erste Jahr nicht überlebte, stand er weiterhin zu seiner Frau.

Das kurze Zeit später geborene Kind, wieder ein Mädchen, welches Magdalena getauft wurde, nahm er dankbar an und ließ ihm die bestmögliche Erziehung zuteilwerden.

Magdalena lernte die Kunst des Schreibens und Rechnens, sogar Latein und etwas Französisch, sodass sie schon bald dem stolzen Vater im Kontor zur Hand gehen konnte und sich überaus verständig anstellte.

So hatte ihm Gott der Herr zwar den Sohn verweigert, ihm dafür aber eine kluge Tochter geschenkt, die doch immerhin, vielleicht auf der Basis einer glücklichen, noch wichtiger aber gewinnbringenden Eheschließung, das Erbe der Haigis und Koglers in die nächste Generation tragen würde.

Vor allem, als seine Frau Elisabeth, viel zu jung, an der damals weit verbreiteten Diphtherie verstarb, fand Kogler in seiner Tochter eine wertvolle Stütze.

Die Nacht war kalt. Es hatte gerade angefangen zu nieseln, nicht ungewöhnlich für eine Nacht im April. Das Leben auf den Straßen beschränkte sich vorwiegend auf freilaufende Schweine und Straßenköter, die sich lautstark im Unrat der Gossen um die Abfälle des vergangenen Tages balgten.

Der unschwer zu identifizierende Inhalt eines Topfes, der sich, aus einem offenen Fenster geschleudert, auf deren Bälgern ergoss, brachte zunächst Ruhe.

Nur ein später Zecher torkelte in einen Hausflur. Man hörte ein Lärmen und kurz darauf das Gekeife einer Frau, die sich wenig darum zu scheren schien, dass die Nachbarschaft erwachte und Anteil an dem nächtlichen Disput mit ihrem wenig zurechnungsfähigen Gatten nahm.

Spöttische Kommentare, ebenso aber auch Beschimpfungen, bis hin zu massiven Androhungen leiblichen Schadens, hallten durch die Straße.

Alle vorgetragen in dem unnachahmlichen rheinischen Sprachschatz und Dialekt, für den die Stadt bekannt war.

Bald war aber auch hier Ruhe eingekehrt.

Aus der Schwärze des Portals des Koglerhauses löste sich die Gestalt eines Mannes. Das spärliche Haupthaar ließ trotz der Dunkelheit erkennen, dass der Mann seine besten Jahre schon hinter sich gelassen hatte, seine Leibesfülle deutete darauf hin, dass er diese Jahre kaum in Armut verbracht hatte.

Es war Conradius Kogler, der zu dieser späten Stunde die Straße betrat. Sein Gang war schwer und schleppend, wie durch den übermäßigen Genuss von Alkohol beeinflusst. Seine Augen waren im Gegensatz dazu weit aufgerissen, wie die eines staunenden Kindes.

Kogler hatte die Mitte der Straße überschritten als er die Hände, die er bis dahin wie im Krampf vor seinem mächtigen Bauch verschränkt hatte, löste und kopfschüttelnd mit leisem Stöhnen betrachtete.

Ohne sich noch abzufangen, stürzte Kogler auf das Pflaster. Der Kopf schlug hart auf.

Seine Augen, immer noch geöffnet, starrten in stummem Entsetzen auf den Unrat der Gosse.

Aus den tiefen Stichwunden in seinem Bauch flossen Ströme von Blut auf die Straße und vermischten sich in einer großen Lache mit dem abfließenden Regenwasser und Schweinekot.

Conradius Kogler war tot, ermordet durch tiefe, wütende Messerstiche.

Nur wenig später hetzte eine weitere Person aus dem großen Patrizierhause. Den Schatten der Häuser nutzend, rannte sie in wilder Panik die Gasse in Richtung Rhein hinunter.

Obwohl durch einen großen dunklen Umhang verhüllt, war an der Größe, der Gestalt und an der Behändigkeit der Bewegung leicht erkenntlich, dass es sich um eine junge Person, vermutlich weiblichen Geschlechts handeln musste. Die Kapuze des Umhangs war weit heruntergezogen und warf einen dunklen Schatten auf das Antlitz. Auf dem Rücken trug die junge Frau ein leichtes Bündel, das nur auf wenige, schnell zusammengeraffte Habseligkeiten schließen ließ.

Immer wieder drehte sie sich um.

Offensichtlich hatte sie panische Angst vor ihrem Verfolger, einem, der Statur nach zu urteilen, jungen Mann. Dieser jedoch stand schwer atmend an einer Hausecke, unfähig die Verfolgung aufzunehmen.

Er war unachtsam gewesen. Magdalena hatte geschrien, als er das Kleinod an sich reißen wollte, das sie am Halse trug.

Kogler war mit gezücktem Dolche zur Hilfe geeilt und hatte zugestochen. Die Wunde in seinem Bein war nicht lebensgefährlich, schmerzte aber zu sehr, um sich mehr als humpelnd fortbewegen zu können.

Mühevoll verließ er die Budengasse in Richtung Waidmarkt. Er ahnte nicht, dass ein stiller Beobachter dem Geschehen aus sicherer Entfernung zugesehen hatte und ihm mit schnellen Schritten nacheilte.

Sein bleiches Antlitz war entstellt durch eine Gesichtslähmung, die ihm ein ständiges diabolisches Grinsen in seine Züge gemeißelt hatte. Manch einer, der dem Fremden zu dieser Stunde in der Dunkelheit begegnet wäre, hätte denken können dem Leibhaftigen begegnet zu sein, nicht ahnend, wie nahe er damit der Wahrheit gekommen wäre.

Der Nachtwächter der Stadt, einer der wenigen zu dieser Stunde noch wachenden, lenkte gerade seine Schritte auf den weit entfernten Heumarkt. So konnte er später mit ruhigem Gewissen zu Protokoll geben, nichts von den angezeigten Geschehnissen gesehen oder gehört zu haben. Immer schnelleren Schrittes eilte die Kapuzengestalt dem Rhein entgegen und dort angekommen rheinabwärts an der Stadtmauer im Nordwesten Cöllns vorbei. Sie eilte entlang der wenigen ärmlichen Hütten der Tagelöhner und Bettler, bis kein Zeichen menschlicher Anwesenheit mehr zu sehen war und fiel dort bitterlich weinend, der Ohnmacht nahe, in das regennasse Gras am Ufer des kraftvoll dahinziehenden Stromes.

„Jott zom Jrooß!", mit kehliger Sprache gesprochen, waren die ersten Worte, die Magdalena hörte, als sie wie aus einem tiefen Traum erwachte. Das gerötete Gesicht einer ältlichen, leicht fetten Frau, zu der diese Stimme gehörte, schaute sie mit kleinen fröhlich blitzenden Äuglein an.

Mit herzhaftem Griff packte sie zu, drückte Magdalenas Kopf an ihre üppige Brust und nötigte sie zu einem tiefen Schluck von einem warmen Sud, der stark nach Kohl und Fisch roch, jedoch sehr belebend wirkte.

„Wat hant die bloß mit dir jemaat, Kingdchen! Do süß jo uss wie d'r leibhaftije Dot! Isch wees nit wat passert wör, wenn disch dä Manes nit in dem nassen Jrass jefungen un hier rübber jebrat hätte. Am Eng wörschste mer noch für Kälde jestorve! Ävver jetz is alles jot, Kingchen!", tröstete die Frau.

Wenngleich Magdalena nicht die geringste Vorstellung davon besaß, wo sie sich befand, geschweige denn, wie sie dort hingelangt sein könnte, ereilten sie mehr und mehr die schrecklichen Erinnerungen an den vergangenen Abend. Sie stiegen in ihr auf und zauberten ein Bild der schaurigen Ereignisse, so real und so klar, als würden sie sich gerade eben zutragen.

Von Grausen und nackter Angst beseelt klammerte sie sich laut schluchzend an ihre

Retterin, die sie wie ein kleines Kind zärtlich in ihren Armen wiegte.

„Et is jot, et is jot, ejal wat passeert is, et is vorbei!"
Magdalenas Retterin schien nicht zu den von Reichtum gesegneten Menschen zu gehören.

Sie trug ein einfaches Kleid, dessen Tuch auch in besseren Tagen keine Gnade vor den Augen des alten Koglers gefunden hätte. Ihre leicht ergrauten Haare waren mit einem schlichten Band im Nacken gebunden. Sie roch nach einem Gemisch aus Rauch, Suppe und Schweiß, wirkte aber darüber hinaus nicht unsauber.

Magdalena lag auf einem provisorisch aufgeschichteten Lager aus Stroh, das wohl, dem Geruch nach zu urteilen, schon seit langer Zeit zu diesem Zwecke bestimmt war und einem stark verschlissenen Laken. Ein plötzlicher Schreck ließ ihre Hand unter ihr Gewand fahren. Dem Herrn sei Dank, es war noch da. Das durch ihren Leib erwärmte Metall des Amulettes strahlte Ruhe und Geborgenheit aus. Es war aus reinem Gold, mit höchster Sorgfalt gearbeitet und fein ziseliert. Seine Oberfläche zierte ein fünfzackiger Stern. Die fünf Zacken des Pentagrammes schmückten die Planetenzeichen von Mars, Venus, Merkur, Saturn und Jupiter. In der Mitte des Sterns, war ein blauer, daumennagelgroßer, tropfenförmiger Rubin eingearbeitet, der sich in beide Richtungen um das Zentrum des Sternes drehen ließ. Zeigte

die schmalere Seite des Tropfens auf eine der fünf
Sternspitzen, so verriet ein leises Klicken, dass
dabei ein geheimer Mechanismus betätigt wurde.
Kogler hatte es seiner Tochter kurz vor den
schrecklichen Ereignissen zur Aufbewahrung
anvertraut, mit dem dringenden Auftrag, es gut
zu verwahren und niemals aus den Augen zu
lassen. Mit Nachdruck wies er sie an, niemals den
Mechanismus zu betätigen. Nur eine bestimmte
Reihenfolge der Drehungen vermochte das
Amulett zu öffnen. Eine falsche Kombination
konnte den Inhalt für immer vernichten.
Magdalena hatte nicht alle seine Erklärungen
verstanden, aber eines war sie sich sicher: Der
wahre Wert des Sterns lag nicht in den edlen
Materialien, aus denen er gefertigt war. Das
Amulett barg ein altes Geheimnis, welches ihr
Vater Zeit seines Lebens strengstens gehütet hatte.
Würde es gelüftet, so könnte darin ein großer
Segen liegen, geriete es in falsche Hände, aber
auch den Untergang des menschlichen Seins
bedeuten.
Der alte Kogler hatte Magdalena das ganze
Geheimnis des Sterns nicht mehr anvertrauen
können, sie wohl aber verpflichtet, ihn zu
bewahren und vor dem Zugriff unberufener
Mächte zu schützen, so wie er diese Pflicht einst
von seinem Vater ererbt hatte.

Magdalena hatte das Amulett gehorsam in Empfang genommen und ihrem Vater geschworen, ihre Aufgabe gewissenhaft zu erfüllen, auch, wenn es das eigene Leben koste. Sie hatte es an einer Lederschnur um ihren Hals gehängt und legte es, trotz seines nicht geringen Gewichtes, nur selten ab.

Magdalena konnte die richtige Tageszeit nicht erkennen, da das einzige Fenster, in Ermangelung einer Verglasung, durch eine hölzerne Lade verschlossen war. Zwei Talglichter tauchten den Raum, dessen Wände aus grob gezimmertem Fachwerk und mit Lehm verputzt waren, in dunkelgelbes warmes Licht. Ein kleines Feuer flackerte in dem aus Stein und Lehm gemauerten Kamin und sorgte für eine angenehme Wärme. Es erhitzte einen auf einem metallenen Dreibein stehenden eisernen Topf, da es gleichzeitig als Kochstelle diente.

Der Raum war nur karg eingerichtet: In einer Ecke stand ein kleiner Tisch, davor zwei Stühle, beides geschickt, aber offensichtlich von Laienhand gezimmert. In der gegenüberliegenden Ecke mochte eine schmucklose Truhe die wenigen Habseligkeiten der Bewohner bergen. An der Wand hing ein Regalbrett mit einem tönernen Krug und zwei Essschalen, daneben ein schlichtes Kruzifix. In einer in der Wand eingelassenen

Nische stand eine kleine Marienfigur, bunt bemalt und mit unbeholfener Hand geschnitzt, genau wie sie von fahrenden Händlern für geringes Geld auf dem Markt von Cölln feilgeboten wurden. Eine kleine Tür im hinteren Teil des Raumes mochte zu einem weiteren Raum führen, wahrscheinlich einem Stall, wie das leise Gackern eines Huhnes zu verraten schien.

Die große Tür in Magdalenas Blickrichtung war aus schweren Brettern gefertigt und mit einem Holzbalken von innen verriegelbar. Diese Tür öffnete sich unvermittelt und riss Magdalena aus ihren Betrachtungen. Ein kalter, feuchter Wind wehte herein und Magdalena hörte das Geräusch prasselnden Regens. Eine Gestalt schob sich durch die Öffnung und verschloss die Türe hastig, begleitet von lautem Fluchen.

„Herrjott wat en Klotzedress, wat is dat en Wedder. Un mir müssen uns afrackere wie en Pääd, alles für die schinghellije Bätbröder vun Altenbersch. Wat wulle die bi demm Wedder in Cölle? Un dann hätt mer se övverjesazt un kütt sisch noch für wie en Köttnüsel wenn mer et nit für Jotteslohn deht. Häste noch Zupp, Helja?"

„Bess still, Manes!", unterbrach Helga, die Magdalena immer noch in ihren Armen hielt, den Redeschwall. „Wenn et nit ränt, dann dröpp et! De Zupp is noch wärm."

Magdalena musterte den hochgewachsenen und kräftigen Mann ängstlich. Er trug einen Lederhut mit großer Krempe, wie ihn Fährleute und Fischer trugen oder andere Männer, die ihren Lebensunterhalt unter freiem Himmel verdienen mussten, passend dazu einen Umhang aus grobem Tuch, mit Wachs imprägniert, als Schutz vor der Unbill des Wetters.

Der Mann, den Helga mit Manes angesprochen hatte, hängte Mantel und Hut an einen eisernen Haken an der Tür, warf den beiden Frauen einen missmutigen Seitenblick zu und wandte sich knurrend dem auf dem Feuer vor sich hin köchelnden Eintopf zu.

Erst jetzt konnte Magdalena sein Gesicht erkennen. Er trug sein dunkelblondes Haar lang und wirr am Kopfe und einen dichten dunklen Bart. Das Alter war schwer zu schätzen, da seine Gesichtszüge von jahrelanger harter Arbeit unter freiem Himmel gezeichnet waren. Er mochte, wie Helga, sein fünfunddreißigstes Lebensjahr schon überschritten haben, ein Alter welches in jener Zeit nicht jedermann zu erreichen beschieden war. Manes schlürfte seine Suppe lautstark aus einer der Essschalen, nachdem er diese tief in den Topf eingetaucht hatte und saß danach minutenlang schweigend, den Frauen den Rücken zugewandt, am Tisch.

Auch Helga schien die Anwesenheit des Mannes nicht sonderlich zu beeindrucken. Sie wiegte Magdalena weiter in ihren Armen und summte leise eine Melodie, die Magdalena nicht kannte, sie aber in einen tiefen, traumlosen Schlaf sinken ließ.

3

Conrad war schon lange unterwegs. Er war erst gegen 11.00 Uhr in Berlin losgefahren und hatte gehofft, noch vor dem Berufsverkehr in Köln anzukommen.

Bis kurz vor Dortmund war alles noch gut gelaufen.

Dann fing der Stau an, der in einer Vollsperrung der A3 endete und ihn zu dem Umweg über die A45 und anschließend die A4 zwang.

Jetzt war es schon 18.30 Uhr. Er passierte gerade die Anschlussstelle Gummersbach und hatte noch eine Wegstrecke von zirka einer halben Stunde vor sich.

Conrad war müde. Der ständige Kleinkrieg mit Elke hatte ihm viele durchdiskutierte und damit schlaflose Nächte eingebracht. Die letzten hektischen Arbeiten und Berechnungen zur Fertigstellung der Maschine waren dabei keine Entlastung gewesen.

Elke hatte immer wieder die gleichen Themen mit dem klaren Leitthema „Geld": „Wovon die Miete zahlen, Strom und Internet? Den Urlaub können wir uns dann ja wohl auch abschminken. Denkst du ich hätte Lust auf Dasuer mit meinen paar Kröten einen Hungerleider zu finanzieren?"… und so weiter und so weiter.

Klar, in der letzten Zeit war es nicht so gut gelaufen im Job und wenn er nicht wenigstens die Stelle als Privatdozent an der Uni in Berlin gehabt hätte…, nein, gar nicht auszudenken!

Das Entwicklerteam, dem er angehörte, hatte lange gebraucht, um das neue Gerät patentreif zu machen.

Es gab viele Probleme, besonders technischer Art, mit denen man nicht gerechnet hatte.

Das Prinzip war recht einfach: Stark verschmutzte und durch Feuchtigkeit gewellte Dokumente konnten mittels elektronischer Aufladung geglättet und von Staub gereinigt werden. Das Prinzip hatten Wissenschaftler in Erfurt erfunden und an der Hochschule für angewandte Wissenschaft und Kunst in Hildesheim weiterentwickelt. Problematisch war die Erzeugung einer ausreichend großen Aufladung, um auch größere Partikel schonend entfernen zu können. Hierbei hatte Conrad entscheidende Entwicklungsarbeit geleistet und das Gerät war nun weitestgehend praxistauglich.

Das Unglück im Zusammenhang mit dem Einsturz des Stadtarchives in Köln, vier Jahre zuvor, bot nun eine Gelegenheit, dies unter Beweis zu stellen.

Conrads Aufgabe sollte darin bestehen, den Einsatz des Gerätes zu überwachen und die Kölner Kollegen in die Bedienung einzuweisen.

Eine hochinteressante Aufgabe für Conrad und darüber hinaus ein recht einträglicher Job. Außerdem freute sich Conrad auf Köln. Er hatte hier sein Studium der Germanistik und der Kunstgeschichte, nebst eines Masterstudienganges an der Fachhochschule für Restaurierung, absolviert.

Er hatte Köln liebgewonnen, einen großen Freundeskreis gehabt und die Vielfalt der Stadt genossen. Darum hatte er es sehr bedauert, nach Berlin zu wechseln.

Einerseits hatte ihn seine Freundin Elke, die es schon immer nach Berlin gezogen hatte und die hier, nach ihrem Studium, eine Anstellung als Gymnasiallehrerin gefunden hatte, zu diesem Schritt genötigt, andererseits erschien ihm sein Job an der Berliner Uni lukrativer, als weiterhin in Köln, jetzt mit Doktortitel, Medikamente an Apotheken auszuliefern.

Beiden, sowohl Conrad als auch Elke war aber inzwischen klar geworden, dass ihr Experiment gründlich in die Hose gegangen war. Ihre anfängliche Verliebtheit hatte sich schon vor langer Zeit in Wohlgefallen aufgelöst und war von zermürbenden Streitereien abgelöst worden. Ihre Beziehung steuerte unweigerlich auf ihren Endpunkt zu und es graute Conrad schon jetzt vor seiner Rückkehr aus Köln.

Ein lauter Knall riss ihn aus seinen Gedanken.

Gerade hatte er die Wiehltalbrücke überquert. Irgendwas stimmte nicht mit seinem alten Renault Megane. Die Temperaturanzeige, die er schon lange nicht mehr beachtet hatte, stand bis zum Anschlag, der Motor stotterte und bewegte den Wagen nur noch mit knappen sechzig Stundenkilometern voran, obwohl die Straße hinter der Abfahrt Bielstein schon wieder abschüssig wurde.

Conrad setzte den Blinker und ließ den Wagen auf den nahegelegenen Rastplatz Bellingrot rollen. Der Rastplatz war leer. Die üblicherweise dort anzutreffenden LKW-Fahrer waren nach ihrer Pause wohl schon wieder unterwegs. Zu allem Übel hatte es angefangen heftig zu regnen. Unter der Motorhaube quoll weißer Qualm hervor, der nichts Gutes vermuten ließ. Conrad war ratlos.

Obwohl er sich beruflich viel mit technischen Zusammenhängen beschäftigen musste, waren Autos für ihn ein Buch mit sieben Siegeln. Autos waren für ihn zeitlebens nur Mittel zum Zweck gewesen, um möglichst schnell und rationell von A nach B zu gelangen. Er hatte keinen Schimmer, ob es nun ratsam war, die Motorhaube zu öffnen, oder ob es einen kapitalen Fehler darstellte, dies zu tun.

Er hatte schon davon gehört, dass sich Fahrzeuge durch die Sauerstoffzufuhr im Motorraum selbst entzündeten. Conrad zog es daher vor, trotz des Regens sein Fahrzeug zu verlassen und sich an den ADAC zu wenden. Er war zwar schon langjähriges Mitglied, hatte aber noch nie die Serviceleistungen des Vereins in Anspruch genommen.

Umso mehr freute er sich eine freundliche weibliche Stimme zu hören, die ihm schnelle Hilfe versprach.

Er solle in Ruhe an seinem Standort abwarten.

Ein Mitarbeiter beziehungsweise Vertragspartner werde schnellstmöglich zur Stelle sein.

Zwei Stunden später hatte der Regen etwas nachgelassen. Der Megane qualmte noch immer aus der Motorhaube. Leises Knistern machte klare Aussagen über die Temperatur des erhitzten Motorblocks.

Der Herr vom ADAC ließ jedoch weiterhin auf sich warten. Leichter Ärger machte sich bei Conrad breit: „Wohl bei einem ausgiebigen Frühstück hängen geblieben oder auf seiner Frau. Wenn alle so viel Zeit hätten, ginge hier alles den Bach runter!", grollte er vor sich hin.

Eine weitere halbe Stunde verging, als schließlich ein LKW auf dem Parkplatz vorfuhr.

Es handelte sich um ein uraltes Modell der Marke Mercedes, welches wohl nur noch vom Rost zusammengehalten wurde. Immerhin verfügte die Ladefläche über eine Auffahrrampe und eine

Seilwinde. Reste von gelber Farbe und eine verblasste Aufschrift machten das Fahrzeug als ADAC-Transporter kenntlich. In Conrad stiegen Zweifel auf, hier eine kompetente Hilfe erwarten zu dürfen.

Noch mehr staunte er, als sich die Fahrertür öffnete und dem Vehikel eine junge Frau entstieg. Sie war, an heutigen Maßstäben gemessen, verhältnismäßig klein, zirka. 1,60 Meter groß und sehr zierlich gebaut.

Sie trug einen grauen, ölverschmierten Overall, der wohl schon länger keine Waschmaschine mehr gesehen hatte. Und einen Pullover, der in einem ähnlichen Zustand zu sein schien. Die langen blonden Haare waren mit einem Gummi zu einem Pferdeschwanz gebunden. Mit einem freundlichen Lächeln kam sie auf Conrad zu. Ihr Gesicht war jung und hübsch, nein, sehr schön, wie Conrad mit Kennerblick konstatierte und ihre Augen leuchteten ihm in einem strahlenden Grün entgegen.

„Tut mir leid, dass Sie etwas warten mussten. Ich bin heute ganz alleine auf dem Schrottplatz. Mein Vater ist unterwegs und wir hatten einige Lieferungen. Das ist oft am Montag so. Da bringen uns die Autohändler den Schrott vom Wochenende. Sie wissen schon, von denen, die es mit den Bierchen nicht so genau nehmen und sich dann fühlen wie Schumi. Zum Glück habe ich Sie sofort gefunden. Sie geben ja tüchtig Rauchzeichen!", flötete sie mit einem leicht spöttischen Lächeln.

Conrads Gesichtsausdruck beantwortete die letzte ihrer Bemerkungen sehr eindeutig und sie versuchte ihn sofort mit „Hey, war ein Witz!", zu besänftigen.

„Übrigens, mein Name ist Waffenschmidt, Ersatzteile Waffenschmidt, freie Werkstatt für alle Marken, mein Vorname ist Mechthild, naja, eine seltsame Idee von meinen Eltern, dieser Name. Deshalb nennen mich alle Meggy. Ist mir auch viel lieber", sprudelte sie weiter hervor.

„Körner", antwortete Conrad leicht säuerlich, „Dr. Conrad Körner und ich habe eine Panne!"

Die Fröhlichkeit der „ADAC-Frau" passte nicht im Geringsten zu seiner derzeitigen seelischen und körperlichen Verfassung. Er war müde, gestresst, ihm war kalt, es war spät und einfach alles war heute schiefgelaufen.

„Ist schon klar!", antwortete Meggy unbeirrt, „und das sieht gar nicht gut aus, wenn Sie mich fragen."

„Sie meinen, das ist nicht irgendwie hinzukriegen?", fragte Conrad mit aufkeimender Verzweiflung.

„Machen Sie mal die Motorhaube auf!"
Begleitet von Meggys spöttischem Grinsen nestelte Conrad umständlich im Fußraum vor

dem Fahrersitz herum. Nach dem unvermeidlichen Zuruf: „Vorne links unter der Konsole!", gelang es ihm schließlich, die Motorhaube zu öffnen.

„Wie ich es mir gedacht habe", konstatierte Meggy, „die Wasserpumpe ist undicht."

Fast erleichtert fragte Conrad: „Das hört sich nicht weltbewegend an, oder?" „Wie man es nimmt!", kam die prompte Antwort. „Hättest du darauf geachtet und ab und zu Wasser nachgefüllt, hättest du vielleicht noch Monate damit fahren können. So aber bist du wahrscheinlich etliche Kilometer ohne Kühlung gefahren. Das hält keine Zylinderkopfdichtung aus und der Motor verzieht sich auch, erst recht bei einem Franzosen. Das wird teuer, wenn es sich überhaupt noch lohnt!"

Conrad nahm Meggys Diagnose mit blankem Entsetzen entgegen. Er bemerkte dabei weder, dass Meggy auf das vertrauliche „Du" übergegangen war, noch ihre Abneigung gegenüber französischen Fahrzeugen.

„Und jetzt? Ich muss morgen in Köln sein! Es sind doch auch nur noch 40 Kilometer."

„Das kann weit sein, zu Fuß…", grinste Meggy, „Aber du hast Glück, ich schleppe dich ab. Ganz in der Nähe ist eine Renault-Werkstatt. Die sind richtig gut und können dir bestimmt morgen weiterhelfen."

„Morgen? Und was mache ich bis dahin?",
Conrad war mit den Nerven am Ende.

„Jetzt reg dich mal ab", beschwichtigte Meggy,
„das Leben geht weiter. Eins nach dem anderen.
Hilf mir, die Karre auf den Lkw zu bugsieren,
dann sehen wir weiter."

Meggy schwang sich in den Mercedes und fuhr
zielgenau rückwärts an den Megane. Conrads
Hilfe war nicht nötig. Innerhalb von einer viertel
Stunde hatte sie den Wagen über die Rampe
bugsiert und fest vergurtet. „Komm, steig ein,
Herr Doktor!"

Wortlos, mit säuerlichem Gesicht, bestieg Conrad
den Beifahrersitz des Abschleppwagens. Meggy
fuhr zügig zurück auf die A4, um über Abfahrt
Engelskirchen zu wenden und die Bahn zurück
ins Gewerbegebiet Bomig zu nehmen.

Gleich hinter der Abfahrt Gummersbach hielt sie
an dem Renault Autohaus und ließ Conrads
Megane ebenso schnell in einer der Parktaschen
vor dem Autohaus verschwinden, wie sie ihn
verladen hatte.

„Tja, Herr Doktor, hier macht leider heute keiner
Überstunden. Du musst dich bis morgen
gedulden. Soviel ich weiß, sind die ab sieben Uhr
hier."

Conrad sah Meggy mit verzweifeltem Schweigen
an.

„Na komm, ich hab heute Abend sowieso nichts mehr vor. Ich hab da eine Idee. Ich habe einem Freund versprochen, ihm einen Vergaser zu besorgen", sie deutete dabei auf einen alten Lappen in Conrads Fußraum, aus dem ein ölverschmiertes Metallteil hervorlugte. „Eigentlich wollte ich es auf morgen verschieben. Der Junge wohnt in Bickenbach, gleich um die Ecke, da sitzt Peter wahrscheinlich wie jeden Abend in der einzigen Kneipe und die haben auch ein Hotel. Der ADAC bezahlt es doch."

Was sollte Conrad tun, hier, bei gefühlten fünf Grad, mitten in der Nacht, in einem Industriegebiet, von dem er nicht einmal wusste, wo es genau lag.

Es blieb nichts anderes übrig, als den LKW erneut zu besteigen und sich seinem etwas burschikosen „Gelben Engel" anzuvertrauen.

4

Ellen Martin öffnete die Außentür des Restaurierungs- und Digitalisierungszentrums in Köln-Porz. „Wenn das rauskommt", dachte sie bei sich, „dann kann ich mir gleich die Papiere holen."

Es war ihr vollkommen klar, dass sie niemand Unbefugten in das Zentrum einlassen durfte. Schon gar nicht zu dieser Uhrzeit: Es war Montag und gegen 20.00 Uhr schon relativ dunkel.

Aus dem Schatten des gegenüberliegenden Gebäudes löste sich die Gestalt eines Mannes. Er trug einen langen grauen Mantel und hatte seinen breitkrempigen Hut tief in das Gesicht gezogen.

Eine große Sonnenbrille verdeckte den Rest seines Gesichtes. Ellen lächelte über diesen Aufzug:„ Der sieht ja aus, wie in einem alten amerikanischen B-Film. Fehlt nur noch die Maschinenpistole!"

Mit schnellen Schritten überquerte er die Straße und huschte durch die geöffnete Tür in das Zentrum.

Hastig schloss Ellen die Tür hinter ihm.

„Nicht schlecht für einen alten Mann mit Ende siebzig!", begrüßte ihn Ellen. Bislang waren sie nur telefonisch in Kontakt getreten. Einen fast achtzigjährigen Professor hatte sie sich aber völlig anders vorgestellt.

Sie wagte nicht, das Flurlicht einzuschalten und führte den Mann durch den langen dunklen Gang zu ihrem Arbeitsplatz. Im Gebäude war es völlig still.

Niemand war hier, warum auch, zu dieser Uhrzeit.

Der Nachtwächter hatte gerade seinen ersten Kontrollgang beendet und würde erst in einer Stunde wieder erscheinen. Hoffentlich genug Zeit, um die Neugier ihres Gastes zu befriedigen.

Ellen arbeitete gerade an einigen sehr alten Dokumenten. Sie wurden auf das 17. Jahrhundert datiert. Es handelte sich um mehrere Briefe unterschiedlichen Inhalts an den Grafen von Berg, der zu dieser Zeit das Schloss Gimborn bewohnte und dem ein großer Teil des heutigen Oberbergischen Kreises unterstand.

Die Dokumente waren durch Wasser und Staub stark beschädigt, aber aufgrund ihres Alters, der Siegel und der gestochenen Handschrift, von hohem Wert.

Ellens Arbeit war schon relativ weit fortgeschritten. Derzeit arbeitete sie an einem ungeheuer spannenden Vorgang. Es handelte sich um eine Anzeige gegen einen Schmied und dessen Gattin, die der Hexerei bezichtigt wurden.

Viele Jahre hatte der Brief in den Schubladen des Stadtarchivs geschlummert, ohne dass irgendjemand davon Notiz genommen hätte.

Ellens Entdeckung und akribische Arbeit würden ihm jetzt jedoch zu ungeahnter Popularität verhelfen.

Sogar die Zeitung und der WDR hatten schon darüber berichtet.

Ihr heimlicher Gast brannte vor Neugier und er hatte sich nicht davon abbringen lassen, die Briefe zu sehen.

Ellen wusste, dass sie weit über ihre Kompetenzen handelte. Alles war streng geheim und unterlag strengsten Sicherheitsvorkehrungen.

Schließlich waren einige der Dokumente von unschätzbarem Wert.

Ihr Gast hatte aber von dem Zeitpunkt an, von dem an sie ihm von ihrer Arbeit erzählt hatte, keine Ruhe gegeben und hatte ihr zudem ein sehr lukratives Angebot, betreffend ihres Bankkontos und ihrer weiteren beruflichen Karriere gemacht. Da hatte Ellen nicht widerstehen können. Was sollte schon passieren? Er wollte ja alles nur sehen. Außerdem war er ja selbst Wissenschaftler, genauer gesagt Historiker. Er war, wie er vorgab, ähnlich wie Ellen, besessen von seiner Arbeit. Er schrieb gerade an einem umfassenden Buch über die Geschichte des Oberbergischen Kreises.

Es gab zwar einige Werke, leider berichteten aber alle Bücher nur relativ fragmentarisch. Somit war jede neue Information von hohem Interesse, um ein vollständiges Bild zu formen.

Ellen musste einige Schlüssel ausprobieren, um in der Dunkelheit die Türe zu ihrem Arbeitsraum zu öffnen.

Jetzt endlich konnte sie es wagen, die Beleuchtung einzuschalten.

Das Neonlicht erhellte den großen, fast fensterlosen Raum. An den Wänden entlang standen drei große Arbeitstische, bestückt mit allerlei Gerätschaften und Werkzeugen. Die Mitte des Raumes nahm eine Maschine ein. Ein unförmiges Gerät, versehen mit Schaltern und Bedienelementen, deren Funktion sich dem Laien nicht auf Anhieb erschloss.

Es handelte sich um das neue Ultraschallgerät, auf dessen Inbetriebnahme Ellen so sehnsüchtig wartete.

In einer Ecke des Raumes stand ein großer Kasten mit einem riesigen Handhebel.

In ihm lagerten, tiefgekühlt, die Dokumente, die in Bearbeitung waren oder die in Kürze bearbeitet werden sollten.

Ellens Begleiter hatte seine Sonnenbrille und den riesigen Hut inzwischen abgenommen.

Ellen erschrak bis aufs Blut: Der Mann vor ihr war ein Mann um die vierzig, schlank und muskulös, auf keinen Fall ein hinfälliger alter Mann, für den er sich ausgegeben hatte. Ellen war außer sich.

Wer war der Kerl? Ellen wusste nur eins: Sie musste den ungebetenen Gast auf der Stelle loswerden. „Wer sind Sie? Was wollen Sie?", schrie sie ihm entgegen.

Dieser kümmerte sich nicht um Ellen und lief im Labor auf und ab, schaute hier und dort und blätterte in den Notizen, auch in denen der Kollegen.

„Finger weg! Sie dürfen nicht alles anfassen. Sie könnten etwas kaputt machen oder durcheinanderbringen. Schließlich könnte auch jemand bemerken, dass hier einer rumgeschnüffelt hat und ich komme in Teufels Küche! Ich glaube, es ist besser, Sie gehen auf der Stelle!"

Der Fremde begegnete Ellens vorwurfsvollem Blick mit einem ironischen Grinsen.

„Seit wann machst du die Regeln? Schließlich bezahle ich eine Menge Geld und jetzt mach voran, zeig mir deine bisherigen Arbeiten!"

Ellen kochte innerlich. Was bildete der Kerl sich ein? Schließlich war sie nicht gekauft worden. Alles was sie tat war doch freiwillig, im guten Glauben, dass sie neben einer kleinen Entlohnung einen Wissenschaftler bei seiner Arbeit unterstützen würde.

Plötzlich zweifelte Ellen an der wissenschaftlichen Motivation, die ihr der so genannte Professor vorgespielt hatte.

War er überhaupt ein Professor? Sie hatte seine Angaben nie hinterfragt. War sie auf ihn hereingefallen wie ein naives Schulmädchen?

„Sie°!", rief sie entsetzt, „Was wollen sie tatsächlich, Professor?"

„Arme Ellen, ich bin kein Professor und schon gar nicht Professor Schneider. Der ist vierundachtzig und schon lange im Ruhestand. Ich habe seinen Namen benutzt, um mit dir in Kontakt treten zu können. Sei mir nicht böse. Ich habe nur ein wenig geflunkert", sein Tonfall war jetzt gespielt verbindlich.

„Ich verstehe nicht warum dieses Theater nötig war!", rief Ellen voller Zorn.

„Ellen, beruhige dich! Deine Arbeit ist für mich von höchster Wichtigkeit. Sie könnte mich zu einem Gegenstand führen, der die Welt grundlegend verändern könnte!", die Stimme des Fremden steigerte sich euphorisch, „Ellen, du könntest daran beteiligt sein! Du könntest helfen, die Welt zu ändern! Stell dir vor, keine Kriege, kein Hunger…".

„Und alles unter Ihrer Diktatur. Größenwahnsinnige Typen wie Sie hat es in der Weltgeschichte genug gegeben. Raus hier, sofort! Mit solchen falschen Fünfzigern will ich nichts zu schaffen haben. Ich dachte, Sie wären ein seriöser Wissenschaftler und dann verarschen Sie mich auf so eine linke Art!"

Ellen war zu allem entschlossen. Wie konnte dieser Mensch sie so sehr überrumpeln?

„Zuerst musst du mir deine Arbeit zeigen. Ich muss sie sehen, verstehst du?"

„Gar nichts werden Sie sehen!", schrie Ellen in ihrem Zorn, „Sie werden sofort von hier verschwinden und sich nie wieder blicken lassen. Dann überlege ich mir, ob ich die ganze Sache vergesse oder zur Anzeige bringe!"

„Ellen", die Stimme ihres Gegenüber wurde immer kälter und zynischer, „glaubst du wirklich, dass ich so kurz vor dem Ziel die Segel streiche? Du verstehst es nicht. Ich muss die Dokumente haben und ich werde diesen Raum nicht ohne sie verlassen."

Mit diesen Worten schritt er geradewegs auf den Gefrierschrank zu, in dem die Dokumente lagerten.

Ellen versuchte, sich ihm in den Weg zu stellen, aber er war ihr körperlich weit überlegen. Er packte sie und schleuderte sie mit voller Wucht gegen die große Maschine in der Mitte des Raumes.

Mit entsetztem Blick sackte sie in sich zusammen. In ihrem Kopf klaffte eine riesige Wunde. Schnell bildete sich eine große Blutlache um sie herum. Mit einem kurzen Seufzer verabschiedete sich Ellen Martin in die ewige Dunkelheit.

5

„So ein Pech, diese tölpelhafte Kuh! Fällt einfach auf diese Maschine und bricht sich den Hals."
Der Großmeister sah aus dem Fenster direkt auf den Rhein, auf dem zwei vollbeladene Lastkähne in Richtung Holland tuckerten. Er murmelte diese Worte vor sich hin, ohne Reue, dennoch mit einem gewissen Bedauern über den Tod der jungen Frau. Dazu kam der Ärger und das Aufsehen, welches durch ihren Tod erzeugt werden würde. Frau Martin hatte durch sein Zutun ihr Leben verloren, wenngleich er sich auch nicht selbst die Hände schmutzig gemacht hatte.

Mord war nicht sein Geschäft, andererseits war das Ziel wichtig genug, um gewisse Opfer in Kauf nehmen zu müssen. Schließlich war es ja ein Unfall gewesen. Aber jetzt war die Polizei mit im Spiel. Sie würde überall herumschnüffeln.

Alle Recherchen mussten nun mit noch größerer Sorgfalt und Vorsicht erfolgen. Er durfte kein Aufsehen erregen. Es hatte vierhundert Jahre gedauert, bis endlich eine neue Spur auf den wertvollsten Schatz hinwies, den die Menschheit jemals gesehen hatte, den Stern von I-Sabbah. Diese große Chance durfte er nicht durch unvorsichtiges Handeln aufs Spiel setzen.

Der Fürst Tankred von Antiochia sollte das Amulett von Hassan I-Sabbah, dem ersten

Großmeister der Assassinen, als Lösegeld für dessen Schüler Abu Tahir erhalten.

Natürlich ging es nicht um das Schmuckstück an sich, sondern um den Inhalt, der in einem mit geheimem Mechanismus verschlossenen Hohlraum im Inneren des Sternes versteckt war. Es handelte sich um ein magisches Pulver, das jede Krankheit zu besiegen und ewiges Leben zu verleihen vermochte.

I-Sabbah selbst hielt die Substanz für gefährlich und vom Teufel auf die Welt gebracht, um die Menschen zu versuchen, ungeachtet dessen, dass er sie selbst nach alten Rezepturen zubereitet hatte.

Auch wenn die Verwendung eines Giftes nicht zum Repertoire der Assassinen zählte, diese bevorzugten die schnelle Attacke mit dem Dolch, war I-Sabbah sicherlich von diebischer Freude erfüllt gewesen, als er seine drei Boten mit dem Stern zu Tankred entsandte.

Er würde Schande und Unheil in der Welt der Ungläubigen verbreiten.

I-Sabbahs Plan war jedoch nicht aufgegangen.

Die Grenzen der erst vor kurzer Zeit eroberten Stadt Apamea, wurden durch Patrouillen berittener Soldaten gesichert. I-Sabbahs Boten fielen in die Hände eines Wachtrupps von zehn Rittern des Templerordens.

Einer der Boten starb durch einen Pfeil, der zweite erlag kurz danach seinen Wunden, die er im Kampf durch das Schwert erhalten hatte.

Den dritten traf das schlimmste Los. Er ertrug tagelang die Folter der Templer, ohne ein Wort von sich zu geben. Im Fieber, das sich bald aufgrund der Torturen einstellte, verriet er dennoch genug über das Wesen des Sterns, um die Ritter zu einer ungewöhnlichen Handlung zu bewegen.

Der sterbende Bote I-Sabbahs sprach im Fieber von einem Zaubermehl, vom Teufel gemacht, um die Menschheit zu vernichten.

Andererseits stammelte er aber vom Lohn des ewigen Lebens und dem Sieg über alle Krankheiten.

Die Ritter berieten lange, wie mit dem Stern zu verfahren sei. Sollte er vernichtet werden, um den listigen Anschlag Satans auf Erden zu vereiteln? Er wäre für alle Zeiten verloren. Sollte er, wie vorgesehen, an Tankred ausgeliefert werden? Sicherlich wäre dieser dadurch zum mächtigsten Mann der Erde erhoben worden.

Die Ritter bezweifelten aber, dass so viel Macht gut für einen einzelnen Menschen sein konnte. Vielleicht war der Stern aber auch ein Geschenk Gottes an die Menschen, um die Bürde von Krankheit und Tod von ihnen zu nehmen. Wenn dem so sei, wäre es Sünde, den Stern zu vernichten oder nur an einen einzigen Menschen zu übermitteln.

Die Ritter kamen zur Erkenntnis, dass die Zeit und der Mensch noch nicht reif waren, um das Wunder, so es denn eines war, in Empfang zu nehmen.

Sie beschlossen, das Geheimnis zu bewahren, den Stern zu behüten und als Bruderschaft durch die Generationen zu tragen, bis die Zeit gekommen wäre und und der Mensch bereit. Sie schworen Stillschweigen und wählten einen aus ihren Reihen, der den Stern an sich nehmen und ihn vor seinem Tode an einen Vertrauten weiter reichen sollte.

So schnell es möglich war, verließ die Bruderschaft des Sterns des I-Sabbah das Morgenland, um einer etwaigen Verfolgung zu entgehen.

In der Folge wechselte der Stern von Generation zu Generation seinen Hüter.

Der Orden war über ganz Deutschland verstreut, die Mitglieder standen aber in stetigem Kontakt.

Als schließlich die Pest die Lande heimsuchte, beschlossen die Ritter des Ordens dem Geheimnis des Sterns auf den Grund zu gehen, nicht zuletzt auch, um das eigene Leben und das ihrer Familien zu schützen.

Der damalige Großmeister, Conradius Kogler, war aber nicht dazu bereit gewesen.

Er weigerte sich beharrlich, den Stern herauszugeben und fühlte sich dem alten Schwur des Ordens weiterhin verpflichtet.

Einer der Brüder, Arnulf von Bergen, ging sogar zum Äußersten. Er versuchte damals, den Stern durch Diebstahl an sich zu bringen.

Zu diesem Zwecke hatte er einen seiner Schüler in die Kontorei Koglers eingeschleust.

Sein Plan jedoch schlug fehl.

Es war zu einem Handgemenge gekommen, bei dem Kogler durch den Dolch den Tod fand.

Kurz vorher aber hatte er unglücklicherweise den Stern an seine Tochter weitergegeben. Diese war noch in derselben Nacht geflohen, ohne eine Spur zu hinterlassen.

Arnulf von Bergen hatte wochenlang, sogar Jahre später, ein weiteres Mal versucht, sie aufzuspüren. Ihre Spur hatte sich jedoch im Bergischen Lande verloren. Auch Arnulf von Bergen war damals spurlos verschwunden. Der Grund dafür wurde nie aufgeklärt.

Hatten ihn Koglers Tochter und ihr Helfer heimtückisch ermordet? War er das Opfer von Wegelagerern geworden?

Seine Leiche jedenfalls wurde nie gefunden und ein natürlicher Tod war somit sehr unwahrscheinlich.

Für den Orden war dies ein schwerer Schlag, der fast zu dessen Auflösung geführt hätte.

Schließlich waren Großmeister und das Kleinod, das zu schützen sich der Orden verschrieben hatte, nicht aufzufinden.

So kam es, dass fortan nur noch wenige Mitglieder das Geheimnis der Bruderschaft des Sterns des I-Sabbah weiter trugen. Ihr Ziel sollte es sein den Stern wieder an sich zu bringen.

Schließlich war aber auch der klägliche Rest der Bruderschaft im Dunkel der Geschichte verschwunden.

Der Großmeister hatte jede freie Minute seines Lebens verwendet, um die Wahrheit über den Stern und dessen Verschwinden zu klären. Seine Studienreisen hatten ihn bis zu den Ruinen von Alamut geführt. Hier hatte die Geschichte des Sterns begonnen. Jede Station der heimkehrenden Bruderschaft hatte er aufgesucht, ohne auf eine Spur zu stoßen. Es gab nur wenige Aufzeichnungen aus dieser Zeit. Zumeist war seine einzige Quelle das geheime Buch der Bruderschaft des Sterns. Es wurde über die Generationen minuziös fortgeschrieben und von Großmeister zu Großmeister weitergereicht.

Neben der Geschichte des Sterns barg dieses Buch Wunderschätze für einen Historiker: Es enthielt neben den Namen der Mitglieder der Bruderschaft detaillierte Angaben über deren Stand, deren Familien und Lebensweisen. Bis ins Jahr 1626, dem Jahr in dem der Stern und der damalige Großmeister Graf von Bergen spurlos und endgültig verschwanden. Der Großmeister lächelte und strich ehrfurchtsvoll über den ledergebundenen Folianten. Irgendwann, da war er sich sicher, würde die Geschichte des Ordens fortgeschrieben werden. Das Buch würde seine Geschichte als den Erneuerer des Ordens, den neuen Großmeister und den Finder des Sterns erzählen.

Jahrhunderte waren vergangen, ohne dass sich eine Spur auftat, bis schließlich längst vergessene Schriftstücke in den Trümmern des Stadtarchivs auftauchten, von denen eines das Siegel der Bruderschaft trug.

Der Großmeister war durch Zufall auf ein Foto in der Kölner Tageszeitung „Express" aufmerksam geworden.

Nie war der Orden seinem Ziel, den Stern zurückzuerlangen, so nahe gewesen und der Großmeister war nicht bereit sich die unglaubliche Gelegenheit entgehen zu lassen, seiner habhaft zu werden.

Der Tod der Restauratorin kam ihm mehr als ungelegen.

Es war ein Unfall gewesen. Er konnte Josef keinen Vorwurf machen, auch wenn dieser die ihm aufgetragenen Arbeiten stets mit größerer Härte und Gewalt zu erledigen pflegte, als notwendig war.

Zwar standen ihm jetzt alle Dokumente zur Verfügung, von denen einige mit Sicherheit wertvolle Hinweise auf die Begebenheiten der damaligen Zeit enthielten.

Sie füllten jetzt das Eisfach seines Kühlschrankes. Die enthaltenen Informationen blieben jedoch für ihn unerreichbar, da er keine Möglichkeit hatte, die Schriftstücke voneinander zu trennen, aufzubereiten und lesbar zu machen.

Auch die Festplatten, die Josef erbeutet hatte, gaben keinen Aufschluss.

Genau genommen, hatte er sich alles selbst zuzuschreiben. Es war seine Ungeduld gewesen, die ihn dazu verleitet hatte, Ellen zu veranlassen die Dokumente zu zeigen. Nur einige wenige Tage hätte es noch gedauert, bis ihre Arbeit beendet gewesen wäre.

Sie hätte wählen können, ob sie mit ihrer großzügigen Entlohnung von der Bildfläche verschwunden wäre, oder ob sie den Speiseplan der Fische im Rhein um eine menschliche Komponente erweitert hätte.

Jetzt aber hieß es Ruhe zu bewahren.

Die fertiggestellten Arbeiten Ellens enthielten sehr viele Hinweise, denen er in aller Vorsicht nachgehen konnte. Immerhin konzentrierte sich alles auf den Großraum Gummersbach, im Oberbergischen Kreis.

Dennoch war ihm klar, dass er nach wie vor eine Stecknadel im Heuhaufen suchte.

6

Das schrille Geschrei eines Hahnes weckte
Magdalena aus ihrem tiefen Schlaf.

Es war still in der kleinen Fischerkate.

Neben ihr lag Helga, in voller Kleidung, wie am
Abend zuvor, und begleitete ihren tiefen Schlaf
durch leises, gleichmäßiges Schnarchen.

Der Mann, den Helga „Manes" gerufen hatte, war
verschwunden.

Magdalena gewahrte aber in geringer Nähe das
deutliche Geräusch einer Axt, die Holz spaltete.

Möglicherweise war Manes schon bei der Arbeit,
um neues Brennholz für das erloschene Feuer zu
beschaffen.

Magdalenas Vermutung wurde alsbald bestätigt.

Manes betrat den kleinen Raum mit einem Arm
voller frisch gespaltener Holzscheite, mit denen er
aus der Glut des Vorabends wenig später ein
flackerndes Feuer entfacht hatte.

Kurze Zeit später erwachte auch Helga und erhob
sich von ihrem Lager.

Nachdem sie sich Gesicht und Hände notdürftig
in einem Eimer, der neben der Eingangstür stand,
gewaschen hatte, bekreuzigte sie sich vor der
Marienfigur in der Wandnische und murmelte ein
kurzes Gebet.

Magdalena beobachtete sie dabei und es schien
ihr, dass sich der kleine Raum für die Zeit des

Gebetes erhellte und die billige kleine Marienfigur in einem seltsamen Licht erstrahlte.

Auch als Helga zur Seite trat und mit einem alten stumpfen Messer einen harten Käse und ein noch härteres Brot bearbeitete, schien die hell leuchtende Marienfigur auf Magdalena herabzublicken.

Es schien, als ob sie lächelte und Magdalena verfiel in eine stumme Zwiesprache mit der Gottesmutter.

All die schrecklichen Erlebnisse des Vorabends vertraute Magdalena ihr an. Bittere Tränen schossen in ihre Augen, als sie in stummer Verzweiflung um Hilfe flehte.

Nein, sie empfand keine Reue für ihr Tun. Sie war bereit, dafür einzustehen.

Ja, sie hatte ihren Franz geliebt und sie würde niemals verstehen, dass diese Gefühle etwas Falsches oder Verachtenswertes bedeuten könnten.

Sie hatte doch nicht ahnen können, dass das Schicksal sie so hart bestrafen würde.

Sie erflehte darum keine Gnade für sich.

Ihre einzige Sorge galt dem ungeborenen Kind, das sie in sich trug und für das es kaum eine Rettung zu geben schien.

Niemals würde Magdalena ihr Zuhause wiedersehen.

All ihr Glück war zerstört, der geliebte Vater ermordet und niemand würde ihrer Geschichte Glauben schenken.

Fassten sie die Schergen, erwartete sie der Henker mit seinem scharfen Beil.

Natürlich wusste Magdalena, dass es üblich war, einer Schwangeren, unabhängig von ihrer Tat, Aufschub zu gewähren, bis das Kind zur Welt gekommen war. Erst dann wurde das Urteil vollstreckt.

Die weitere Zukunft des Kindes war jedoch sehr ungewiss.

Niemand wusste, in welche Hände es geraten würde und welches Schicksal ihm beschieden war.

Ganz gewiss war es aber das Leben eines „Unfreien", egal ob in den Klauen der Klöster oder in denen eines tyrannischen Edelmannes.

Dies konnte und sollte nicht das Schicksal ihres Sohnes sein. Magdalena hegte keinen Zweifel daran einen Sohn zur Welt zu bringen.

Ihr Sohn war der rechtmäßige Erbe eines edlen Cöllner Geschlechtes und sie sah es als ihre Pflicht an, ihm dazu zu verhelfen.

Dafür würde sie alles tun. Ja, alles und wenn sie dafür in alle Ewigkeit verdammt sein würde.

Was aber sollte sie tun, um Maria für sich gnädig zu stimmen?

Sie hatte kein Geld, um die Not armer Menschen zu lindern oder die Opferstöcke der Kirchen zu füllen.

Sie hatte nicht die Gabe, hohe Herren durch die Gewandtheit ihrer Worte zur Mildtätigkeit zu bewegen.

Alles, was ihr Vater sie gelehrt hatte, war die Kunst, Geschäfte zur Zufriedenheit aller Beteiligten auszuhandeln.

So tat Magdalena das, was sie gelernt hatte: Sie schlug der Mutter Gottes einen Handel vor. Sie schlug ihr einen Preis vor, den Maria unmöglich ablehnen konnte.

Sie selbst war der Preis für den Handel. Mehr hatte Magdalena nicht zu geben.

Sie flehte mit aller Macht um die Gnade, ihr Kind in Freiheit aufziehen zu können.

Alles wollte sie in Demut erdulden.

Keine Schande, keine Erniedrigung und keine Entbehrung wollte sie beklagen und nie wieder wollte sie ihre Stimme in Ungehorsam erheben, so wie sie es gegenüber ihrem armen Vater in der Nacht des großen Unglücks getan hatte.

Denn besonders ihre Empörung und Hoffärtigkeit, so gestand sich Magdalena voller Verzweiflung ein, war das Ende jeglicher Hoffnung gewesen und der Anfang einer Kette von teuflischen Entwicklungen, die ihrer aller Leben zerstört hatte.

Sie schwor der Jungfrau Maria von nun an zu schweigen, bis an ihr Lebensende. Sie schwor sich allen Dingen, die vor ihr lagen, ohne Widerstand und in Bescheidenheit zu beugen, um ihres ungeborenen Kindes Willen.

Verzweifelt starrte sie die Figur an, in der Hoffnung auf irgendein Zeichen des Einverständnisses, doch diese blieb stumm in ihrer Nische und lächelte ihr entrücktes Lächeln durch Magdalena hindurch in die Ferne.

Nach einer Weile warf sich Helga einen Mantel, der an einem rostigen Haken neben der Eingangstüre hing und vor langer Zeit einmal bessere Tage erlebt hatte, über und verließ das Haus. „Waat hier, schlof noch jet, isch muss jet inkofe."

Nicht lange darauf öffnete sich die aus rohen Brettern gezimmerte Tür erneut.

Manes trat ein, warf seinen Schlapphut auf den Tisch und bedachte Magdalena mit einem lüsternen Blick.

„Na, jnädije Dame, et is kaalt un isch däät mich jerne bei dir wärme. Is dat jenehm?", seine Stimme klang schmierig und anzüglich, als er sich ihr langsam näherte.

„Isch dunn dir nix, mir wollen bloß jet Spaß haben, dat kann doch nix Böses sin.", fuhr er fort, als er Magdalenas ängstlichen Blick gewahrte.

Dann zerriss er mit einem heftigen Ruck ihr Kleid und entblößte ihre Brust.

"Wat hammer denn da?", rief er erstaunt und griff nach dem Medaillon, welches Magdalena um den Hals trug.

Brutal, mit gierigem Blick, riss er den sechszackigen Stern an sich und betrachtete ihn im Schein des Feuers.

Manes war sich bewusst, dass das Schmuckstück, sofern es sich bei dieser Größe und dem enormen Gewicht um ein solches handelte, von sehr hohem Wert sein musste, auch, wenn er wohl den wahren Wert des Kleinods in seinen kühnsten Träumen nicht hätte ermessen können.

Eingedenk ihres Auftrages, das Amulett mit ihrem Leben zu schützen, sprang Magdalena voller Verzweiflung von ihrem Lager auf und warf sich mit aller Kraft gegen Manes.

Dieser war von dem plötzlichen Angriff so überrascht, dass er strauchelte und zu Boden fiel. Dabei entglitt ihm der Stern und fiel mitten in die rote Glut des Feuers.

"Du Aas!", schrie Manes, als er sich langsam erhob und seinen geprellten Kopf abtastete.

Von einer Platzwunde an der Stirn rann Blut in seine Augen. „Pass op, mir zwei sprechen uns jlich!", schnaubte er zornig, als er ins Feuer griff, um seinen neu erworbenen Schatz zu bergen.

Mit einem lauten Aufschrei zog er seine Hand zurück und warf das von der Feuersglut erhitzte Amulett von sich.

Dann wurde es schwarz vor seinen Augen, als der von Magdalena mit aller Kraft geschwungene, irdene Wasserkrug an seinem Kopf zerschellte und seinen Inhalt auf dem Fußboden vergoss.

In aller Eile raffte Magdalena ihre wenigen Sachen zusammen. Das noch vor Hitze zischende Amulett wickelte sie in ein Tuch, mit dem Helga für gewöhnlich den Tisch, die Töpfe und manchmal auch den Boden zu wischen pflegte und schob es tief in ihr Bündel.

Ohne darüber nachzudenken, nahm sie auch die Marienfigur vom Regal und stopfte sie hastig zwischen ihre Habseligkeiten.

Mit eiligen Schritten verließ sie das Haus und lief durch die verregneten Gassen, ohne zu wissen, wohin der Weg sie führte, inständig zu Maria betend, weder Helga noch den Häschern in die Arme zu laufen.

Entgegen ihrer Absicht möglichst schnell das Rheinufer zu erreichen, in der stillen Hoffnung von einem der Kähne mitgenommen zu werden, stellte sie bald fest, dass sie die falsche Richtung eingeschlagen hatte.

Der Weg stieg leicht an, die Häuser am Wegesrand wurden spärlicher, um schließlich Wiesen und Wäldern zu weichen.

Erschöpft ließ sie sich, etwas abseits vom Weg, an einem Baumstamm nieder, um auszuruhen, nichtsahnend, dass sie ihrem Verfolger nur knapp entkommen war.

Helga war keineswegs aufgebrochen, um einzukaufen.

Sie war schnurstracks zum Rheinufer gelaufen, an dem die Stadtwachen sich in der Sonne des frühen Tages langweilten. Manes hatte ihr davon berichtet, dass die Tochter des reichen Kogler mit Hilfe ihres Buhlen den Vater ermordet hatte und auf der Flucht war. Ein Freund Koglers hatte eine hohe Belohnung auf die Ergreifung des Mörderpaares ausgesetzt.

Helga stellte sich nicht die Frage nach dem Verbleib des Buhlen.

Sie war überzeugt, dass auch die Auslieferung des Mädchens ein lohnendes Geschäft sein mochte.

Zu Magdalenas Glück dauerte es eine Weile, bis Helga die trägen Soldaten dazu überreden konnte, ihr zu ihrer kleinen Kate zu folgen.

So fanden diese nur den jammernden und schimpfenden Manes vor, der seine verbrannte Hand mit vor Schmutz starrenden nassen Lappen zu kühlen versuchte.

Noch wusste er nicht, dass er damit sein Schicksal besiegelt hatte.

In den nächsten Wochen würde sich die Wunde immer heftiger entzünden. Der Wundbrand würde eine Amputation der Hand erfordern. Da diese nur wenig fachmännisch und unter katastrophalen hygienischen Bedingungen erfolgen würde, würde er an den Folgen auf eine sehr schmerzhafte Weise dahinscheiden.

Niemand nahm den Fremden war, der den Soldaten bis hier her gefolgt war und alles beobachtet hatte. Sein entstelltes Gesicht war zornig errötet. Wäre er nur wenig früher aufgebrochen, um Koglers missratene Göre zu suchen. Zudem hatte er sich zu lange auf der linken Rheinseite aufgehalten. Wie hätte er auch ahnen können, dass dieses Miststück es irgendwie geschafft hatte, über den Rhein zu kommen. Hätte er doch gleich bei den Fährleuten seine Suche begonnen.
Keiner seiner Selbstvorwürfe brachte ihn jedoch dem Stern näher. Er hatte die günstige Gelegenheit seiner habhaft zu werden um Haaresbreite verpasst.
Leise fluchend wandte er sich ab und verschwand alsbald spurlos im Morgennebel.

7

Nach einer Höllenfahrt, Meggy fuhr mit ihrem Lkw erheblich zügiger als zuvor, erreichten sie Bickenbach, einen kleinen langweiligen Ort, kurz hinter der Abfahrt Engelskirchen.

Außer einem kleinen, direkt an der Bundesstraße gelegenen Gasthof, der sich wohl aufgrund seiner Kegelbahn und seines kleinen Schwimmbassins Hotel nannte, einem kleinen Einkaufsmarkt und einem Bestattungsunternehmen hatte der Ort nicht viel Nennenswertes zu bieten.

Meggy führte Conrad direkt in den Schankraum des Hotels zur Post.

Es waren nur etwa fünf Gäste anwesend, die sich vorwiegend um die kleine Theke scharten.

Dennoch wurde Meggy mit einem Riesenhallo begrüßt.

Ein bierbäuchiger Mittfünfziger legte vertraulich seine Arme um ihre Schulter und zerrte sie zur Theke.

Von Conrad nahm niemand Notiz und er blieb wie abgestellt inmitten des Schankraumes stehen, während alle, außer dem etwas klein geratenen Wirt, ihm ihre jeansbewehrte Rückseite zeigten.

Aber auch der Wirt wendete sich, nachdem er Conrad mit einem auffordernden Blick bedacht hatte, auf den Conrad keine Reaktion zeigte, wieder den anderen Gästen und seinem Tresen zu.

Conrad nutzte die Zeit, um sich umzusehen.

In dem kleinen Schankraum schien die Zeit in den sechziger Jahren des letzten Jahrhunderts stehen geblieben zu sein:

Der Boden war mit grauem PVC ausgelegt. In den Ecken verteilt fanden sich etwa drei große Tische, jeweils mit Eckbänken und schweren Stühlen, Marke „Eiche Rustikal", umrahmt.

Einer davon war mit einem riesigen Aschenbecher geschmückt, über dem ein Blechschild mit der Aufschrift „Stammtisch" prangte.

„Ein überaus gemütlicher Ort, der den Gast gerne zum Verweilen einlädt.", dachte Conrad lakonisch. Schließlich riss ihn Meggy aus seinen Betrachtungen.

„Alfred!", rief sie, die anderen Gäste übertönend, „Ich hab da einen Gast für dich. Er ist auf der Autobahn liegen geblieben und braucht bis morgen ein Dach über dem Kopf. Du bist doch sicher nicht ausgebucht?"

„Nein, wenn das Zimmer als Service reicht…", antwortete der mit Alfred angesprochene Wirt mit einem Grinsen, dem Conrad am liebsten den Rücken gekehrt hätte.

„Jetzt guck nicht so Herr Doktor, komm mal zu uns und trink ein Bier auf den Ärger!", rief Meggy, hakte sich bei Conrad ein und drängte ihn zur Theke, wo ihnen bereitwillig Platz eingeräumt wurde.

Nach gefühlten zwei Sekunden stand ein gefülltes Kölschglas vor Conrad.

Mit bedeutungsvollem Blick in die Runde stellte ihn Meggy als „Doktor Körner" aus Berlin vor.

Es folgten ehrfurchtsvolle Blicke der Anwesenden, deren Ernsthaftigkeit Conrad nicht recht zu trauen vermochte.

„Aha, ein Doktor aus Berlin besucht Bickenbach."

„Seit gestern plagt mich so ein Reißen im Schritt!",

„Sind Sie auch Fachmann für Frauenheilkunde?",

„Erzählen Sie doch mal einen Ärztewitz!"

Conrad benötigte etliche Kölsch und viel Geduld, die Anwesenden davon zu überzeugen, dass er kein Doktor der Medizin war, sondern leider nur Restaurator.

Seine Arbeit im Stadtarchiv erregte nur wenig Interesse.

Auch an einen Scanner, der Dreck von Dokumenten saugen konnte, vermochte man nur schwer zu glauben.

Lediglich die Frage nach dem Grund des Einsturzes des Gebäudes, rief heftige Diskussionen hervor.

Sicher war jedoch für alle Anwesenden, dass hier der berühmte „Kölsche Klüngel" zuständig war, die besondere Art in Köln Geschäfte zu machen.

Jeder wusste einen Namen oder eine Firmenadresse beizusteuern, die sich an dem U-

Bahnbau durch Pfusch eine goldene Nase verdient hatte.

Besonders die Leute, die tonnenweise Moniereisen verschachert haben sollten, ganz besonders aber auch die, die an den Pumpen gespart hatten.

„Alles Verbrecher!", war die einhellige Meinung und setzte dem Thema ein abruptes Ende.

Es entspannen sich in der Folge thematisch vielschichtige Gespräche, immer wieder begleitet von neuen Bierrunden.

Als Conrad am nächsten Tag in einem einfachen aber blitzsauberen Hotelzimmer erwachte, war seine Erinnerung über die Inhalte der Gespräche überaus lückenhaft.

Der Zustand seines Magens und seines Kreislaufs ließen jedoch auf erheblichen Alkoholkonsum schließen.

Verkatert saß Conrad auf der Bettkante und fragte sich, wie der Tag wohl weitergehen könnte.

Er wusste nicht genau, wo er jetzt war.

Auch an den Namen des Autohauses, geschweige denn an den Ort, an dem es zu finden war, konnte er sich selbst mit Anstrengung nicht erinnern.

Meggy war offensichtlich nach Hause gefahren und hatte ihn seinem Schicksal überlassen.

Als er nach einer leidlich erfrischenden Dusche völlig zerknittert den Schankraum betrat, wurde er von dem Wirt, Alfred, mit einem wissenden Lächeln empfangen.

Ohne auf eine Bestellung zu warten, stellte er ein Glas Wasser und eine Aspirin-Brausetablette auf einen der Tische.

„Existenzialistenfrühstück!", kommentierte er lakonisch und verschwand in einem der hinteren Räumen, um nach einer viertel Stunde mit einem abwechslungsreichen Frühstück und einer riesigen Tasse Kaffee zurückzukehren.

„Wohl bekomm's, Herr Doktor!"

Nur zögerlich begann Conrad, sein Frühstück einzunehmen.

Das Aspirin zeigte noch nicht die erwünschte Wirkung und die nahe Zukunft lag vor ihm in öder Dürre.

Als sich jedoch plötzlich die Schankraumtür öffnete und Meggy ihm mit einem strahlenden Lächeln einen guten Morgen wünschte, erschien ein Schimmer der Hoffnung am Firmament.

Der Anblick, der sich ihm bei Meggy bot, stand in krassem Gegensatz zu ihrer Erscheinung von gestern.

Ihre langen blonden Haare, die sie heute offen trug, fielen in leichten Wellen über ihre Schultern. Ihre dezent aber wirkungsvoll aufgetragene Schminke betonte ihre spitzbübisch lächelnden Lippen und ihre wunderbaren grünen Augen in besonderer Weise.

Sie trug einen enganliegenden Pulli und Jeans, darüber eine Lederjacke, die ihre schlanke, sportliche Figur hervorhoben.

Insgesamt schien es Conrad, als sei ihm ein Engel erschienen.

Leider gelang es ihr in Bruchteilen von Sekunden, dieses erhebende Gefühl wie ein Kartenhaus einstürzen zu lassen.

„Na, Doktorchen, hast du deine „Oberberger Taufe" gut überlebt? Mach voran, ich habe nicht viel Zeit. Ich muss dringend nach Köln und habe gedacht, ich nehm dich mit. Ich habe extra den Leichenwagen genommen. Ey, guck nicht so, war ein Scherz! Es bleibt sogar noch ein bisschen Zeit, im Autohaus vorbeizuschauen. Dann weißt du auch was mit deinem…, äh, Fahrzeug los ist!"

„Alles wird gut", dachte Conrad trotz seines Ärgers über Meggys Spott und schob sich hastig den letzten Bissen seines Marmeladenbrotes in den Mund, gefolgt von dem Rest seines Kaffees. Die Rechnung, die Alfred präsentierte, fiel nicht besonders erfreulich aus.

Das Zimmer mit Frühstück war angemessen preiswert.

Zwei Bierdeckel jedoch, übersät von dichten Strichen, wiesen ihn als edlen Spender in der exklusiven gestrigen Runde aus.

„Naja, Schwamm drüber", dachte Conrad, „irgendwie war es ja doch ein ganz netter Abend im Vergleich zu einer kalten Nacht auf dem Parkplatz des Autohauses."

Conrad traute seinen Augen nicht, nachdem er schließlich Meggy vor die Türe des Hotels gefolgt war.

In unmittelbarer Nähe stand, auf dem Standstreifen geparkt, ein riesiger pechschwarzer Wagen.

Seine Form als Combi und die unendlich lange Ladefläche zeigten, dass Meggy nicht gelogen hatte.

Zweifellos stand er vor einem Leichenwagen!

Die Spiegel, die Dachreling, überdimensionale Stoßstangen und diverse andere Chromteile schimmerten, als wäre der Wagen gerade vom Band gerollt.

Auch die Lackierung leuchtete makellos, trotz des grauen Wetters.

„Gefällt er dir?", fragte Meggy, nicht ohne Stolz.

„Ein Opel Kapitän, Sechszylinder, 90 PS, Baujahr 1962, Dreiganggetriebe mit Lenkradschaltung. Ich habe ihn komplett zerlegt und neu aufgebaut. Ich habe über drei Jahre daran gearbeitet."

„Das hat sich gelohnt!", antwortete Conrad ehrlich anerkennend, „Der sieht ja aus wie neu! Hast du das wirklich alles alleine gemacht?"

„Eigentlich schon. Nur bei den schweren Arbeiten, Kupplung, Getriebe und so, haben mein

Vater und mein Bruder schon mal mit angepackt. Ein richtiger Oldtimer."

Das Innere des Wagens war mit Echtholz vertäfelt und die Ledersitze, auch in Eigenarbeit wie Meggy versicherte, neu gepolstert und bezogen. Der Dieselmotor gluckerte ruhig und tieftönend, nachdem ihn Meggy nach kurzem Vorglühen gestartet hatte.

Es war eine wahre Freude, sich in einem solchen Schiff voran zu bewegen.

„Sag mal", fragte Conrad unvermittelt, „ wie bin ich eigentlich gestern ins Bett gekommen?"

„Oh", kam die prompte Antwort, „das war ein hartes Stück Arbeit, einen so stockbesoffenen Kerl die Treppe hinaufzubugsieren. Das hat Stunden gedauert. Auch wenn du eine ganz gute Figur hast, dein Gewicht ist schon eine Aufgabe für so ein zartes Geschöpf wie mich."

„Du willst doch damit nicht sagen, dass du alleine…"

„Doch!", fiel ihm Meggy ins Wort, „deinen Saufkumpanen ging es doch auch nicht besser als dir"

„Das mit der Treppe..., okay, aber wie ins Bett, ich meine, äh, ich war heute Morgen ziemlich unbekleidet."

„Ich sagte ja schon, du bist gut gebaut! Woher sollte ich es sonst wissen."

Inzwischen hatte sich Conrads Gesicht in Richtung überreife Tomate verfärbt, ein Umstand, der Meggy sehr zu amüsieren schien: „Du hast mich komplett ausgezogen?"

„Ja, keine Angst, deine Unschuld ist gewahrt. Du wärest wahrscheinlich ohnehin nicht in der Lage gewesen…". „Schon gut!", unterbrach Conrad lauter als geplant, betrachtete hochinteressiert die Leitplanken der Autobahn und wünschte sich auf eine einsame Insel.

Nach kurzer Fahrzeit erreichten sie das Autohaus, vor dem Conrads Megane traurig wartete. Meggy parkte ihr Ungetüm direkt vor dem Haupteingang.

Dort wurden sie bereits von einem der Verkäufer empfangen: „Meggy, du bist hier falsch! Das ist das Autohaus Schumacher, nicht das Bestattungsunternehmen Schumacher!"

„So ist er, der Edgar, immer einen tollen Witz auf den Lippen. So war er schon in der Grundschule!", konterte Meggy, halb zu Conrad gewandt, klatschte aber grinsend bei dem Verkäufer ab.

„Dieser junge Berliner braucht eine neue Wasserpumpe und was sonst noch dazu gehört, Zylinderkopf und so…".

„Geht rein und redet mit dem Chef!", kam zur Antwort.

Bei dem Chef des Hauses handelte es sich um einen seriösen, ruhigen und freundlichen Geschäftsmann. Er ließ Conrads Megane in die Werkstatt transportieren. „Wie viel hat er den runter?", fragte der Werkstattmeister nach einigen eingehenden Betrachtungen, die durch ein lebhaftes Mienenspiel, gekoppelt an häufiges Kopfschütteln begleitet wurden. Ein Verhalten, welches Conrad nichts Gutes hoffen ließ.

„So ungefähr 140.000, wieso?"

„Naja, mal so gesagt, an der Maschine ist durch die Hitze viel kaputtgegangen. Auch wenn sich nichts wesentlich verzogen hat, ist die Reparatur sehr teuer. Grob geschätzt würde sie den Wert des Wagens übersteigen."

„Um wie viel übersteigen?", fragte Conrad kleinlaut.

„Naja, mal so gesagt, so ungefähr das Dreifache", folgte die niederschmetternde Antwort.

„Ich meine das nicht zynisch, aber meine Meinung ist: Reden Sie mit ihrer Begleiterin, die macht Ihnen eventuell ein besseres Angebot für den Schrottwert ihres Autos, als wir das können, und denken Sie über ein anderes Fahrzeug nach. Wir können Ihnen zum Beispiel einige geprüfte Gebrauchtwagen anbieten, bei denen Sie im Vergleich zur Reparatur noch viel Geld sparen."Meggy bemerkte sofort, dass Conrad damit nicht gerechnet hatte und im Moment zu keiner Entscheidung fähig war.

Gleichzeitig saß ihr der Termin in Köln im Nacken.

„Wir haben ein Problem!", sagte sie daher, dem Chef des Autohauses zugewandt, „Wir müssen beide dringend zu einem Termin nach Köln. Kann Herr Körner noch etwas Bedenkzeit haben und das Auto hier stehen lassen? Morgen, spätestens übermorgen hole ich die Karre ab, versprochen."

„Wenn ein Waffenschmidt Termine zusagt…", grinste der Werkstattmeister, „du weißt, dass ich sowas nicht gerne mache, aber ich konnte dir und deinem Vater noch nie etwas abschlagen und irgendwie habt ihr auch noch was gut bei mir. Aber nur bis übermorgen!"

Mit einem freundlichen „Danke und schönen Tag noch!", begleitet von einem unwiderstehlichen Lächeln, zerrte Meggy Conrad aus der Werkstatt hinaus in ihren Wagen.

„Jetzt aber hurtig!", rief sie und schon bewegten sie sich über die Autobahn Richtung Köln.

8

„Steh auf, du verlauster fauler Krüppel! Die Sonne geht gleich auf und wir haben jede Menge zu tun!"

Die Stimme des alten Köhlers ließ erahnen, wie und womit er, in Ermangelung eines willigen Weibes, den letzten Abend und ebenso die vielen Abende vorher verbracht hatte.

Sein Atem, ein stinkendes Gemisch von faulenden Zähnen, übersäuertem Magen und billigem Fusel, unterstrich diesen Eindruck mit aller Deutlichkeit.

Seine ergrauten Haare hingen in zotteligen Strähnen in seinem vor Schmutz starrenden Gesicht.

Die blutunterlaufenen Augen funkelten hinterlistig, als er nach dem Ochsenziemer neben seiner Schlafstätte griff.

Wie an jedem Morgen trieb dem Krüppel der Gestank und die Abscheu vor seinem Meister den Mageninhalt bis in die Kehle. Zum Glück waren seine Mahlzeiten nicht so üppig, um sich allmorgendlich zu übergeben, aber auch das hätte den ungehobelten Köhler wohl nicht zu mehr Sauberkeit veranlasst.

Die barsche Anrede „Krüppel" störte ihn wenig. Er wurde schon immer so geheißen. Seine Mutter hatte ihn Benjamin genannt. Aber das war schon lange her.

Eine Taufe hatte er bestimmt nicht erhalten, war er doch der Bastard irgendeines Mannes, dem auf dem Jahrmarkt die Hose zu eng geworden war. Benjamin hasste seinen Meister bis aufs Blut, wenngleich er nie seine Hand gegen ihn erhoben hätte.

Schließlich gab er ihm Arbeit, ein Dach über dem Kopf, eine warme Schlafstätte in seiner ärmlichen Hütte und, wenn das Geschäft gut ging, gelegentlich zwei oder drei Kupferpfennige als Lohn für seine Arbeit.

All das war mehr, als ein Krüppel, der kaum richtig laufen konnte, in dieser Zeit erwarten konnte. Viele Menschen in einer ähnlichen Lage waren dazu verdammt, am Wegesrand oder auf Märkten um Almosen zu bitten.

Viele starben früh an ansteckenden Krankheiten oder erfroren in den kalten Wintern des Oberbergischen Landes.

Dennoch hasste Benjamin seinen Meister.

Er hasste ihn für all die Schläge, die er hatte über sich ergehen lassen müssen.

Der Köhler schlug ihn fast täglich mit einem Ochsenziemer, den er immer an seinem Gürtel trug.

Er schlug ihn, den Krüppel, wenn er zu langsam arbeitete, ebenso wenn es ihm zu schnell und unordentlich erschien.

Er schlug zu, wenn er zu viel getrunken hatte und genauso, wenn ihn der Mangel an Alkohol und der unangenehme Entzug unwirsch machte.

Der Köhler schlug ihn aus Grausamkeit, aus Vergnügen und weil er sein Eigentum war. Schließlich hatte er ihn vor Jahren für 10 Pfennige seiner Mutter, dieser halbverhungerten Wanderhure, abgekauft. Sie hatte ihm dafür zwar noch zu Willen sein müssen, sich dafür aber mit einer schmerzhaften Erkrankung an seinem besten Stück bedankt, diese Schlampe.

Grund genug dem Krüppel noch ein paar mehr mit dem Ochsenziemer zu verpassen.

Die schwere Arbeit war dagegen für Benjamin eine wahre Erholung.

Er liebte es, im Wald zu arbeiten, weit ab von allen anderen Menschen, die ihn wegen seiner Behinderung beschimpften oder hänselten.

In der letzten Zeit arbeitete er fast allein, während sein Meister immer öfter auf der Bank vor seiner Hütte saß und bis in den Abend hinein soff.

Aus diesem Grunde war er aber hier oft sein eigener Herr und fühlte sich, wenn auch nur für kurze Augenblicke, frei.

Er spürte die Kraft, die in seinem behinderten, aber noch jungen Körper schlummerten und freute sich über sein gelungenes Tagewerk.

Er hatte sein Handwerk gelernt, vom Fällen und Spalten der Buchen bis hin zur geschickten Anlage der Meilerplatte und dem fachgerechten Aufschichten der Meiler.

Seine Meiler gehörten zu den besten und ertragreichsten in der Gegend und Benjamin war sehr stolz darauf.

Noch war es aber nicht so weit. Es war Ende April, das Holz war geschlagen, gespalten und sauber, in Meterstücken neben den beiden Meilerplatten aufgestapelt.

Das Wetter war etwas offener geworden und bald konnte man an das Aufrichten der Meiler denken. In den vergangenen Tagen hatte Benjamin bereits den Luftschacht in der Mitte des Meilers, den Quandelschacht, mit Holzstangen und Eisenringen aufgestellt und damit begonnen, das Kohlholz rundherum mit Neigung zum Schacht aufzuschichten.

Je genauer gearbeitet wurde, umso besser kohlte der Meiler.

Auch der „Kleine Meiler", der Fuchs, war schon in Brand gesetzt.

Seine glühenden Kohlen würden nach dem Aufschichten und Abdecken des Meilers mit Erde und Grassoden durch das Füllloch des Quandelschachtes in den großen Meiler geschüttet und dieser anschließend wieder verschlossen.

Die Glut würde durch den Quandelschacht nach oben ziehen und sich dann trichterförmig verbreiten. Regulieren konnte man die

Hitzeausdehnung und später den Verkohlungsprozess durch Zuglöcher am Fuße des Meilers.

Eine Arbeit, die Geschick und Erfahrung erforderte. Benjamin hatte in den letzten Jahren von beidem mehr als genug erworben.

Wenn die Meiler jedoch nach acht bis zehn Tagen abgedeckt werden konnten und die schweren Ochsenkarren der Hüttenwerke den Ertrag seiner Arbeit abtransportierten, wanderte der Lohn in des Meisters Beutel und er saß abseits, ohne je ein Wort der Anerkennung, weder aus dem Munde seines Meisters noch aus dem der unwissenden Käufer, gehört zu haben.

Manchmal verweilten die Kutscher und tranken mit dem Meister.

Sie erzählten dann von den großen Hüttenwerken mit ihren riesigen Rennöfen, die vielfach in der an Bodenschätzen reich gesegneten Umgebung entstanden.

Sie berichteten von wasserbetriebenen, riesenhaften Hämmern, die das so gewonnene Eisen zu Stahl schmiedeten und sie sprachen von freien Handwerkern, Schmieden, die Schwerter schmieden konnten, die nie stumpf wurden, die in Lohn und Brot standen und fest gebaute Häuser bewohnten.

Sie schilderten in den buntesten Farben, wie an diesen Orten der Wohlstand stieg, wie an

Sonntagen, statt zu arbeiten, ein Gotteshaus besucht wurde, wo es Menschen gab, die in Städten lebten und die noch niemals in ihrem Leben Schwielen oder Schmutz an ihren Händen gehabt hatten.

An all diesen Geschichten konnte sich Benjamin nicht satthören, denn er hatte dergleichen noch nie zu Gesicht bekommen. Außer den schnell aufgerichteten Köhlerhütten kannte er nur vereinzelt liegende Gehöfte in der Umgebung, wo er gelegentlich Lebensmittel, vor allen Dingen aber den Schnaps für seinen Meister, einkaufte.

An das Leben mit seiner Mutter hatte er nur wenig Erinnerungen.

Schließlich war er noch ein kleiner Knabe von kaum fünf Jahren gewesen, als sie ihn damals, vor 18 Jahren, für eine warme Mahlzeit und ein paar Pfennige an seinen Meister, verkauft hatte.

Nur verschwommene Bilder waren in seiner Erinnerung verblieben, tagsüber diffus, in seinen nächtlichen Träumen deutlicher, aber verworren und beschränkt auf die Wahrnehmungen, die einem Fünfjährigen möglich waren.

Oft waren es fröhliche Bilder des lustigen Treibens auf großen Märkten.

Gelegentlich auch Gesichter meist betrunkener Männer, die ihn entweder fortstießen oder freundlich seine Haare aus der Stirn strichen.

Die Grobe Zeltwand hinter der sie mit seiner Mutter verschwanden um kurz darauf mit zufriedenem Gesicht zurückzukehren, gefolgt von seiner, je nach Ausgang der geschäftsmäßigen Dienstbarkeit fröhlich lachenden oder laut keifenden Mutter.

Sehr häufig waren es aber auch Erinnerungen an bohrenden Hunger und kalte Winternächte, in denen er seine blau gefrorenen Arme um den Hals seiner Mutter geschlungen hatte.

Er hasste seine Mutter nicht. Nein, sie war ihm eine gute Mutter gewesen, so wie ihr es möglich war.

Sie hatte ihn genährt und warmgehalten, so gut sie konnte.

Auch die Tatsache, dass sie ihn an den mürrischen Köhler verschachert hatte, nahm er ihr nicht übel.

Es war ein harter Winter gewesen und er wäre sicherlich umgekommen, wäre er bei ihr geblieben.

Sie hatte ihn aus Not weggegeben, so versuchte er es sich einzureden.

Sie hatte gar nicht anders gekonnt.

Jahrelang hatte Benjamin immer wieder an sie gedacht, sich nach den harten arbeitsreichen Tagen aus Kummer und Sehnsucht nach ihr in den Schlaf geweint.

Jahrelang hatte er gehofft, sie käme eines Tages zurück, um ihn zu holen.

In seinen Kinderträumen fuhr sie in prächtigen Kleidern in einer großen Kutsche vor, um ihn aus den Klauen des bösen Köhlers zu befreien.

Erst in den letzten Jahren, in denen er die Schwelle zum Manne überschritten hatte, bemächtigte sich seiner die Gewissheit, dass seine Mutter nie mehr zurückkehren würde.

Sie musste wohl in einem der unsäglich kalten Winter erfroren oder von einem der vielen Wegelagerer hinterrücks gemordet worden sein.

Vielleicht war sie auch an einer Krankheit oder gar an der Pest, die in diesen Tagen vielerorts wütete, gestorben.

Diese und andere Gedanken machte er sich in den vielen einsamen Nächten, in denen er die Meiler beaufsichtigen musste und der Köhler betrunken in seiner Hütte schnarchte.

An Schlaf war in diesen Nächten nicht zu denken. Der Meiler musste ständig überwacht werden. Rauchlöcher mussten gestoßen oder wieder verschlossen und durch Schrumpfungen des Holzes entstandene Dellen wieder aufgefüllt werden.

Das Holz im Meiler durfte in keinem Fall brennen, es musste verkohlen.

Einige wenige Male war er in den langen Nächten eingeschlafen.

Des Köhlers Ochsenziemer und ein tagelang leerer Magen hatten ihn dann seine Nachlässigkeit tief bereuen lassen.

In der letzten Nacht hatte er ein paar Stunden schlafen dürfen. Zwei Meiler waren gerade erst entfacht und drei weitere waren heute so weit ausgekühlt, dass die Kohle zum Abtransport bereitgestellt werden konnte.

Schon bald würden die schweren Ochsenkarren der nahegelegenen Eisenhütte die prall gefüllten schwarzen Säcke ins Tal transportieren, wo die schweren Wasserhämmer unermüdlich klopften, um Edelmänner, Ritter und Könige mit Waffen und Harnischen zu versorgen.

Wie gern hätte Benjamin all diese Dinge mit eigenen Augen erblickt.

Sein strenger Meister ließ es aber nicht zu, dass er mit den Ochsenkarren auch nur für wenige Stunden ins Tal gezogen wäre.

Die wenigen Male, in denen er die Kühnheit besessen hatte, darum zu bitten, fanden ihre Antwort in derben Tritten der schweren ledernen Stiefeln des Meisters.

9

Meggy zeigte sich überaus gut gelaunt. Sie freute sich auf den kommenden Tag.

Sie hatte ein paar Kleinigkeiten bei Vertragspartnern ihres Vaters zu erledigen und plante danach eine ausgiebige Shoppingtour durch die Einkaufszonen Kölns.

Auf der ungefähr dreiviertelstündigen Fahrt von Gummersbach nach Köln erzählte sie fast ihre ganze Lebensgeschichte.

Conrad war das ganz recht. Er konnte sich so besser von den Anstrengungen des gestrigen Abends erholen, zumal Meggy von ihrer schnoddrigen Art etwas abgewichen war und überaus interessant erzählte.

Wie Conrad bereits wusste, war Meggy die Tochter eines im Oberbergischen recht erfolgreichen Schrotthändlers.

Dieser betrieb außerdem eine kleine Autowerkstatt und einen recht schwunghaften Handel mit gebrauchten Ersatzteilen, die sozusagen in Familienarbeit aus den Autowracks geborgen wurden. Der alte Waffenschmidt war dafür bis weit über die Grenzen des Oberbergischen Kreises bekannt: „Frag mal den Waffenschmidt", oder „Der Waffenschmidt hat alles!", hieß es bei den Schraubern und Autobastlern in der Umgebung.

Meggy hatte den Geruch von Benzin, Diesel und Öl schon mit der Muttermilch aufgesogen.
Als Kind war der Schrottplatz ihr zweites Zuhause und Lieblingsspielplatz gewesen.
Sie lernte begierig alles über Autos und Technik, dessen sie habhaft werden konnte.
Schon mit zehn Jahren war die Bedienung des Krans, des Gabelstaplers oder der Schrottpresse kein Geheimnis mehr für sie gewesen.
Sie war damit der Stolz ihres Vaters.
Ihr älterer Bruder Georg konnte und wollte diesem Anspruch nie besonders gerecht werden.
Auch er musste, wie Meggy, schon früh einen großen Teil seiner Freizeit im Betrieb helfen, tat das aber mit erheblich weniger Freude und Motivation als Meggy.
Daher war es nicht verwunderlich, dass er nach seinem Abitur ein Jurastudium absolvierte und inzwischen ein aufstrebender, erfolgreicher Rechtsanwalt in Köln war.
Der Vater hegte dagegen keinen Groll.
„Et kütt, wie et kütt", sagte er, ganz nach kölscher Tradition.
Sein einziger Wunsch war, dass seine Kinder glücklich wurden, auch, wenn der Familienbetrieb, der schon seit vielen Generationen bestand, keinen Nachfolger haben würde.
Das hatte eine ganze Weile so ausgesehen.

Auch Meggy hatte sich nach ihrem Abitur in verschiedenen Studiengängen versucht.
Zuerst hatte sie nach zwei Semestern die Einsicht gewonnen, dass der Beruf der Zahnärztin nicht wirklich ihren Interessen entsprach.
Aber auch die Elektrotechnik und der Maschinenbau in Aachen konnten ihre Hoffnungen nicht erfüllen.
Mit 23 Jahren verabschiedete sie sich dann von einer akademischen Laufbahn, schloss eine Ausbildung als Automechanikerin ab und hatte seit letztem Jahr, schon mit 27, einen Meisterbrief in der Tasche.
Ihr nächstes Projekt aber sei, so erzählte sie mit leuchtenden Augen, die Restaurierung der alten Schmiede auf dem Betriebsgelände ihres Vaters.
Der Wasserhammer war nach Erzählungen und Überlieferungen schon 250 Jahre alt. Zwei Wasserräder bewegten einst über eine dicke Eichenwelle drei Fallhämmer.
Der hinter dem Hammerwerk liegende Hammerteich war schon vor sehr langer Zeit zugeschüttet worden.
Meggys Vater hatte dennoch ein Vermögen aufwenden müssen und eine ausreichende Ölabscheidung installiert, um eine Verschmutzung des Baches durch auf dem Schrottplatz austretendes Öl zu vermeiden.

Trotzdem hatten die Waffenschmidts ständig die Umweltbehörden auf den Füßen stehen, die sie streng kontrollierten und reglementierten.

Besonders interessant fand Meggy, dass vor dem Wasserhammer auch schon eine Schmiede am selben Ort gestanden haben musste.

Ihr Vater hatte bei Räumarbeiten die Reste eines alten Schmelzofens gefunden.

Das war damals ein gefundenes Fressen für die archäologische Abteilung des Landschaftsverbandes gewesen.

Es hatte Wochen gedauert, bis wieder ein reibungsloser Betrieb auf dem Schrottplatz möglich gewesen war.

Immerhin hatte sich herausgestellt, dass schon in dieser Zeit die Schmiede in den Händen der Familie Waffenschmidt beziehungsweise deren Vorfahren gelegen hatte.

Meggy schien mächtig stolz darauf zu sein.

Da die Schmiede schon vor über hundert Jahren ihren Betrieb eingestellt hatte, Meggys Urgroßvater hatte seine Selbstständigkeit aufgeben müssen und eine Beschäftigung als Lohnarbeiter in einem der größeren Stahlwerke in der Umgebung angenommen, war der Zustand der Gebäude nicht der beste.

Lange waren hier Werkzeuge und kleine Maschinen gelagert und wenig Wert auf den Erhalt der Bausubstanz gelegt worden.

Andererseits verdankten die Fachwerkkonstruktionen dem Umstand, dass zumindest die Dächer, Fenster und Türen in Ordnung gehalten wurden, dass sie nur wenig unter eindringender Feuchtigkeit gelitten hatten. Lediglich die alten Wasserräder lehnten in nur noch verrotteten Fragmenten an den Wänden der Schmiede.

Conrad war sehr verwundert, als Meggy schon in Köln-Deutz die Autobahn verließ und ihren Wagen in einer der wenigen freien Parknischen parkte.

„Weiter fahre ich nicht in die Stadt mit meinem Schätzchen. Das ist mir zu riskant. Du glaubst nicht, wie viele Bergheimer da unterwegs sind und wie die fahren, ist ja hinreichend bekannt", erklärte sie. „Ab hier geht es weiter mit der Bahn."

Conrad folgte ihr bis zur nahegelegenen Haltestelle und sie fuhren gemeinsam bis zum Hauptbahnhof.

Vor dem Bahnhof reichte ihm Meggy, nachdem sie ihm eine Visitenkarte in die Jackentasche geschoben hatte, die Hand.

„Ja Herr Doktor, hier trennen sich unsere Wege. Deinen Wagen hole ich übermorgen ab. Wenn du keine Zeit hast, vorbeizukommen, kannst du alles Weitere mit meinem Vater telefonisch regeln. Ich rede mit ihm, damit er dir einen guten Preis macht. Übrigens für einen Doktor bist du ein ganz netter Kerl."

Den letzten Satz begleitete sie mit ihrem typischen sympathischen Lächeln, das Conrad in den vergangenen Stunden sehr liebgewonnen hatte.

Von einem plötzlichen Impuls überrollt drückte er Meggy an sich und bedankte sich herzlich für ihre Hilfe.

Die Umarmung dauerte nur wenige Sekunden. Meggy schien überrascht und musterte ihn mit ihren etwas verunsicherten grünen Augen.

Dann gewann sie ihre Fassung zurück und tauchte mit einem „Jetzt könnte ich aber rot werden, Doktor!", in der Menge am Bahnhofsvorplatz unter.

Conrad stand unschlüssig und leicht verwirrt vor dem Bahnhof, die Reisetasche und den Koffer neben sich auf dem Boden. Was sollte er jetzt tun? Sein Auto war er los und eine Unterkunft für die kommende Nacht hatte er auch noch nicht gefunden.

Unschlüssig schaute er sich um.

Der Platz war voller Menschen, die wie Ameisen, scheinbar ziellos, hierhin und dorthin liefen.

Immer wieder fing sich sein Blick in den endlos hoch erscheinenden Türmen des Kölner Domes. Conrad war schon in seiner Kölner Zeit immer wieder hier gewesen und auf gleiche Weise von dem alten Kölner Wahrzeichen beeindruckt.

Conrad war nicht besonders gläubig, aber dieser Bau konnte einen Jeden einfangen und ihm mit jedem Stein sagen, wie klein der einzelne Mensch im Vergleich zum großen Werk der Schöpfung war.

Genau das war es ja, was die katholische Kirche den Menschen jahrhundertelang suggerieren wollte, um sich als Vermittlerin zwischen Gott und den ach so sündigen Menschen zu legitimieren.

Nicht immer hatte die Geschichte gezeigt, dass daraus etwas Gutes erwachsen wäre.

Auch hier war das Hauptthema Macht und Machterhalt. Andererseits fühlten sich Menschen an diesem Ort, unabhängig von Rang und Herkunft, wie Kinder, die sich bedingungslos in den Schoß des höheren Wesens flüchten durften. Für viele war das auch in der heutigen Zeit eine große Hilfe.

Conrad beschloss zuerst einmal seine Wirkungsstätte im Restaurierungs- und Digitalisierungszentrum in Porz-Lind aufzusuchen.

Um Zeit zu sparen, nahm er eins der vielen Taxis, die vor dem Bahnhof auf Fahrgäste warteten. Der Taxifahrer, ein Mittvierziger, offensichtlich dem südeuropäischen Raum entstammend, sprach ihn auf breitem Kölsch an: „Wo sollet dann hinjonn, junger Mann? So, no Poorz-Lind! Wat willste denn do, op der schääl Sick?"

Nach der allgemeinen Ansicht des Urkölners hörte Köln noch immer am linken Ufer des Rheins auf. Das rechtsrheinische Gebiet wurde daher als „scheele Seite" bezeichnet.

Niemand wusste genau, woher diese Bezeichnung stammte. Möglicherweise hatte sie schon in der Zeit der Römer ihren Ursprung.

Das römische Köln beschränkte sich weitestgehend auf die linke Seite des Rheins.

An der gegenüberliegenden Seite begann das germanische Gebiet, in das die Römer sich nur selten und dann häufig mit nur mäßigem Erfolg wagten, auch wenn Überreste einzelner römischer Gehöfte und Straßen, tief im bergischen Land, gefunden worden waren.

„Asu, innet Institut!", plapperte der Taxifahrer weiter.„Do hat isch de letzte Daach schonmol en paar Toure hin. Do wedde doch die ahle Dokumente jebößelt, die us dem Stadtarschief."

Conrad befriedigte die Neugier des Taxifahrers mit einem kurzen „Ja!", hatte aber weiter keine Lust das Thema zu vertiefen. Der Fahrer schien das zu merken und schwieg seinerseits weitestgehend.

Lediglich die Verkehrssituation und insbesondere das Verhalten der anderen Verkehrsteilnehmer kommentierte er lautstark und in drastischer Wortwahl.

Schließlich hielt er vor einem langgezogenen Flachbau, augenscheinlich einer ehemaligen Lagerhalle. „Sechzehnfuffzisch!", rief er gebieterisch in den Fond hinein.

Conrad beglich die Summe mit einem Zwanzigeuroschein und erntete dafür ein mittelfreundliches „Danke, der Herr!".

Vor dem Gebäude parkten, halb auf dem Gehweg, ein dunkelblauer Ford älteren Baujahres und ein Streifenwagen der Polizei mit eingeschaltetem Blaulicht.

Vor der Eingangstür war ein uniformierter Polizist postiert, der Conrad prompt den Einlass verweigerte.

„Tut mir leid, ich darf keinen Zutritt jestatten, strikte Anweisung vom Chef!", postulierte der Beamte, etwas gestelzt, mit typisch rheinischem Akzent.

„Ich muss aber hier rein!", wehrte sich Conrad, „Ich werde dringend erwartet!"

„Nix zu machen. Dat ist ein Tatort und sie müssen sich zumindest jedulden, bis die Spurensicherung fächtisch is. So is dat nun mal", konterte der Beamte wichtig.

Conrad hatte nicht vor kleinbeizugeben und holte zu einem in angehobener Lautstärke vorgetragenen Wortschwall aus, der mit

„Vorgesetzter", „Beschwerde" und ähnlichen Formulierungen gespickt war, wurde aber durch das Einschreiten eines jungen Zivilbeamten, der plötzlich in der Eingangstür erschienen war, auf freundliche Weise gebremst:

„Nun beruhigen Sie sich mal. Mein Kollege hat völlig recht. Das Betreten des Tatortes ist vorerst nicht gestattet. Wichtige Beweismaterialien und Spuren könnten unwiderruflich verloren gehen. Verzeihen Sie, Mertens mein Name, Dieter Mertens, Kriminalpolizei Köln."

Der fragende Blick des jungen Beamten forderte Conrad auf, sich seinerseits vorzustellen: „Mein Name ist Körner, Dr. Conrad Körner, Staatliche Museen Berlin. Ich werde dringend von Frau Thelen erwartet."

„In welcher Sache, wenn ich fragen darf?"

„Ich soll Mitarbeiter von Frau Thelen in die Bedienung einer neuen, von uns entwickelten Maschine, einweisen. Würden Sie mir aber bitte Ihrerseits erklären, was hier los ist?", erwiderte Conrad ungeduldig.

„Hm, wir wissen selbst noch nicht allzu viel. Frau Thelen ist noch im Gespräch mit den Kollegen. Wenn Sie aber so freundlich wären und mich in das Labor begleiten würden. Vielleicht können Sie mir weiterhelfen."

Conrad fühlte sich maßlos überfordert. Zuerst die Panne, die Begegnung mit Meggy und jetzt folgte er einem Kriminalbeamten an einen Tatort, der eigentlich sein Arbeitsplatz hätte werden sollen.

Conrad musterte Mertens von der Seite. Ein merkwürdiger Menschenschlag, diese Rheinländer. Einerseits ruppig und distanzlos, andererseits aber offen und interessiert, dachte Conrad bei sich.

Mertens war nicht unsympathisch.

Er mochte in seinem Alter sein, war groß und schlank. Sein federnder Schritt wirkte sportlich. Seine Augen und sein gesamtes Auftreten vermittelten den Eindruck von Energie und wacher Intelligenz.

Conrad folgte dem Beamten durch den langen Gang, bis hin zu einem hell erleuchteten Raum, der an der Eingangstür als „Labor 1" ausgewiesen wurde.

In der Mitte des Raumes stand die Maschine, die Conrad und seine Kollegen, in Anlehnung an die Starwars-Serie, „R2D2" getauft hatten.

Vor der Maschine breitete sich eine hässliche Lache getrockneten Blutes aus.

Wie in einem Kinofilm waren auf dem Boden die Umrisse eines Körpers markiert.

Schlagartig wurde Conrad klar, dass sich hier etwas Schreckliches zugetragen haben musste.

Drei Männer, wohl von der Spurensicherung, untersuchten jeden Winkel des Raumes, in der Hoffnung auf irgendeinen Hinweis.

Einer der Männer trat auf Kommissar Mertens zu und erstattete Bericht: „Nichts zu machen! Alles ist entweder verwischt oder übersät mit Fingerabdrücken.

An diesen Stellen werden wir ohnehin nicht fündig. Auch sonst haben wir keine Hinweise gefunden. Keine Haare, keine Kampfspuren, keine Tatwaffe, nichts.

Der Täter hat den Tatort sauber verlassen.

Frau Thelen und ihre Mitarbeiter waren so freundlich und haben eine erste Bestandsaufnahme der eingelagerten beziehungsweise entwendeten Dokumente gemacht. Wohl um sicherzugehen, hat der Täter den gesamten Inhalt der Kühleinheit gestohlen. Es handelt sich um einzelne Gerichtsprotokolle aus verschiedenen Epochen und gesiegelte Briefe, vorwiegend aus dem beginnenden siebzehnten Jahrhundert.

Sie befanden sich, weitgehend unsortiert, in zwei großen Styroporkisten, wie sie auch zum Transport von Speisen genutzt werden. Sicher ist, dass sich die unlängst gefundenen Dokumente über den Hexenprozess im Oberbergischen darunter befunden haben."

In der Zwischenzeit hatte eine junge Frau den Raum betreten und mit einem Tablet-PC in der Hand Warteposition bezogen.

Ihre Körperhaltung, besonders aber ihr Augenaufschlag in Richtung des Kommissars, verrieten eindeutig, dass sie zu dessen glühendsten Verehrerinnen gehörte.

Die Sprechpause nutze sie prompt: „Dieter, ein erster Bericht der Gerichtsmedizin ist gerade reingekommen."

Obwohl sie Mertens auch das Tablet hätte reichen können, ließ sie es sich nicht nehmen, den Obduktionsbericht selbst vorzutragen: „Ellen Martin, Alter 29, schwedisch-deutsche Abstammung, seit dem 15. August im RDZ beschäftigt.

Der Tod trat unmittelbar nach einem Schlag mit einem stumpfen Gegenstand oder nach schwerem Sturz auf den Hinterkopf ein.

Der gesamte Körper zeigt keine Hinweise, die Rückschlüsse auf einen Kampf zulassen. Der Todeszeitpunkt liegt zwischen 20.00 und 21.00 Uhr des gestrigen Abends."

Mertens bedankte sich kurz für den Bericht und führte Conrad zu der Maschine.

Conrad wurde angesichts des Blutflecks und seiner Fantasien bezüglich der Geschehnisse leicht übel und er wendete sich ab.

Mertens schien das nicht zu bemerken: „Das Opfer, Frau Martin, sollte die Arbeit an Ihrer Maschine übernehmen. Kannten Sie Frau Martin?"

„Nein", antwortete Conrad leicht verunsichert, „ich hatte von Berlin aus nur telefonischen Kontakt zu Frau Thelen."

„Sagen Sie einmal, Sie wurden doch bereits gestern erwartet. Warum hat sich Ihre Ankunft verzögert?", bohrte Mertens weiter.

„Mein Auto hatte eine Panne." Conrad wurde von Mertens unterbrochen: „Wo waren Sie am gestrigen Abend zwischen 19.00 Uhr und 21.00 Uhr?"

„Sagen Sie mal, haben Sie noch alle Tassen im Schrank? Ich war auf der Autobahn, A4, Rastplatz Bellingroth und hab mir im Regen den Arsch abgefroren, weil der ADAC Betriebsausflug hatte!" Conrad war außer sich vor Wut.

„Nun bleiben Sie mal ruhig!", sagte Mertens in verbindlichem Ton. „Ich muss diese Fragen stellen. Schließlich habe ich einen Mordfall aufzuklären."

Conrad wurde neugierig: „Mord? Nach allem, was ich mitgekriegt habe, könnte es genauso ein Unfall gewesen sein. Frau Martin könnte ausgerutscht und unglücklich gegen den Rahmen von R2D2 gestürzt sein."

„Oder sie wurde gestoßen, oder jemand hat den Tatort so arrangiert, dass es so aussieht, als ob", gab Mertens zu bedenken. „Außerdem fehlen die Dokumente, an denen sie gearbeitet hat. Es waren wichtige Funde von enorm historischem Wert. Die lokalen Zeitungen haben ausführlich darüber geschrieben. Erklären Sie mir bitte Ihre Maschine!"

Nach einigen einleitenden Worten zur Funktionsweise der Maschine, trat Conrad an das Bedienpult und drückte den blauen mit „Wake" bezeichneten Schalter.

Wie gewohnt versuchte die Recheneinheit, das System aus dem Energiesparmodus hochzufahren. Der Vorgang stoppte jedoch schon nach wenigen Sekunden.

Auf dem Monitor erschien der Hinweis „booterror: no harddisk found." Ein Blick in die Konsole, unterhalb der Tastatur, bestätigte Conrads Verdacht sofort: Beide Wechselfestplatten fehlten.

„Sowas habe ich mir gedacht", sagte Mertens leise. „Wetten wir, dass der PC an Frau Martins Arbeitstisch auf ähnliche Weise geschändet wurde?"

Mertens Verdacht bestätigte sich sofort.

Ein kurzer Blick auf den Rechner an Ellen Martins Schreibtisch genügte: Die Seitenwand war nur wieder aufgesteckt und die Festplatte aus dem Gehäuse entfernt worden.

„Bleibt nur eine Frage offen", sinnierte Mertens, halb für sich halb an Conrad gerichtet, „Wieso arbeitete Frau Martin an der neuen Maschine, an der Sie sie erst einarbeiten sollten? Woher hatte sie das Wissen, sie zu bedienen?"

„Das liegt wohl in der natürlichen Neugier der Frauen, über die Frau Martin in hohem Maße verfügte", wurde Conrad der Antwort von einer tiefen, resolut klingenden Frauenstimme enthoben. „Außerdem gibt es ja ein ausgezeichnet strukturiertes Handbuch."

Die Stimme gehörte einer gutaussehenden Dame, die sich als Renate Schmidt-Clement, Leiterin des Restaurierungs- und Digitalisierungszentrums, vorstellte.

„Frau Martin war hochmotiviert bei der Arbeit und wir bedauern sehr, mit ihr eine so engagierte und talentierte Mitarbeiterin verloren zu haben", fuhr Frau Schmidt-Clement fort.

„Gleich als die Maschine geliefert wurde, machte sie sich über das Handbuch her und bombardierte die Installateure unaufhörlich mit Fragen. Mir war nicht ganz wohl, als sie sich schließlich daran machte, das Gerät in Betrieb zu nehmen. Aber sie schien zu wissen, was sie tat. Darum ließ ich sie gewähren."

Conrad war entsetzt bei Frau Schmidt-Clements Ausführungen. Auch wenn der Scanner relativ leicht und intuitiv zu bedienen war, gab es doch für den Laien einige Fehlerquellen, die die Funktion der Maschine durchaus beeinträchtigen konnten.

Außerdem war das Gerät noch nicht komplett eingerichtet und feinjustiert, eine von Conrads Hauptaufgaben in Köln, sodass auch die zu behandelnden Dokumente hätten beschädigt werden können.

Angesichts der bestehenden Situation schwieg Conrad jedoch zu diesem Thema.

Frau Schmidt-Clement hatte schon genug durchgemacht. Schließlich hatte sie die Leiche gefunden. Der Schock und das Entsetzen über dieses Erlebnis stand ihr noch ins Gesicht geschrieben.

„Womit, ich meine, mit welchem Dokument, hat Frau Martin ihren Testlauf denn gestartet?", fragte Mertens im professionellen Tonfall eines Ermittlungsbeamten.

„Genau kann ich das nicht sagen. Sie hat unserem Aufbewahrungscontainer mehr oder weniger wahllos ein Dokument entnommen. Es handelte sich wohl um ein altes Gerichtsschreiben aus der Zeit vor dem Dreißigjährigen Krieg. Es war stark beschädigt. Frau Martin hat alles genauestens dokumentiert", antwortete Frau Schmidt-Clement nachdenklich.

„Hat sie handschriftliche Aufzeichnungen erstellt?", fragte Mertens weiter. „Nein, Frau Martin hat alles auf ihrem Computer festgehalten, auch eine Kopie der ersten Scans."

„Genau diese Informationen fehlen leider jetzt. Der Täter hat ganze Arbeit geleistet, indem er auch Frau Martins Festplatte entfernt hat", bemerkte Mertens resigniert.

„Vorerst kommen wir hier nicht weiter", resümierte er. „Bei der Leiche müssen wir noch das Ergebnis der Obduktion abwarten, wobei wir da wahrscheinlich nichts Neueres erfahren werden, als das, was wir schon wissen. Die tödliche Kopfverletzung erfolgte wohl durch einen Schlag mit einem stumpfen Gegenstand oder einen harten Sturz auf den Rahmen der Maschine. Es gibt keine augenscheinlichen Kampfspuren. Ich glaube auch nicht, dass uns die weitere Suche nach Fingerabdrücken auf eine Spur bringt. Wir werden dennoch von allen Mitarbeitern Abdrücke abnehmen müssen, Frau Schmidt-Clement."

„Natürlich, wir stehen selbstverständlich zur Verfügung", antwortete diese leise.

Ihre Augen verrieten, dass sie mit den Tränen kämpfte. Sie musste kurz vor einem Zusammenbruch stehen.

Mertens entließ Conrad: „Wenn mein Kollege Ihre Daten aufgenommen hat, können Sie jetzt gehen, Herr Körner. Halten Sie sich aber bitte zu unserer Verfügung."

Verwirrt verließ Conrad das Institut.

Es war schon früher Nachmittag und er hatte weder eine Bleibe für die Nacht, noch eine Möglichkeit, auf einfachem Wege an sein Auto zu gelangen.

Daher beschloss er, zunächst für eine Unterkunft zu sorgen.

Wieder einmal dankte er dem Herrn für die Erfindung des Smartphones, mit dessen Hilfe er ganz in der Nähe des Restaurierungs- und Digitalisierungszentrums ein preiswertes Hotel ausfindig machte, das seinem Budget, vielmehr dem seines Arbeitgebers, entsprach.

Das Zimmer war einfach, aber sehr sauber, das Personal, für Köln nicht immer selbstverständlich, höflich und entgegenkommend.

Dem Portier gelang es, im Zeitraum von einer halben Stunde ein preiswertes Mietfahrzeug zu organisieren.

Es handelte sich hierbei um einen zirka zehn Jahre alten Polo, der bereits 200.000 Kilometer auf dem Tacho auswies und in allen Ecken und Winkeln klapperte.

Conrad störte das nur wenig. Der Wagen rollte und das zuverlässig.

Am späten Nachmittag warf er sich schließlich auf sein Bett, schloss die Augen und ließ die Ereignisse des Tages Revue passieren.

Noch nie in seinem Leben war es so turbulent zugegangen. Seine Schulzeit, sein Studium, seine

Jobs, ja sogar seine Beziehungen waren stets in sicherem Fahrwasser geschippert und jetzt, auf einer Fahrt nach Köln, überschlugen sich die Ereignisse.

Auch wenn ihn Ellen Martins Tod, insbesondere die Umstände ihres Todes, schockierten, so kreisten seine Gedanken doch hauptsächlich um die Person von Meggy. Ja, sie war eine sehr faszinierende Frau, selbstbewusst und klug. Sie erzählte interessant und spritzig und hatte ein wunderbares Lachen. Sie stand voll im Leben, mehr als er es je getan hatte. Und je mehr er darüber nachdachte: Sie war ausnehmend gutaussehend.

Wie durch Zauberei fand sich plötzlich Meggys Visitenkarte in der einen Hand, während die andere, fast ohne willentliches Zutun, die aufgedruckte Handynummer wählte.

Als jedoch nach wenigen Weckzeichen nicht Meggys fröhliche Stimme, sondern die der Mailbox ertönte, fiel das Kartenhaus seiner Träume zusammen und katapultierte ihn in die triste Einsamkeit seines Hotelzimmers zurück.

Nachdem die ersten Untersuchungen im RDZ abgeschlossen waren, fuhr Mertens zurück in sein Büro im Präsidium.

Seine Mitarbeiterin hatte schon alle Informationen zu dem vorliegenden Fall zusammengestellt.

Sie lagen ordentlich geordnet auf seinem Schreibtisch. „Elke ist ein Goldstück", dachte er bei sich. „Hoffentlich macht sie sich mir gegenüber keine großen Erwartungen."

Ihm war natürlich seit langem nicht entgangen, dass seine Mitarbeiterin mehr als nur ein Auge auf ihn geworfen hatte.

Nur selten konnte er sein Büro betreten, ohne einen frisch gebrühten Kaffee auf seinem Schreibtisch vorzufinden.

Alle seine Aufträge wurden in Windeseile erledigt und jede seiner Anweisungen wurde mit strahlendem Lächeln quittiert. Mertens legte sich in seinem bequemen Bürosessel zurück und studierte den vorläufigen Bericht.

Ellen Martin war von ihrer Chefin, Frau Schmidt-Clement, am heutigen Morgen gegen 7.00 Uhr tot aufgefunden worden.

Ihre Leiche hatte neben einem neu bestellten Untersuchungsgerät gelegen.

Die Untersuchungen der Gerichtsmedizin konnten den Todeszeitpunkt auf zirka 20.30 Uhr bestimmen.

Die Todesursache war ein harter Schlag auf den Hinterkopf, der unmittelbar zum Tod geführt hatte.

Noch nicht eindeutig war, ob das Einwirken äußerer Gewalt oder ein Sturz auf die

Metalloberfläche der nahe stehenden Maschine zum Tode geführt hatte.

Es gab keine Hinweise auf gewaltsames Einwirken.

Die Entwendung mehrerer Festplatten und Dokumente ließen jedoch den Rückschluss zu, dass es sich hier nicht um einen Unfall, sondern um eine Straftat, möglicherweise Mord handelte.

Elke hatte ihren Job gründlich erledigt.

Sie hatte die Eltern des Opfers verständigt und, soweit möglich, befragt.

Mertens stutzte jedoch, als er las, dass in der vergangenen Woche eine ungewöhnlich hohe Zahlung von 5.000 Euro auf ihrem Girokonto eingegangen war.

Sie hatte den Betrag selbst dort eingezahlt, so dass nicht zurückverfolgt werden konnte, woher Frau Martin das Geld hatte. Ellen Martin hatte also möglicherweise Geld dafür erhalten, irgendjemandem, möglicherweise dem Täter, Zugang zum RDZ zu verschaffen.

So weit, so gut, aber gab es dabei ein Motiv für einen Mord? Mertens rieb sich die Stirn.

Im RDZ waren wichtige, teils wertvolle Dokumente gelagert. In ihrem jetzigen Zustand waren sie aber für jeden Dieb eher wertlos.

Die meisten der Schriften waren zudem doch schon vor dem Unfall für so gut wie jedermann zugänglich gewesen.

Gab es da ein wirkliches Motiv für einen Mord?
Wenn ja, konnte nur der Inhalt der gestohlenen
Dokumente darüber Aufschluss geben.
Die Schriften mussten für den Täter so brisant
sein, dass dieser bereit war, nicht nur in das RDZ
einzudringen, sondern sogar ein Tötungsdelikt in
Kauf zu nehmen.

10

Auch an diesem Morgen des späten April wurde Benjamin von den fröhlichen Gesängen der Waldvögel geweckt.

Die Sonne warf ihre ersten Strahlen über die Baumwipfel, begleitet von einem kühlen Morgenwind, der den Wald leise rauschen ließ.

Im Tal lag leichter Nebel und in den Büschen und Gräsern glitzerte der Morgentau.

Benjamin liebte den Morgen. Alles war so friedlich und erwartete mit Freuden den Tag.

Einzig das laute Schnarchen des Meisters, der in der Hütte seinen Rausch ausschlief, störte die Ruhe und den Frieden.

Wie jeden Morgen wusch sich Benjamin notdürftig in der irdenen Schüssel, die auf einem Baumstumpf vor der Hütte stand. Dem Sack mit Brot, Schinken und Wurst, der zum Schutze vor Mäusen und anderem Ungeziefer an der Hüttenwand aufgehängt war, entnahm er ein Stück Brot und eine Wurst, die er auf seinem Weg zu den Meilern mit Appetit verzehrte.

Die Meiler glühten ordnungsgemäß. Hier und da schaufelte Benjamin Erde oder Grassoden auf die Hügel, um unerwünschte Löcher zu verschließen. Bald war aber seine morgendliche Arbeit erledigt und der Meister noch immer nicht erwacht.

Benjamin beschloss daher einen kleinen Spaziergang in den Wald zu unternehmen.

Auf seinem Weg verspürte er jedoch, dass der Wald an diesem Morgen ein anderer war. Es war noch stiller als sonst und nur wenige Vögel zwitscherten in den Büschen und Bäumen.

Es währte aber nicht lange, bis sich Benjamin die Ursache der Veränderung offenbarte. In einer Bodensenke, an den Stamm eines Baumes gelehnt, saß eine junge Frau. Sie mochte in seinem Alter sein, vielleicht ein wenig älter. Sie trug ein blaues Kleid, schmutzig, aber nicht abgetragen und von einer Machart, die nicht zu einer Streunerin, Bettlerin oder Dirne passte und schon gar nicht in den morgendlichen Wald.

Ihr langes blondes Haar hatte sie zu einem Zopf geflochten. Ihr Antlitz war ebenmäßig und sehr hübsch.

Sie schien zu schlafen, schreckte jedoch sofort auf, obwohl Benjamin versucht hatte, sich mit Vorsicht zu nähern.

Sie wirkte verzweifelt und ängstlich und zur Flucht bereit. Benjamin lächelte sie an und versuchte, sie mit Gesten und ruhigen Worten zu beschwichtigen.

„Bleib ruhig! Ich will dir kein Leid antun."

Vorsichtig näherte er sich der jungen Frau, die sich wild wie ein scheues Reh nach allen Seiten umschaute.

„Wer bist du? Was tust du hier allein im Wald?", fragte Benjamin mit sanfter Stimme.

Die Antwort bestand lediglich aus einem weiterhin angstverzerrten Gesicht und einem Kopfschütteln.

„Hast du Hunger?", fragte er weiter und diesmal folgte heftiges Kopfnicken.

„Warum sprichst du nicht? Kannst du nicht sprechen?"

Wieder folgte ein Kopfnicken.

„Das ist schlimm! Ich weiß, wie es ist anders zu sein. Schau, ich bin an der linken Seite lahm und alle nennen mich nur „Krüppel", obwohl ich stark bin und trotzdem oft mehr arbeite als mancher Gesunde."

Auch dies wurde mit einem Kopfnicken beantwortet.

Die Gesichtszüge der jungen Frau hatten sich inzwischen ein wenig entspannt.

„Warte hier!", fuhr Benjamin fort, „Ich gehe zur Hütte und hole dir etwas zu essen und zu trinken."

Mit schnellen Schritten lief er zur Hütte zurück. Der Köhler schien noch immer zu schlafen. Benjamin nahm etwas Speck, Wurst und einen Kanten Brot aus dem Sack. In einen Krug füllte er frisches Wasser und lief zurück zu der Stelle, an der er die junge Frau gefunden hatte.

Gierig verschlang diese, ohne aufzublicken, die mitgebrachten Speisen.

Als sie ihr Mahl beendet hatte, hob sie jedoch den Kopf und schenkte Benjamin einen Blick voller Dankbarkeit.

Benjamin war gerührt. Wie schön sie war.

„Was mache ich denn nun mit dir? Zur Hütte kann ich dich kaum mitnehmen. Der Meister würde dich fortjagen oder schlimmere Dinge mit dir tun."

„Was würde ich denn tun, Bürschchen?", wurde er von einer rauen Stimme jedes weiteren Gedankens enthoben.

Der Meister musste ihm gefolgt sein, als er das Essen für die Frau geholt hatte und stand nun nur wenige Schritte entfernt.

„Du bist schon so lange in meinen Diensten und kennst deinen Meister nicht?", fuhr dieser mit heuchlerisch sanfter Stimme fort.

„Ich weiß mich doch in Gegenwart einer Dame zu fügen! Komm, holde Maid und sei Gast in unserer bescheidenen Behausung. Dort kannst du dich wärmen und ausruhen."

Magdalena hatte Benjamins zweifelnden, ja ängstlichen Blick, richtig gedeutet.

Sie sprang auf und schickte sich an, zu fliehen.

Der Köhler aber kam mit einer Geschwindigkeit, die Benjamin ihm kaum zugetraut hatte, heran und packte sie mit seinen großen Händen an der Schulter.

„Halt, mein Vögelchen!", rief er, „So erwidert man doch nicht die Gastfreundschaft eines ehrlichen Mannes."

Mit diesen Worten zerrte er Magdalena in Richtung der Hütte. Mit bangen Gefühlen folgte Benjamin.

Er zermarterte sich mit Selbstvorwürfen.

Wäre er doch nur vorsichtiger zu Werke gegangen.

Hätte er nicht ahnen müssen, dass der Meister erwachte und ihm folgen würde?

An der Hütte angekommen schob er Magdalena, zu Benjamins Verwunderung, fast sanft auf eine der Baumscheiben, die ihnen als Stühle dienten.

Mit Argwohn verfolgte er, wie der Köhler eine Schale mit Eintopf vom Feuer holte und diese vor Magdalena auf den roh gezimmerten Tisch stellte.

„Iss!", befahl er, „Oder denkst du, es ist vergiftet? Du bist dürr wie eine junge Birke. Wie sollst du, entkräftet wie du bist, für mich arbeiten?"

Das war also der Plan des Meisters! Er wollte die junge Frau als Gefangene, als Sklavin bei sich behalten!

Benjamin wusste zu genau, wie der Köhler sich das weitere Schicksal des Mädchens ausmalte.

Nachdem Magdalena die Suppe verspeist hatte, wies der Köhler sie an, sich auf einem der Lager in der Hütte auszuruhen.

Er tat dies auf seine ruppige Art, aber nicht gänzlich ohne Freundlichkeit.

Benjamin entging allerdings nicht der lüsterne Blick des Säufers, mit dem er jede Bewegung der Frau verfolgte.

Er machte jedoch keine Anstalten, ihr zu Leibe zu rücken, als sie sich auf dem Lager niederließ.

In ähnlicher Weise verliefen auch die beiden folgenden Tage. Der Köhler ließ Magdalena jedoch keinen Moment aus den Augen, wohl wissend, dass sie eine solche Gelegenheit sofort zur Flucht nützen würde. Am zweiten Tage wies er sie an, zu kochen, die Gefäße zu reinigen, seine und Benjamins verschmutzten Kleidungsstücke zu waschen und zu richten.

Nachdem er sich zum abendlichen Mahl niedergelassen und den ersten Happen der Suppe in den Mund geschoben hatte, spuckte er diesen laut fluchend aus.

„Du wagst es, mir einen solchen Fraß vorzusetzen? Das junge Fräulein hat wohl die Küche zeitlebens gemieden? Na warte, morgen wirst du lernen, was es heißt, für sein Essen zu arbeiten!"

Zornig sprang er auf und versetzte Magdalena einen Hieb ins Gesicht.

Magdalena fiel weinend zu Boden.

Ihre Nase blutete heftig und ihre Wange rötete sich zusehends. Mit einem Krug Rum verschwand der Meister in der Hütte. Nach einiger Zeit kündete sein Schnarchen davon, dass er den Kampf gegen den Alkohol verloren hatte.

Erschrocken und ohnmächtig hatte Benjamin das Geschehen verfolgt.

Er wagte es nicht, einzugreifen.

Es schien sinnlos, den Zorn des Meisters auch noch auf sich zu ziehen.

In seinem Inneren kochte er jedoch vor Wut.

Hätte er doch die Macht, sich zur Wehr zu setzen und die Welt von diesem Ungeheuer zu befreien.

Traurig half er Magdalena, sich zu erheben und reichte ihr ein feuchtes Tuch, um ihre Wange zu kühlen.

„Das habe ich nicht gewollt", rief er verzweifelt, „Ich wollte dir nur helfen! Was habe ich nur getan! Verzeih mir!"

Tränen standen in seinen Augen.

Magdalena aber schaute ihn voller Güte an, versuchte ein Lächeln auf ihr geschundenes Antlitz zu zaubern und fuhr ihm mit der Rechten zärtlich über die wirren lockigen Haare.

Benjamin wurde es warm ums Herz.

Wann war er zum letzten Mal so behandelt worden?

Heftig suchte er in seinen spärlichen
Erinnerungen an Bildern von seiner Mutter.
Nein, die Sanftheit dieser jungen Frau war eine
andere.
Ihre Berührung hatte ein Gefühl in Benjamin
erweckt, wie er es noch nie verspürt hatte.
Leicht errötend erwiderte er ihr Lächeln, erhob
sich hastig und fiel auf seinem Lager in einen
unruhigen Schlaf.
Begleitet von derben Schimpfwörtern weckte sie
der Köhler schon früh am Morgen.
Nur ein zaghaftes Morgengrauen und der Gesang
der Amseln kündigte den neuen Tag an.
„Auf, faules Gesindel, an die Arbeit! In wenigen
Tagen kommen die Fuhrleute. Dann muss der
Meiler ausgebrannt sein und die Kohle bereit
liegen!"
Magdalena und Benjamin machten sich daran,
den ersten der drei Meiler mit Erde zu bedecken.
Magdalena stellte sich in der Handhabung der
Forke nicht sehr geschickt an und wurde dafür
von dem Meister mit derben Flüchen bestraft.
Dieser beteiligte sich nicht an der schweren
Arbeit, sondern saß auf einem Baumstumpf und
rieb sich seine schmerzenden Schläfen.
Schließlich erhob er sich und trat auf Magdalena
zu: „Du bist wirklich zu nichts zu gebrauchen.
Wollen wir mal sehen, ob du von der Liebe
genauso wenig verstehst. Aber keine Angst, ich

werde es dir schon beibringen! Schau zu Krüppel, so habe ich es auch mit deiner Mutter getrieben!"
Mit diesen Worten zog er heftig an Magdalenas Kleid, sodass ihr Gewand zerriss und sie fast gänzlich entblößt, mit vor Schreck geweiteten Augen, vor ihm stand.
Der Köhler trat zurück und deutete eine spöttische höfische Verbeugung an:„Oh, schaut her! Die schöne Eva, dem Paradiese entsprungen! Komm, ich werde dich meinen Adam spüren lassen!"
Mit bösartigem Lachen stürzte er auf Magdalena zu, erstarrte jedoch plötzlich in seiner Bewegung. Blut troff aus seinem Mund. Mit verwundertem Blick betrachtete er das Blut, welches zwischen den Fingern seiner Hände, die er auf den Leib presste, hervorquoll. Als er sich umwandte, war das Letzte, was er in seinem Leben wahrnahm, das erschrockene Antlitz seines Krüppels, der mit erhobener Schaufel herbeigestürzt kam.
Als er zu Boden fiel, umfing ihn die ewige Nacht, aus der es kein Erwachen gibt.
Für Sekunden herrschte Totenstille im Wald. Benjamin und Magdalena standen sich erstarrt gegenüber. Langsam senkte sich die Forke in Magdalenas Händen. Benjamin war entsetzt.
Sie hatte den Meister getötet.
Keines klaren Gedankens mächtig, setzten sich beide an den Holztisch und erwarteten den Tag.

Währenddessen plagte Benjamin das Gewissen. Natürlich hatte das Mädchen in Notwehr gehandelt.

Nicht mehr als ein Reflex hatte sie die Forke heben lassen, in die der Meister wie von Sinnen hineingelaufen war.

Der Meister hatte keine Gelegenheit zur Gegenwehr gehabt. Benjamin war sich sicher: Auch er hätte mit seiner Schaufel zugeschlagen, wäre ihm das Mädchen nicht zuvorgekommen.

Wäre es doch seine Pflicht gewesen die junge Frau zu beschützen.

Hätte der brutale Köhler nicht schon längst für seine Untaten büßen müssen?

Dennoch, „Du sollst nicht töten!", lautete das fünfte Gebot. Hatten sie beide nun ihre Seelen zu ewiger Verdammnis verurteilt?

Schließlich siegte jedoch Benjamins Wille zum Leben.

Er musste jetzt handeln. Bald würden die Fuhrleute erscheinen. Der Leichnam des Köhlers musste verschwinden. Andernfalls wäre ihr beider Schicksal besiegelt und der Scharfrichter hätte sein weiteres Auskommen gesichert.

Benjamin hatte schon oft in tiefem Hass über eine Möglichkeit nachgedacht, sich seines bösen Meisters zu entledigen.

Er handelte trotz seiner Aufregung schnell und bedacht.

Der neue Meiler war noch nicht gänzlich bedeckt. Schnell hob er dort, ganz in der Nähe des Quandelschachtes, eine tiefe, bis auf den Boden des Meilers reichende Grube aus.

Mit Magdalenas Hilfe legte er dort den Leichnam des Toten nieder. Sorgsam deckte er das Loch wieder ab.

Den Rest des Tages verbrachte er damit, den Meiler fertig zu stellen.

Magdalena half so gut sie konnte, sodass der Meiler bis zum Abend gänzlich mit Lehm abgedeckt war und angezündet werden konnte.

Immer wieder prüfte Benjamin den aufsteigenden Rauch, in der Angst, er könne den Geruch verbrennenden Fleisches verbreiten.

Zu seiner Beruhigung roch dieser aber, wie alle Male zuvor, nach kohlendem Buchen- und Eichenholz.

Am Abend schließlich saßen beide erschöpft von der Aufregung und des Tages Mühe an dem groben, vom Feuer erhellten Eichentisch.

Benjamin betrachtete sein Gegenüber voller Bewunderung. Noch nie hatte er eine so schöne junge Frau gesehen.

Bislang waren ihm nur die von der Arbeit verbrauchten und gekrümmten Bauernweiber mit ihren zahnlosen Mündern begegnet, die ständig ihren Männern und Kindern hinterher keiften.

Das Mädchen aber erschien ihm in ihrer Schönheit

wie eine Fee aus den Geschichten seiner Mutter, an die er sich vage zu erinnern vermochte, die aber in langen einsamen Nächten oft seine Phantasie bewegt hatten.

Er verlor sich in der Tiefe ihrer grünen Augen, mit denen sie seine Blicke stumm erwiderte.

„Was sollen wir nur jetzt tun? Was soll ich mit dir tun? Hier können wir nicht bleiben. Man wird den Köhler vermissen und Nachforschungen anstellen und wir werden unter dem Richtschwert unser Ende finden."

Magdalena bestätigte seine Worte mit einem Nicken.

Nach einer Weile des Schweigens fuhr Benjamin mit aller Entschlossenheit, der er mächtig war, fort:

„Wir müssen fort von hier! So schnell wie nur möglich und so weit wie nur möglich.

Alle werden denken, der Köhler sei weitergezogen.

Das Holz in diesem Wald wird knapp und im Sommer hätten wir diesen Ort wahrscheinlich ohnehin verlassen. Niemand wird den alten Säufer vermissen!"

Mit fragendem Blick deutete Magdalena abwechselnd auf Benjamin und sich.

„Ja, wir beide! Ich kann dich nicht hier alleine im Wald zurücklassen. Du hast erlebt, welche Gefahren hier lauern. Zudem bist du dieses Leben

wohl nicht gewöhnt und du würdest Hungers
sterben."
Dankbar strich ihm Magdalena mit beiden
Händen über die Wangen und Benjamin war ein
weiteres Mal von diesem unbekannten warmen
Gefühl erfüllt.

11

Meggys Termine in Köln beanspruchten sehr viel mehr Zeit, als sie zunächst angenommen hatte. Die meisten Vertragspartner ihres Vaters saßen im Raum Köln. Auch wenn die Preise für Stahlschrott ständig stiegen, war das Geschäft für ein vergleichsweise kleines Unternehmen wie das ihres Vaters nicht leichter geworden. Meggys Großvater war nach dem Krieg froh über seinen Job im Ründerother Hammerwerk. Bald merkte er aber, dass ihn ein Leben als Lohnarbeiter nicht befriedigen konnte. Er kannte sich gut aus mit Autos. Schließlich hatte er bei der Wehrmacht und später in der amerikanischen Gefangenschaft defekte Militärfahrzeuge repariert und dort viel gelernt. Er war immer für seinen Improvisationsgeist bekannt gewesen. Bei Mangel an Ersatzteilen gelang es ihm ungewöhnlich oft, mit den kuriosesten Mitteln, die Fahrzeuge zum Laufen zu bringen. „Der Waffenschmidt kann mit einem Hammer und einem Schraubenzieher einen Blumentopf zum Fahren bringen!", so hieß es damals, wie ihr Großvater ihr oft stolz erzählte. Darum hatte er schließlich angefangen, mit einem doppelspännigen Fuhrwerk die umliegenden Dörfer abzugrasen und Altmetall in jeder Ausführung einzusammeln. Er hatte dann das Material direkt an die umliegenden Stahlwerke geliefert und sich damit die ersten D-Mark verdient. Meggys Vater musste ihn als Kind schon häufig begleiten, um die oft schweren Teile von Hand auf den Wagen zu heben. Irgendwann kam dann die Überraschung: Meggys Großvater kam mit einem alten Militärlastwagen, einem Opel Blitz, aus den Beutebeständen der US Armee vorgefahren. Niemand wusste, wie es ihm gelungen war, das Fahrzeug zu ergattern. Und er nahm dieses Geheimnis mit ins Grab.

Man sah dem Opel an, dass er nicht geschont worden war. Alles war ziemlich verbeult und angerostet. Einige Teile wie Spiegel und ein Scheinwerfer fehlten ganz oder waren durch andere Fabrikate auf abenteuerliche Weise ersetzt worden.

Der Motor aber schnurrte kräftig und regelmäßig, als er stolz hupend auf den Hof fuhr.

Von Stund an änderte sich das Leben der Waffenschmidts.

Der Lastwagen ebnete Meggys Großvater schnell den Weg in die Selbständigkeit.

Meggys Vater schloss mit Erfolg eine Lehre als Landmaschinenmechaniker ab und stieg anschließend in die Firma ein.

Fortan wurden Fahrzeuge vor der endgültigen Verschrottung fachgerecht ausgeschlachtet.

Jedes Teil wurde gesäubert, wenn nötig überholt und ordentlich eingelagert.

Ein schwunghafter Handel mit gebrauchten Ersatzteilen entstand und verhalf der Firma Waffenschmidt schnell zu dem guten Ruf, den sie noch heute hatte.

Da viele der Kunden Hilfe beim Einbau benötigten, eröffnete Meggys Vater Ende der siebziger Jahre eine freie Autowerkstatt auf dem Gelände des stetig wachsenden Schrottplatzes. Hier wurden ausnahmslos alle Fahrzeuge repariert, getunt oder umgebaut.

Bastler, Landwirte, viele Jugendliche mit ihren ersten Gebrauchtwagen, bis hin zu oldtimerverliebten Autosammlern zählten schnell zum Kundenkreis.

Längst wurde der anfallende Schrott nicht mehr direkt an die Stahlwerke geliefert.

Speditionen transportierten die in der Schrottpresse zusammengebackenen Metallteile zu Großhändlern und Recyclingbetrieben.

Meggys Vater und inzwischen auch Meggy selbst, die mehr und mehr in den Betrieb einstieg, wählten ihre Geschäftspartner stets sorgfältig aus. Besonders nach der Wende und der Öffnung der Grenzen wurden viele unlautere Geschäfte mit Abnehmern in den Ostblockländern abgeschlossen, an denen die Waffenschmidts in keinem Fall beteiligt sein wollten.

Trotz ihrer Jugend und der Tatsache, dass sie eine Frau war, hatte sich Meggy in der Männerbranche schnell Respekt verschaffen können.

Ihre burschikose und schlagfertige Art hatte ihr dabei genauso geholfen wie ihr offensichtlicher Fachverstand.

Diese Umstände ersparten ihr jedoch nicht die oft zähen Verhandlungen mit den Geschäftspartnern. Hier zählte nur die Regel: Viel Gewinn mit wenig Einsatz.

Somit hatte sich Meggys Einkaufsbummel für heute erledigt. Zudem war Meggy müde und sie hatte keine Lust mehr auf volle Geschäfte, Menschenmassen und Gedrängel.

„Ich bin eben doch ein Landei!", dachte sie bei sich, als sie in der Abenddämmerung mit ihrem Opel über die A4 in Richtung Heimat cruiste.

„Wie anders sind doch die Stadtmenschen!", setzten sich ihre Gedanken fort. Ein komischer Kerl, dieser Conrad. Naja, aber irgendwie war er auch ganz sympathisch. Rein optisch gesehen war er nicht ganz ihr Beuteschema, andererseits aber auch ganz süß, mit seiner runden Brille und dem dunkelblonden Wuschelkopf.

Und- gut gebaut war er tatsächlich. Das hatte Meggy am gestrigen Abend bewundernd feststellen müssen.

Und- er musste schon was auf dem Kasten haben, der Herr Doktor.

Und- ganz nett für einen Stadtmenschen war er auch. Meggy lächelte vor sich hin. „Und- wie leicht der zu verunsichern ist. Er hat manchmal gar nicht bemerkt, wie ihn die Bickenbacher hochgenommen haben", sagte sie zu sich selbst.

Im Handschuhfach verabschiedete sich gerade ihr Handy mit dem Warnton, der die zu geringe Akkuleistung anzeigte.

Sie hatte es am Morgen, als Conrad einstieg, von ihrem Beifahrersitz dort hinein befördert und einfach vergessen.

Und noch mehr: Sie hatte das Fehlen des Gerätes den ganzen Tag über nicht bemerkt.

Das kam sehr selten vor. Schon wegen der Firma musste Meggy erreichbar sein.

Zudem vermittelte es ihr stets ein Gefühl der Sicherheit, wenn sie allein unterwegs war.

Ja, irgendwie hatte er sie doch verwirrt, das Berliner Weichei. Wahrscheinlich hatte er, außer mit seiner merkwürdigen Maschine, noch nie ein Rendezvous gehabt, typisch verpeilter Wissenschaftler.

Andererseits strahlte er irgendetwas aus, das sich Meggy nicht erklären konnte.

Tief in diese und ähnliche Gedanken versunken hätte sie fast die Ausfahrt Gummersbach verpasst. Kopfschüttelnd über ihre Unkonzentriertheit lenkte sie ihren Opel in Richtung Strombach, wo sie ein kleines Fachwerkhaus direkt neben ihrem Elternhaus bewohnte.

Das Häuschen war schon in ihrer Kindheit Meggys Wunschtraum gewesen.

Es war für sie damals ein richtiges Hexenhäuschen gewesen. Es wurde von der alten Frau Berges, deren Mann schon zu Beginn des zweiten Weltkrieges gefallen war, bewohnt.

Frau Berges wäre auf jeder Walpurgisnacht der unbestrittene Star gewesen.

Die Jahre hatten sie gebeugt und sie ging nie ohne ihren Stock. Sie trug stets Kopftücher, tief ins Gesicht gezogen, sodass außer ihrer riesigen Nase nur ihr Kinn daraus hervorragte, auf dem, zur Krönung des Bildes, eine rote behaarte Warze prangte.

Dennoch hatte kein Kind im Dorf jemals Angst vor ihr gehabt.

Im Gegenteil! Die alte Frau Berges war herzensgut zu ihnen. Im Sommer verwöhnte sie das halbe Dorf mit ihrer selbstgemachten Limonade.

Im Winter gab es gelegentlich heiße Schokolade und herrliche selbstgebackene Plätzchen.

Diese Gutherzigkeit bekam sie allerdings auch tausendfach zurück.

Hatte Frau Berges ein Problem, der Kohleneimer war zu schwer, das Brennholz ging zur Neige, der Abfluss war verstopft, was auch passierte, Jung und Alt im Dorf waren zur Stelle, um zu helfen.

Sogar der Fernseher wurde unentgeltlich repariert.

Meggy war, als sie zum ersten Mal in Frau Berges gemütlichem Wohnzimmer Kakao schlürfte, verliebt in das Hexenhaus.

Es hatte unten drei winzige Räume: eine Küche, "die gute Stube" und Bad mit Toilette.

Direkt aus der Küche führte eine schmale Treppe in das Dachgeschoss. Ein gemütliches kleines Schlafzimmer, mit Schrägen bis zum Boden und einem kleinen Fenster im vorderen Giebel. Die Deckenhöhe betrug unten nicht mehr als 1,90 Meter.

Die Deckenbalken waren mit Kalk verputzt und liefen krumm, wie gewachsen, unter der Lehmdecke.

Die Einrichtung war entsprechend und beeindruckte die kleine Meggy in ähnlicher Weise: Beheizt wurde das ganze Häuschen nur mit einem riesigen Herd, der mit Holz, Kohle oder Brikett befeuert wurde.

Das Sofa war uralt und abgewetzt aber noch immer urgemütlich.

Einst war es purpurrot gewesen mit goldenen Troddeln an den Seiten.

Das Prunkstück aber war ein schwarzer Eichenschrank.

Das Unterteil hatte zwei große Türen, die mit Nussbaumintarsien geschmückt waren.

Das Oberteil ließ durch drei Bleiglasscheiben den Blick auf sein Inneres zu.

Frau Berges hatte darin einige reich verzierte Weingläser und zwei große Karaffen mit Silbergriffen ausgestellt. Sie wurden nie benutzt, aus Angst, dass sie Schaden nehmen könnten.

Meggy verbrachte in ihrer Kindheit viel Zeit mit und bei Frau Berges.

Sie war für sie wie eine Großmutter.

Auch später als Jugendliche, war Frau Berges für sie eine wichtige Vertraute bei Schulsorgen und Liebeskummer gewesen.

Im stolzen Alter von 95 Jahren verstarb Frau Berges schließlich friedlich in ihrem Bett.

Meggy hatte sie gefunden und entsetzlich um den Verlust getrauert.

Das Häuschen stand danach fast ein ganzes Jahr leer und die damals zwanzigjährige Meggy, die über einen Schlüssel verfügte, schlich sich oft hinein und dachte, mit Tränen in den Augen, an die schöne Zeit mit Oma Berges.

Eines Tages erhielt sie ein Schreiben eines Notars in Gummersbach. Es handelte sich um die Einladung zur Testamentseröffnung der Meta Berges.

Meggy war überrascht, als sie allein im Büro des Notars saß. Der Notar hatte lange geforscht und recherchiert.

Die Ehe der Berges war kinderlos geblieben. Er hatte nur eine Nichte, die Tochter einer Schwester von Frau Berges, ausfindig machen können.

Diese war aber schon vor vielen Jahren nach Australien ausgewandert und hatte sich mit dem Barvermögen der Frau Berges, einige tausend Euro auf einem Sparkonto, begnügt und auf die Auflösung des Haushaltes verzichtet.

Frau Berges hatte schon vor vielen Jahren ihr Testament zu Gunsten von Meggy abgeändert und ihr das gesamte Häuschen vermacht.

Meggy hatte in der folgenden Zeit viel Arbeit hineingesteckt, alle ihre Freunde aktiviert und das Hexenhaus zu einem wahren Schmuckstück gemacht.

Jetzt aber freute sie sich auf ihr Bett. Der Tag war sehr anstrengend gewesen.

Darum war sie froh, endlich bei ihrem kleinen Häuschen angekommen zu sein.

Unter den Reifen ihres Opels knirschte der Splitt in ihrer Toreinfahrt.

Meggy betrachtete wie fast bei jeder Ankunft mit schlechtem Gewissen den großen Berg Pflastersteine, der neben dem Carport aufgehäuft wartete, um verlegt zu werden.

Schon vor zwei Jahren hatte sie dem Fahrer eines Fuhrunternehmens diese Steine für ein Trinkgeld abgeschwatzt. Inzwischen waren sie heiß begehrt und wurden fast mit Gold aufgewogen.

„Mehr Zeit tut Not!", dachte sie bedauernd und stieß einen leisen Seufzer aus, als sie den Schlüssel im Zündschloss des Wagens drehte.

Erst jetzt fiel ihr das vergessene Handy ein und sie öffnete das große Handschuhfach des Wagens, in dem sich im Laufe der Zeit schon einige Dinge ihres Hausrates angesammelt hatten.

Der Akku war vollständig entleert. Daher schloss Meggy das Gerät, im Haus angekommen, sofort an das Ladegerät an.

Nach einer Weile erwachte das iPhone zu neuem Leben und zeigte 17 verpasste Anrufe an.

Die meisten waren von ihrem Bruder.

„Der ruft doch sonst nie an", dachte Meggy verwundert.

Der letzte Anruf erfolgte jedoch von einer Nummer, die ihr nicht bekannt war und ihre Neugier weckte.

Wer mochte wohl hinter dieser Nummer stecken?

„Der wird wohl nochmal anrufen, wenn es wichtig ist", dachte sie bei sich und legte das Handy zurück.

In froher Hoffnung erforschte sie die Tiefen ihres Kühlschranks nach etwas Essbarem.

Sie wurde jedoch bitter enttäuscht.

Neben vielen angebrochenen Verpackungen, deren Alter mittlerweile archäologisches Interesse wecken musste, fanden sich nur ein Toastbrot, ein Rest Butter und ein Marmeladenglas. Als sie das

Brot in den Toaster schob, fiel ihr die Handynummer wieder ein und ließ ihr keine Ruhe.

„Du bist doch sonst nicht so neugierig", forschte sie in sich, „Na ja, was solls, weibliche Neugier erduldet keinen Aufschub", sprach sie zu sich selbst und hatte dabei schon auf die Rückruftaste gedrückt.

Erstaunt stellte Meggy bei sich fest, dass sie hoch erfreut war, als sie die Stimme von Conrad am anderen Ende der Leitung hörte, auch wenn sie seine Worte im höchsten Maße irritierten:

„Körner! Conrad Körner!", meldete sich diese, „Ich habe ein hochwertiges Fahrzeug zu verschrotten und erbitte nun Information zum Fortgang des Geschehens. Wie und wann kann ich der Bestattung meines geliebten Fahrzeuges beiwohnen? Ich erbitte eine Beisetzung in aller Stille. Von Blumen- und Kranzspenden bitte ich abzusehen."

„Hast du getrunken?", gab Meggy irritiert zurück, „Viele unterschätzen das Kölsch, weil die Gläser so klein sind."

„Keine Bange,", erwiderte Conrad, „damit habe ich gestern schon Bekanntschaft geschlossen. Ich saß nur gerade gelangweilt auf dem Bett meines Hotelzimmers und dachte, angesichts meines klapprigen Leihwagens, voller Trauer an mein geliebtes Fahrzeug." In Gedanken ergänzte er:

„Und an die kleine ADAC-Mechanikerin, die meine Gedanken ständig um sich kreisen lässt." Letzteres hätte er natürlich nie gewagt, laut zu formulieren.

„Naja!", Meggy war mehr als irritiert, „Ich habe dir doch schon gesagt, dass du das morgen mit meinem Vater klären sollst."

Im selben Moment hätte sie sich am liebsten auf die Zunge gebissen: „Totschlagargument", dachte sie bei sich, „Ende des Gesprächs! Was soll er nun noch sagen?" Die leicht peinliche Gesprächspause bestätigte ihre Einschätzung.

Offensichtlich arbeitete Conrad seinerseits heftig an einer rhetorischen Finesse, um dem Gespräch eine neue Sinnhaftigkeit zu verleihen. Er entschied sich für die Attacke: „Ich fand es außerdem schön, dich kennen gelernt zu haben und habe heute oft an unsere ungewöhnliche Begegnung denken müssen."

Meggy schickte ein kurzes Dankesgebet gen Himmel, dass Conrad ihr leicht verlegenes Erröten nicht sehen konnte und überging dessen Geständnis in überaus hölzerner Weise mit der Frage: „Wie war denn dein erster Tag mit deinem Roboter?"

„Der war hochspannend! Kurz bevor ich im Institut ankam, hatte noch eine Leiche danebengelegen." „Und? Hat dein Roboter aus Eifersucht gemordet oder aus Habgier?", konterte

Meggy in der Vermutung, mächtig auf den Arm genommen zu werden.

„Nein, ganz im Ernst!", sprudelte es jetzt aus Conrad hervor, „Als ich ankam, war die Polizei noch dort, um den Tatort zu untersuchen. Im Institut ist offensichtlich ein Mord geschehen und es hat irgendetwas mit einem Dokument zu tun. Ich habe heute keinen Schlag arbeiten können!"

„Das musst du mir aber genauer erzählen!", Meggy musste ihr Interesse an Conrads Geschichte nicht heucheln.

„Ich habe keine Ahnung, worum es da geht, aber der Typ von der Kriminalpolizei hat mich irgendwie total verunsichert. Ich habe das Gefühl, für gestern Abend ein Alibi zu brauchen. Ich weiß, das wird kein Problem werden, mich haben ja gestern genug Leute gesehen, falls sie sich noch erinnern, aber - ".

Conrad schien leicht verzweifelt und nach Worten zu suchen und Meggy nutzte die Gelegenheit:

„Hast du keine Lust noch rauszukommen? Es ist ja nicht weit. Wir könnten dann morgen früh zusammen dein Auto zu meinem Vater bringen. Was hältst du davon?"

Conrad schien von der sehr direkten Einladung überrascht: „Ich weiß nicht so recht, lass mich kurz überlegen."

„Was gibt es zu überlegen? Morgen wirst du wohl auch nicht arbeiten können und wir können in

Ruhe die Sache mit deinem Auto erledigen und, keine Angst, ich habe ein total bequemes Sofa. Darauf haben schon viele meiner Freunde genächtigt und keiner von denen hat sich beschwert, weder über das Sofa noch über mich!"

„Okay, ich fahr gleich los!", fiel Conrads knappe Antwort vergleichsweise spontan aus und nach einer detaillierten Wegbeschreibung und der Bitte, von der Autobahnraststätte in Overath noch etwas zu trinken mitzubringen, dauerte es gefühlt keine zwanzig Sekunden, bis Conrad in seinem alten Leih-Polo Richtung Gummersbach schnurrte.

Trotz Meggys perfekter Wegbeschreibung hatte Conrad große Probleme, das kleine Haus in Strombach zu finden.

Nachdem das Handy zweimal weiterhelfen musste und, zumindest von Conrad, ebenso oft zur wichtigsten Erfindung der Menschheit gekürt wurde, parkte Conrad schließlich seinen Polo in Meggys Einfahrt. Meggy erwartete ihn bereits an der Haustüre.

„Na, Doktorchen, Theorie und Praxis liegen doch weit auseinander, auch beim Autofahren, nicht wahr?"

„Die mich verleumden und die mich verspotten, mögen alle die Erleuchtung erlangen", konterte Conrad lakonisch.

„Oh, ein Schüler des großen Konfuzius, wie ich vermute", wollte Meggy wissen. „Nein, Shantideva!", war Conrads bissige Antwort.

Meggy gab ihm den Weg ins Haus frei: „Na, komm erst mal rein in die gute Stube und mach es dir in meinem bescheidenen Heim gemütlich. Ich hole schnell einen Korkenzieher und Weingläser."

„Schön hast du es hier, urgemütlich!", Conrad sah sich mit ehrlicher Bewunderung um.

„Ja", tönte es aus der Küche zurück, „ich habe alles selbst gemacht, naja, fast alles."

Meggy erschien mit zwei gefüllten Weingläsern wieder im Wohnzimmer: „Aber du musst mir zuerst von deinen Erlebnissen im Institut erzählen. Ich bin gespannt wie ein Flitzbogen!"

Conrad berichtete seine gesamten Erlebnisse des Tages und wurde immer wieder von Meggy unterbrochen.

Conrad konnte jedoch kaum eine der Fragen beantworten, da er ja nur über wenige Hintergrundinformationen verfügte.

Meggy verfiel daher in immer gewagtere Theorien über den Tathergang und die möglichen Tatmotive, sodass ihr nach der zweiten Flasche Wein eine Weltverschwörung nicht ausgeschlossen erschien.

Conrad gefiel die witzige Art, wie sich Meggy in Rage reden konnte und dabei ihre langen blonden Haare immer wieder aufgeregt zurückstrich.

Als er schließlich die Beherrschung verlor und laut über Meggys kriminalistisches Kombinationsvermögen lachen musste, schien sie keineswegs beleidigt.

Ganz im Gegenteil, sie stimmte in Conrads Lachen herzhaft mit ein. Die Stunden vergingen wie im Flug.

Mit Bedauern stellte Conrad zu vorgerückter Stunde schließlich fest, dass es Meggy mit dem Sofa sehr ernst gemeint hatte. Sie holte frisches Bettzeug, verschwand kurz in ihrem Bad und dann, leider ganz allein in ihrem Schlafzimmer auf dem Spitzboden.

Meggy hatte nicht zu viel versprochen.

Obwohl das Sofa schon sehr betagt schien und einige kleinere weiche Stellen aufwies, lag es sich darauf dennoch sehr bequem und Conrad schlief schnell ein.

12

Kommissar Dieter Mertens setzte mit heftiger Bewegung seine Kaffeetasse ab, sodass einige Tropfen überschwappten.

Er saß, wie so oft, auf der Tischplatte seines Schreibtisches und starrte auf die Fotowand.

In der Mitte war ein Foto des Opfers Ellen Martin gepinnt. Rechts daneben hingen untereinander vier Bilder des Tatortes in Porz-Lind.

Rund um das Foto von Ellen Martin waren Namen und Fotos von Personen positioniert, die in direkter und indirekter Beziehung zu ihr gestanden hatten.

Wie hypnotisiert hatte er immer wieder für Stunden auf die Tafel gestarrt und versucht, Querverbindungen zu entdecken.

Bislang waren die Erkenntnisse äußerst spärlich.

Er ließ alle Informationen zum wiederholten Male Revue passieren: Das Opfer musste den Täter gekannt haben und ihm die Türe geöffnet haben. Vermutlich wollte sie ihm etwas zeigen.

Es war naheliegend, dass der Täter Frau Martin bestochen hatte.

Sie hatte das Geld selbst auf ihrem Konto gutschreiben lassen. 5000 Euro, keine gewaltige Summe, aber doch sehr viel Geld für einen Besuch im Institut.

War Frau Martin wirklich zu naiv, um auf diesen Umstand argwöhnisch zu reagieren, oder war sie selbst in eine gemeinsame Sache mit dem Täter verwickelt?

Um welche Dokumente war es dem oder den Tätern gegangen?

Handelte es sich um den Sensationsfund der letzten Tage, die Hexendokumente von Gummersbach?

Die Dokumente waren, zusammen mit dem restlichen Inhalt des Gefrierschrankes, seit der Tatnacht verschwunden.

Möglicherweise wollte Ellen Martin den Diebstahl verhindern. Es war zum Handgemenge gekommen, bei dem sie unglücklich gestürzt war und dabei tödlich verletzt wurde.

Die Art der Verletzung, so der Obduktionsbericht, schloss diese Möglichkeit nicht aus.

Der Todeszeitpunkt lag zwischen 19.00 Uhr und 20.00 Uhr. Ein Zeitpunkt, zu dem niemand mehr im Institut zugegen war.

Einen Tatzeugen zu finden war somit mehr als unwahrscheinlich. Mertens Mitarbeiter hatten das gesamte Personal befragt.

Niemand wusste, warum Ellen Martin zu diesem Zeitpunkt im Institut gewesen sein könnte, beziehungsweise wem sie dort etwas hätte zeigen wollen.

Ellen war eine unauffällige junge Frau, stets freundlich aber ohne besondere Kontakte zu ihren Kollegen.

Auch von ihrem Privatleben gab es nichts Aufregendes zu berichten. Sie lebte allein in einem kleinen Appartement im Belgischen Viertel.

Ihre gesamte Familie lebte in einem kleinen Ort in der Nähe von Frankfurt.

Ellen hatte ihre Ausbildung in Köln absolviert und war hier hängen geblieben.

Ihr Freundeskreis war überschaubar, eine feste Beziehung gab es nicht, seitdem sie sich vor Jahren von ihrem Freund in Frankfurt getrennt hatte.

Alle Befragten, bis auf zwei Ausnahmen, hatten ein mehr oder weniger stichfestes Alibi für die Tatzeit.

Bei den Ausnahmen, einer Putzhilfe und einem Kantinenhelfer, fehlten jedes Motiv, sodass sie quasi nicht infrage kamen.

Die Haussuchung in der Wohnung des Opfers hatten nur zwei Hinweise erbracht, die möglicherweise mit der Tat in Verbindung standen.

Große Hoffnung hatte Mertens in die Handykontakte von Ellen Martin gesetzt. Einer der Kontakte war auffällig gewesen: Eine Handynummer, der der Name eines Professor Schneider zugeordnet war.

Aber auch diese Spur hatte sich als Sackgasse erwiesen. Schneider war vierundachtzig und konnte sich nur mit Hilfe eines Rollators fortbewegen:

Die andere Handynummer gehörte wahrscheinlich zu einem Prepaidhandy, welches nicht mehr erreichbar war und mit ziemlicher Sicherheit jetzt selig auf dem Grund des Rheins ruhte.

Mertens sah schwarz, in diesem Fall schnelle Ermittlungserfolge erzielen zu können.

Er beschloss aber, dem alten Professor Schneider einen Besuch abzustatten. Möglicherweise gab es irgendeine Verbindung zwischen ihm und dem Täter. Immerhin hatte das Opfer mit ihm in Kontakt gestanden.

Kurz darauf lenkte Mertens seinen Dienstwagen in der Einfahrt einer gepflegten Villa in Lindental. Die Reifen knirschten in dem feinkörnigen Kies. Eine breite Bruchsteintreppe führte zu der beeindruckenden eichenen Haustüre, wo ihm von einer jungen Frau geöffnet wurde.

„Der Professor erwartet Sie bereits. Ich bitte Sie aber, Ihren Besuch so kurz wie möglich zu gestalten und Aufregung zu vermeiden. Mit der Gesundheit des Professors steht es nicht zum Besten."

Kurz darauf betrat Mertens ein von schweren Vorhängen abgedunkeltes Arbeitszimmer, das von einem riesigen Schreibtisch in barockem Stil beherrscht wurde.

Die Wand links von der Fensterreihe bildete ein mächtiges Bücherregal voller teilweise riesiger Folianten. Daran lehnte eine Leiter, ohne die die oberen Reihen des Regals nicht erreichbar gewesen wären.

An der gegenüberliegenden Wand flackerte ein Feuer im Kamin. Erst beim zweiten Hinsehen erkannte Mertens, dass das Feuer nicht wirklich brannte, sondern elektrisch, durch Lichteffekte, erzeugt wurde.

Über dem Kamin gewahrte Mertens eine Wandmalerei.

Es schien sich hierbei um eine Art Wappen zu handeln.

Mertens schenkte dem allen wenig Aufmerksamkeit.

Er hatte sich den Professor ganz anders vorgestellt.

Statt eines siechen alten Männleins winkte ihm ein offensichtlich alter, aber dennoch stattlicher Mann, näher zu treten.

Das schüttere weiße Haar war streng nach hinten gekämmt. Hinter den runden Brillengläsern blitzten wache blaue Augen.

„Wie kann ich Ihnen helfen, junger Mann?", sprach Schneider mit sonorer Stimme. „Ich bin schon die ganze Zeit gespannt. Ich komme kaum aus dem alten Kasten heraus, sodass ein alter Mann wie ich über Jahre nichts mehr erlebt und dann besucht mich plötzlich die Polizei! Wie kommt es überhaupt, dass sich die Polizei für einen alten Mann wie mich interessiert? Aber, nehmen Sie erst einmal Platz!"

Erwartungsvoll lächelte er Mertens entgegen, der sich auf einem bequemen Sessel vor dem Schreibtisch niederließ.

Ohne Umschweife unterrichtete Mertens den Professor über die Vorgänge im Institut und über den Grund seines Kommens.

„Im Institut für Restaurierung und Digitalisierung ist es zu einem Todesfall gekommen, dessen genauen Umstände noch nicht geklärt werden konnten. Ein gewaltsamer Tod kann zum jetzigen Zeitpunkt nicht ausgeschlossen werden." „Gibt es einen Grund für eine Straftat? Ich meine, wie man wohl bei Ihnen zu sagen pflegt, ein Motiv? Ich kenne das Zentrum vom Hörensagen und kann mir nicht vorstellen..., aber berichten Sie weiter." Professor Schneider schaute Mertens erwartungsvoll an.

„Auf der Anrufliste im Handy des Opfers, einer gewissen Ellen Martin, stießen wir auf Ihre Telefonnummer." „Ellen Martin, Ellen Martin - Nein, der Name sagt mir nichts", bemerkte der Professor nachdenklich. „Ich kann mich an kein Gespräch mit der Dame erinnern." „Von einem

Gespräch kann da kaum die Rede sein. Der Anruf dauerte nur etwa zwanzig Sekunden", bohrte Mertens weiter.

„Nein, tut mir leid, aber ich habe eine Idee. Wie Sie sehen, gibt es in meinem Arbeitszimmer kein Fernsprechgerät. Ich möchte in diesem Raum ungestört sein. Es handelt sich dabei um eine Maßnahme aus meiner aktiven Zeit. Oft stand der Apparat nicht still. Sie wissen schon, aufgeregte Studenten und ihre Prüfungstermine. Ich habe es so beibehalten. Meine Haushälterin nimmt für gewöhnlich die meisten Anrufe entgegen."

Der Professor griff zu seiner Rechten und zog kräftig an einem purpurroten Band, das von der Decke herabfiel. Irgendwo im Haus ertönte eine Glocke, auf deren Signal kurz darauf die Hausbedienstete des Professors das Zimmer betrat und mit leichter Verbeugung in der Türe die Wünsche des Professors erwartete.

„Agnes, meine Liebe, hast du in den letzten Tagen den Anruf einer gewissen, wie hieß sie noch einmal, Ellen Martin entgegengenommen?", fragte der Professor. Agnes schien kurz nachzudenken und antwortete dann: „Ja, Herr Professor, ich erinnere mich deshalb, weil das Telefonat sehr eigenartig war. Die Dame meldete sich mit dem Namen Martin und fragte nach Ihnen, Herr Professor. Da sie den Grund ihres Anrufes zunächst nicht nennen wollte, reagierte ich wie gewohnt und sagte, Sie seien zurzeit nicht zu sprechen. Dennoch fragte sie weiter, ob es sich tatsächlich um den Anschluss von Professor Schneider handeln würde, sie habe noch eine Frage bezüglich ihres Treffens mit Ihnen. Ich war gerade im Begriff der Dame zu erklären, dass es sich um einen Irrtum handeln würde und ich keine Kenntnis von einem Termin hätte, da hatte sie auch schon aufgelegt. Ich habe dem Anruf keine weitere Bedeutung beigemessen und Sie deshalb auch nicht darüber in Kenntnis gesetzt. Verzeihen Sie, wenn das ein Fehler gewesen sein sollte, Herr Professor."

„Nein, nein, Agnes, alles ist gut. Du kannst jetzt gehen", beschwichtigte der Professor und Agnes verließ nach einem angedeuteten Knicks den Raum.

„Sie sehen, das Telefonat hat sich aufgeklärt. So gern, wie ich Ihnen weiterhelfen würde, Herr Kommissar, ich kenne Ellen Martin nicht und ich habe auch nicht die geringste Ahnung, was diese Dame von mir gewollt haben könnte. Möglicherweise hatte sie eine fachliche Frage bezüglich der von ihr untersuchten Dokumente? Ich weiß es wirklich nicht."

„Halten Sie es für möglich, dass sich jemand Ihres Namens bedient hat, um Kontakt zu Frau Martin zu bekommen?", fragte Mertens.

„Schon möglich. Ich bin in meinem beruflichen Leben so vielen Menschen, Kollegen und Studenten begegnet. Theoretisch kommt ja wohl jeder infrage, der meinen Namen kennt. Aber, für jeden, der mir näher steht und mir spontan einfällt, lege ich die Hand ins Feuer, zumal die meisten davon bereits das Zeitliche gesegnet haben". Der Professor verfiel in einen leichten Zynismus.

„Schade,", entgegnete Mertens, „ich will Ihre Zeit nicht länger als nötig in Anspruch nehmen. Eine private Frage: Sie waren in Ihrer aktiven Berufszeit Historiker. Welchen besonderen Schwerpunkt oder welches spezielle Fachgebiet hatten Sie, wenn ich fragen darf?"

„Das dürfen Sie, junger Mann!", lachte der Professor „Die Antwort darauf könnte aber Ihren Zeitrahmen sprengen. Auf eine einfache Formel gebracht, habe ich mich mit der Entstehung und Verbreitung der Geheimbünde im Mittelalter beschäftigt."

„Sie sprechen von den Templern und den Freimaurern?", hakte Mertens nach.

„Ja, die natürlich auch. Daneben gab es aber auch etliche kleinere Bünde mit unterschiedlichen religiösen und weltlichen Schwerpunkten und Ritualen. Besonders im Umfeld der Kreuzzüge gab es immer wieder mehr oder weniger geheime Zusammenschlüsse, die…, Herr Mertens, ich mache Ihnen einen Vorschlag: Wir machen einen erneuten Termin und ich bereite eine kleine Vorlesung nur für Sie vor. Ich verfüge über umfangreiches Material", der Professor brachte seine letzten Worte nur noch lachend hervor.

„Nein, nein, nicht nötig!" lachte Mertens zurück. „Eine letzte Frage: Im Restaurierungs- und Digitalisierungszentrum wurden am Abend der Tat eine große Anzahl von Dokumenten entwendet, unter anderem die, von denen Sie sicherlich schon in der Presse gelesen haben."

„Sie sprechen von dem Hexenprozess in Gummersbach", entgegnete der Professor, "Ich habe davon mit Interesse gelesen. Eine nahezu vollständige Dokumentation eines Hexenprozesses Anfang des 17. Jahrhunderts. Sicherlich ein spektakulärer Fund."

"Spektakulär genug, um dafür zu töten?", fiel ihm Mertens ins Wort.

Der Professor lächelte: „Wie gesagt, sicherlich ein spektakulärer Fund, aber nicht einzigartig und sicherlich kein Grund, um jemandem das Leben zu nehmen. Es gibt viele ähnliche Dokumente aus dieser Zeit. Schließlich bemühte sich die Inquisition um eine genaue Regelhaftigkeit in den Prozessen. Dazu gehörte ein akribische Verwaltung und Dokumentation der Grausamkeiten im Namen des Herrn. Dazu kommt: Nach meinem Dafürhalten handelte es sich ja wohl nicht um geheimes Verschlussmaterial. Nach der Restaurierung wären die Dokumente wenigstens für die Fachwelt zugänglich gewesen. Es bestand also kein Anlass, das Material zu entwenden. Aber die Beschäftigung mit der Inquisition und den Hexenprozessen gehörte nur am Rande zu meiner Arbeit. Da ich auch das Material nicht kenne, kann ich hier nur Vermutungen anstellen."

„Das leuchtet mir ein", resignierte Mertens. Der Professor würde ihm zunächst nicht weiterhelfen können und er verabschiedete sich höflich: „Ich wünsche Ihnen einen schönen Tag, und Danke für Ihre Hilfe."

„Auf Wiedersehen, Herr Mertens, leider konnte ich Ihnen nicht wirklich helfen. Viel Erfolg bei Ihren weiteren Ermittlungen."

Nachdem das Hausmädchen Mertens zur Haustüre begleitet hatte, bestieg er enttäuscht seinen Wagen.

„Schade, der nächste Schuss in den Ofen!", fluchte er vor sich hin und drückte den Startknopf. Dennoch beschäftigte ihn sein Besuch bei dem Professor noch einige Zeit. Er war sich sicher, irgendwas übersehen zu haben.

13

Benjamin hatte ihr Weggehen genau geplant.
Eine überhastete Flucht hätte den Argwohn der
Kohlenhändler und Fuhrleute erweckt.
Kein Köhler verlässt einen mühsam aufgerichteten
Meiler unausgeräumt. Sicher hätte der ein oder
andere Nachforschungen betrieben und die
Schergen des Grafen hätten ihnen nachgestellt.
Daher blieb Benjamin nichts anderes übrig als die
beiden verbliebenen Meiler auskohlen zu lassen
und die gesamte Kohle sorgsam in Säcken zu
verstauen.
Von der Leiche des Köhlers waren
glücklicherweise nur ein paar wenige
Knochenreste verblieben, die Benjamin und
Magdalena sorgsam aufsammelten und im Wald
vergruben.
Benjamin sprach anschließend ein Vaterunser und
bat den Herrn um Vergebung für ihre Tat.
Magdalena faltete dazu schweigend ihre Hände.
Sie hatte sich größte Mühe geben müssen, weder
zu schreien noch zu klagen. Sie hatte den Köhler
niemals töten wollen.
Es war die Angst, die ihre Hände zu dieser
folgenschweren Bewegung der Abwehr bewegt
hatte.
Ihr Gewissen plagte sie auf das Grausamste.

Waren diese schrecklichen Ereignisse eine Probe der Jungfrau Maria? Wollte sie prüfen, ob Magdalena standhaft genug war, um ihr Gelübde einzuhalten, oder war es eine Tat, die sie in ewige Verdammnis führen sollte?

Dennoch dankte sie der Jungfrau, dass sie ihr Benjamin zur Seite gestellt hatte.

Er war ein einfacher Mensch, naiv und von geringer Bildung. Andererseits hatte er aber ein tapferes gutes Herz und Magdalena verspürte in seiner Gegenwart, zum ersten Mal seit ihrer Flucht, ein kleines Stück Geborgenheit und sogar Vertrautheit.

Voller innerer Sicherheit ließ er sich nur von seinem Gewissen leiten und handelte auch in dieser schwierigen Lage besonnen und mutig, ohne Kenntnis über ihr Schicksal zu haben, ja noch nicht einmal ihren Namen zu kennen.

Er sprach viel mit ihr, unter Umgehung jeglicher Anrede, ohne jemals eine Antwort zu erhalten.

Er tat nichts, ohne Magdalena genau über seine Vorhaben zu unterrichten.

Stets gab er sich mit den spärlichen Gesten eines Nickens oder Kopfschüttelns zufrieden und schien sich, wie ein Kind, über jedes Lächeln oder kleine Berührungen zu freuen.

In den Abendstunden erzählte er viel über sein hartes und karges Leben bei dem grausamen

Köhler und Magdalena schenkte ihm dafür ihr ganzes Mitleid.

Nur selten sprach er wehmütig von seiner Mutter und der traurigen Erkenntnis, sie wohl niemals wieder zu sehen.

Manchmal verriet er ihr aber auch seine Wünsche und Träume, die großen Städte zu sehen, ein Handwerk zu lernen und genug zu verdienen, um eine Familie zu ernähren. Seine Augen begannen zu leuchten, wenn seine Gedanken in die fernen Welten seiner Phantasien entflohen.

Magdalena liebte diese Momente, in denen auch sie, wenn auch nur für eine kurze Spanne, ihre eigenen Sorgen vergaß.

Schon seit einigen Tagen lagen alle Säcke, sorgsam befüllt und aufgereiht, bereit zum Abtransport am Wegesrand.

Die Köhlerbude war abgerissen und die wenigen Habseligkeiten auf einem alten Leiterwagen verstaut.

Schließlich hörten sie Stimmen und das Knallen von Peitschen aus der Ferne herannahen.

Das mussten die Fuhrleute sein, die die fertige Kohle in die Eisenhütten und Schmieden transportierten.

Benjamin wies Magdalena an, sich im Wald zu verstecken und sich nicht eher hervorzuwagen, als bis der letzte Pferdekarren aus ihrem Blickfelde verschwunden sei.

Auch Magdalena sah sehr wohl den Sinn in diesem Handeln, zumal die Fuhrleute doch weit herumkamen und, wer weiß, vielleicht hatte der ein oder andere von ihnen von den Vorkommnissen in Köln gehört und schöpfte Verdacht.

Benjamin hatte eher das grobschlächtige Verhalten der Fuhrleute im Sinn. Mancher von ihnen war nicht besser, als es der versoffene Köhler gewesen war, und er bangte um Magdalenas Heil.

„Wo ist dein Meister?", rief einer der beiden Fuhrleute schon von Ferne. „Ich habe seine Bestellung auf dem Karren! Ein großes Fass roten Weines wartet darauf geleert zu werden!"

Inzwischen hatten die Fuhrleute angehalten und versorgten ihre Tiere mit Hafer und dem Wasser, das Benjamin wie üblich in ledernen Eimern aus der nahegelegenen Quelle herbeigeschafft und bereitgestellt hatte.

Die Karren waren alt und heruntergekommen.

Sie waren an vielen Stellen notdürftig geflickt und schienen kaum ihr eigenes Gewicht tragen zu können, geschweige denn, die Säcke mit der Kohle.

Im Gegensatz dazu, schienen die Kaltblutpferde in hervorragendem Zustand.

Ihr Fell war gepflegt und sie standen gut im Futter.

Schließlich waren die Pferde der wertvollste Besitz eines jeden Fuhrmannes. Die Tiere mussten ihn und seine gesamte Familie ernähren. Es war ein schwerer Schlag, wenn ihnen etwas zustieß.

Die Fuhrmänner trugen einfache schwarze Hosen und Hemden, darüber einen dunklen Umhang. Mit ihren dichten Bärten wirkten sie Respekt einflößend und verwegen.

„Na sag schon, wo ist er, dein Herr und Meister?", wiederholte der größere der beiden.

„Der ist nicht da!", antwortete Benjamin einsilbig und mit gesenktem Blick.

„Unmöglich!", rief der andere. „Der wartet doch schon seit Tagen auf Nachschub. Sei ehrlich! Dein Meister liegt schon zitternd im Gebüsch und traut sich nicht vor, in seinem bejammernswerten Zustand".

Statt zu antworten hielt Benjamin eine leere Flasche in die Luft.

„Was, säuft er jetzt schon am Morgen? Dieser stinkende faule Kerl. Und dich lässt er die ganze Arbeit tun, was?"

Obwohl der Fuhrmann die Art und Weise des Zusammenlebens von Benjamin und seinem Meister auf den Punkt gebracht hatte, schwang in seiner Stimme kein Bedauern für Benjamin.

„Der hatte wohl keinen Platz mehr in der Hose, was? Ist bei den Huren und lässt sich verwöhnen!", rief der Große, wobei er sich mit einem gehässigen Lachen nach seinem Kumpan umschaute, um sich der Wirkung seines Witzes zu vergewissern.

„Er ist schon vorangegangen. Wir wollen nach Wipperfürth weiterziehen", antwortete Benjamin leise.

„Wenn das so ist, wollen wir auch keine Zeit verlieren! Pack mit an Junge, dann wird auch ein Pfennig für dich übrigbleiben!"

Nach kurzer Zeit war die Kohle auf den Karren verstaut und die Fuhrleute entschieden sich dazu, den Inhalt des Weinfässschens auch ohne Zutun des Meisters zu verköstigen. Der Alkohol löste ihre Münder und es entstanden die üblichen Dispute und Erzählungen. Eine der Geschichten weckte Benjamins Interesse auf besondere Weise. Einer der Fuhrleute, ein großgewachsener kräftiger Mann, mit wachem Blick, wusste von einer ungeheuerlichen Begebenheit zu berichten, die sich unlängst im fernen Prag zugetragen hatte. Die protestantischen Böhmischen Stände hatten sich darüber empört, dass der streng katholische österreichische Erzherzog und König von Böhmen, Ferdinand, den Majestätsbrief widerrufen hatte, der den Protestanten in Böhmen Religionsfreiheit zusicherte. „Und wisst ihr, was die Böhmen gemacht haben?", rief der Fuhrmann, wichtig in die Runde schauend. „Sie haben kurzerhand drei hohe habsburgische Beamten aus einem Fenster der Prager Burg geworfen! Aber das war noch nicht das Ende der Geschichte. Die drei Hoheiten landeten wohlbehalten auf dem darunter aufgetürmten Misthaufen!", die Fuhrleute lachten schallend. „Natürlich hatten sie nichts anderes zu tun als ihrem Erzherzog Bericht zu erstatten und der hat seine Soldaten mobilisiert. Man spricht davon, dass es Krieg geben werde". „Krieg bedeutet, dass Waffen benötigt werden!", wusste ein anderer der Fuhrleute beizusteuern, „Für Waffen benötigt man Eisen, für Eisen Kohle und all das bedeutet Arbeit für Fuhrleute! „Wohlan, so ist es!", rief ein anderer und die Fuhrleute machten sich daran, aufzubrechen, nicht wissend, dass die eben berichtete Begebenheit einen der längsten und schrecklichsten Kriege auslösen würde, den die Welt bislang erlebt hatte, den „Dreißigjährigen Krieg".

„Hier Junge! Der übliche Preis, wie vereinbart! Und hier die zwei Pfennige für dich!"
Der Lange reichte Benjamin ein kleines Ledersäckchen in die rechte Hand und drückte ihm die zwei einzelnen Pfennige in die linke.
„Vielleicht sieht man sich ja bald wieder und Gott zum Gruß!" „Gott zum Gruß!", verabschiedete sich auch Benjamin.
Benjamin hatte schon längst das wenige Geld, das von den Saufgelagen des Köhlers übrig geblieben

war, dem kleinen Tontopf, den dieser zur Aufbewahrung verwendet hatte, entnommen. Er legte die Münzen zu denen im Ledersack und versteckte diesen in den Tiefen des Leiterwagens. Inzwischen war auch Magdalena aus ihrem Versteck hervorgekommen. Sie machten sich auf einen Weg, von dem beide nicht wussten, wohin er sie führen würde.

14

Conrad wurde am nächsten Tag von emsigem Geklapper, welches aus der Küche drang und einem ungeheuer aromatischen Kaffeeduft geweckt.

Noch während er in das Licht der ersten Sonnenstrahlen blinzelte, das sich durch das alte Sprossenfenster in das Wohnzimmer schlich und er sich genüsslich räkelte und streckte, begrüßte ihn Meggy mit einem fröhlichen „Na Doktorchen, gut geschlafen?"

Conrad gehörte nicht, wie wohl offensichtlich Meggy, zu der Sparte von Menschen, die jeden Tag in aller Herrgottsfrühe gutgelaunt begrüßten.

Daher fiel seine Antwort tonal etwas gedämpfter aus: „Ja, Danke…, gut geschlafen…, kannst du nicht mal das Doktorchen weglassen, ich heiße Conrad!", brummte er verschlafen.

„Okay, Doktorchen Conrad", erscholl es aus der Küche mit unvermindert gut gelaunter Stimme, „dennoch musst du mal aufstehen. Der Kaffee wird nicht wärmer und wir haben einiges vor! Außerdem bin ich eine viel beschäftigte berufstätige Frau in verantwortungsvoller Position und einem schier unfassbaren Aufgabengebiet!"

„Ja, ich weiß, der Schrottplatz!", lautete Conrads lakonische Antwort.

„Morgenmuffel!", tönte es im selben Tonfall zurück.

Nach weiteren zehn Minuten und einer erfrischenden Dusche war nun auch Conrad in der Lage, den Tag zu begrüßen.

Gemeinsam nahmen sie in der Küche ein sehr überschaubares Frühstück ein, welches Conrad wehmutsvoll an das gut bestückte Büffet denken ließ, das ihn in seinem Hotel erwartet hätte.

Das karge Mahl wurde auch, nachdem der letzte Bissen des Schinkentoasts in Conrads Mund verschwunden war, jäh von Meggy beendet: „Auf geht's! Carpe diem!", rief sie und sprang vom Küchentisch auf, um nach ihrem Schlüssel und dem Handy zu greifen und, um beides in einer schlichten ledernen Handtasche verschwinden zu lassen.

Conrad leerte noch hastig seine Kaffeetasse und folgte ihr zur Haustüre.

„Bist du jeden Morgen so hektisch? Das kann zu einem frühen Tod führen. Du kennst die negativen Folgen einer gehäuften Ausschüttung von Stresshormonen auf den Körper?!"

„Papperlapapp!", konterte Meggy fröhlich, drückte dem verdutzten Conrad einen Kuss auf die Wange und stieg in Conrads Mietwagen.

Conrad beschloss, diese unerwartete Reaktion zu übergehen, startete den Wagen und folgte schweigend den Wegbeschreibungen Meggys zum Schrottplatz ihres Vaters.

Die für Conrad äußerst verwirrende Route ging über kleine und kleinste Nebenstraßen des Oberbergischen.

Es wunderte ihn sehr, dass nach minutenlanger Fahrt über die von Wald und Wiesen gesäumten Landstraßen, immer wieder kleine Orte und Gehöfte auftauchten.

„Mein Gott, ist das einsam hier!", entfuhr es ihm „Die wohnen ja hier am Arsch der Welt!"

„Ja!", gab Meggy begeistert zurück, „Ist das nicht wunderschön?"

„Naja, zumindest idyllisch", gab Conrad zu.

Nach etwa einer viertel Stunde bogen sie rechts in einen geschotterten, leicht ausgefahrenen Weg ab. Ein angerostetes Schild verwies auf die „Schrottverwertung Waffenschmidt".

Nach wenigen Metern öffnete sich vor ihnen ein Tal, welches von mit Mischwald bestandenen Hängen gesäumt wurde.

Auf dem rechten Gipfel erhob sich der verfallene Turm einer Burgruine.

Darunter plätscherte ein kleiner Bach talwärts und passierte dabei ein heruntergekommenes Fachwerkgebäude, an dem ein stark verrottetes Mühlrad lehnte.

Als sie jedoch eine lang gestreckte Linkskurve passiert hatten, wurde der romantische Anblick jäh zerstört.

Vor ihnen lag eine riesige planierte, teils geschotterte, teils gepflasterte Fläche, auf der Autowracks und Metallschrott zu riesigen Bergen scheinbar wahllos aufgetürmt waren.

Links davon zogen sich am gesamten Hang entlang aus Beton gegossene Boxen.

Conrad vermutete, dass hier verschiedene Metalle getrennt und sortiert wurden.

Ein schwerer Radlader schob mit unsäglichem Getöse Metallteile vor sich her.

Im Hintergrund kreischten mehrere Trennscheiben.

Zusätzlich wurde die gesamte Kakophonie von einem gigantischen fahrbaren Magnetkran gesteigert, der quietschend und rasselnd riesige Schrotteile und Autowracks von einem Berg auf den anderen beförderte.

„Das kann ja wohl nicht wahr sein! So was hier mitten in der Natur!", entfuhr es Conrad.

„Ja,", gab Meggy deprimiert zurück, „das sagen die Naturschützer, das Umweltamt, die Jagdbehörde, das Gewerbeaufsichtsamt und viele andere auch. Dabei hat mein Vater bislang alle Umweltauflagen, wie die Befestigung des Geländes und der Aufbau einer sündhaft teuren Ölabscheidungsanlage, erfüllt. Der Umzug in das

Industriegebiet Bomig war auflagentechnisch nicht möglich und hätte uns von den Kosten her das Genick gebrochen. Das hätte fast eine ganze Million gekostet."

Nachdem sie die Schrottberge, nach Meggys Anweisung und begleitet durch ihr freundliches Winken, mal nach links und mal nach rechts umfahren hatten, parkten sie vor einer langgezogenen blechverkleideten Halle.

Zwei große geöffnete Rolltore gestatteten den Blick in eine Autowerkstatt mit mehreren Hebebühnen.

Links daneben waren mehrere Bau-Wohncontainer aufgestellt, die wohl sanitäre Anlagen und Büros beherbergten. Aus einem davon trat ein mit einem betagt aussehenden Overall bekleideter Mann von ungefähr 60 Jahren, den Meggy als ihren Vater vorstellte.

Bruno Waffenschmidt war mittelgroß und, bis auf einen leichten Bauchansatz, schlank.

Seine sehnigen Hände zeugten von lebenslanger körperlicher Arbeit.

Er trug seine ergrauten Haare nach hinten gekämmt, sodass er zwei leichte Geheimratsecken entblößte, die die Ernsthaftigkeit seines markant geschnittenen Gesichts betonten.

Er vermittelte den Eindruck fordernden, keinen Widerspruch duldenden Respektes.

Im krassen Gegensatz dazu zeigten seine Augen das gleiche spitzbübische humorvolle Blitzen, dass Conrad schon bei Meggy beobachtet hatte.

„Morjen, Herr Dokter", begrüßte er Conrad, nachdem er Meggy herzlich in den Arm genommen hatte. „Ich hab schon von ihrem Unjlück jehört."

Mit diesen Worten zeigte er auf den Abschleppwagen hinter sich, auf dem Conrads geliebter Megane aufgebahrt war.

Waffenschmidt musste ihn wohl schon in aller Frühe abgeholt haben.

Nur einen Moment dachte Conrad darüber nach, dass er eigentlich gar keinen Auftrag dafür erteilt hatte.

So war das wohl eben hier auf dem Lande. Da wurde über solche Dinge nicht lange diskutiert.

„Un jetz wollen Se Jeld für den Schrotthaufen, nehme ich an", fuhr Waffenschmidt fort.

Conrad fühlte sich etwas überrumpelt und brachte nur ein schüchternes „Ich weiß nicht genau…" zuwege.

„Selbs Schuld, wemma nen Franzosen fährt. Naja, heutzutage is ja alles dat selbe. Alles voll Elektronik! Da jeben se sich alle nix! Ich hab nen Vorschlag für Sie. Jenau jesacht is dat der Vorschlag von meinem Schätzchen hier." Bei diesen Worten nahm er Meggy herzlich in den Arm.

„Irjendwie muss die einen Narren an Ihnen jefressen haben. Dat tät die noch lang nich bei jedem. Pass auf...!"

Conrad fiel sofort auf, dass auch der Vater, genau wie seine Tochter, schon nach wenigen Sätzen in das vertraute „Du" fiel. „Ich hab da hinten in der Ecke noch einen Megane stehen. Dem is ein Transporter hinten drauf jeknallt. Totalschaden! Abber die Maschine hat erst fuffzichtausend runter und is topp! Die kannste dir rausholen un bei dir einbauen. Ich jeb se dir für 250 Euro plus die Stunden in meiner Werkstatt, auch wenn ich dabei wahrscheinlich pleite jeh!"

Waffenschmidts humorvoller Blick, den er Meggy zuwandte, strafte sein besorgtes Gesicht Lügen.

„Ja aber, das ist…", stammelte Conrad völlig überrumpelt. Wie sollte er ohne jegliches Knowhow einen Motor austauschen?

Er wurde aber sofort von Waffenschmidt unterbrochen:

„Nein nein, dat ist nicht nötig. Bedank dich bei Meggy, die hat alles einjefädelt. So, aber jetz muss ich weiter!", sprach's und verschwand, ohne sich umzuschauen, in den Tiefen seiner Werkstatt, verzweifelt nach einem „Bernard" rufend, der aber schier unauffindbar schien.

Mit beiden Augen voller Fragezeichen starrte er Meggy an, die vor Lachen einem völligen Nervenzusammenbruch nahestand.

„Ist das keine Superidee? Das ist mir heute Morgen unter der Dusche eingefallen, als du noch in süßen Träumen lagst und Papa hat dann alles klar gemacht", stieß sie prustend hervor.

Conrad hatte für diesen Witz kein Verständnis: „Meggy, ich habe bei Autos von Tuten und Blasen keine Ahnung. Wie soll ich denn so was bewerkstelligen? Außerdem, wann soll ich das denn machen?"

„Du wirst den Kölnern doch wohl nicht bis in die Nacht hinein deine komische Maschine erklären müssen. Nach Feierabend kommst du her und wir kriegen das gemeinsam hin", versicherte ihm Meggy, langsam zur Ruhe kommend.

Die Aussicht mit Meggy an dem Auto zu basteln, schien Conrad nach genauerer Betrachtung der Sachlage recht verlockend und das nicht nur, weil er Meggy die technische Seite des Vorhabens durchaus zutraute.

Es standen darüber hinaus doch einige Stunden mit dieser überaus attraktiven und süßen Frau bevor und so machte er, trotz bestehender Zweifel, das Geschäft mit einem tapferen „Wann fangen wir an?" perfekt.

15

„Auf was hast du dich da nur eingelassen? Aus
der Nummer kommst du jetzt nicht mehr raus.
Und deine Traumprinzessin zeigt dir die kühle
Schulter und lässt dich zum zweiten Mal in zwei
Tagen einfach am Bahnhof stehen."
Die ältere Dame, die Conrad gegenübersaß und
die er wohl etwas entrückt angestarrt hatte,
schaute irritiert.
Conrad grinste vor sich hin, als ihm
bewusstwurde, dass er jetzt schon Selbstgespräche
führte.
„Was treibt einen Menschen dazu, in diesem
langweiligen Kaff und dann noch an einer
Bahnlinie einen Campingurlaub zu verbringen?",
fuhr er fort, diesmal aus dem Zugfenster die recht
unattraktive Bahnstrecke in Ehreshoven, Richtung
Köln ,in Augenschein nehmend.
Die ältere Dame schien sich bezüglich Conrads
provokanter Fragestellung persönlich angegriffen
zu fühlen und beantwortete dessen Fragen leicht
pikiert: „Sie müssen hier ja nicht wohnen und
auch keinen Urlaub machen. Und nebenbei, so
wie Sie auftreten, würde ich Sie auch am Bahnhof
stehen lassen!"
„Bitte entschuldigen Sie…,", stammelte Conrad
ehrlich betroffen, „eigentlich habe ich nur mit mir
selbst geredet und Zugstrecken sind in der Nähe

von Städten oft weniger attraktiv. In Wirklichkeit aber bietet die Gegend viel reizvollere…"

„Verschonen Sie mich bloß mit Ihren Ausreden!", unterbrach ihn die Dame und schaute ihrerseits aus dem Zugfenster und machte damit sehr deutlich, dass sie ihre kurze Konversation für beendet hielt.

Nach ihrem Besuch auf dem Schrottplatz hatte Conrad im Restaurierungs- und Digitalisierungszentrum in Köln angerufen. Die Polizei hatte den Tatort noch nicht freigegeben und die Spurensicherung ihre Arbeit noch nicht vollständig beendet.

Frau Schmidt-Clement hatte jedoch um ein Gespräch gebeten, um weitere Schritte zu besprechen.

Aber auch dieser Tag schien unter einem ungünstigen Stern zu stehen.

Diesmal war es der Leih-Polo, der Conrad jegliche Zusammenarbeit verweigerte.

Auch Meggys kundige Schläge auf den Anlasser des betagten Fahrzeugs führten nicht zum gewünschten Erfolg.

„Du hast es wohl nicht mit Autos?", war ihr lakonischer Kommentar, der Conrads Laune kaum verbessern konnte.

Mit einem „Bis heute Abend krieg ich das schon wieder hin. Ich muss jetzt aber noch ganz dringend mit dem Abschleppwagen nach

Lüdenscheid", gelang es ihr auch nur bedingt, Conrad zu versöhnen.

Mit grenzwertiger Geschwindigkeit hatte sie ihn in der Folge am nahegelegenen Bahnhof in Dieringhausen abgesetzt. „Beeil dich, der Zug fährt in fünf Minuten! Bis heute Abend! Ich hol dich gegen fünf beim Digitalisierungszentrum ab!" Weg war sie!

Conrad hatte die alte, heruntergekommene Bahnstation durchquert, es gerade noch geschafft, am Automaten ein Ticket zu lösen und saß jetzt in der Regionalbahn. Diese legte an jeder Gießkanne stundenlange Stopps ein und war damit Conrads Gemütslage nicht gerade positiv förderlich. Glücklicherweise hatte er den Streckenverlauf auf seinem Handy anzeigen lassen.

Der Anschluss in Köln, Trimbornstraße, zur S-Bahn nach Porz und anschließend zum Bus 162 gelang daher planmäßig.

Conrad war einer Depression nahe, als er durch die Eingangstür des RDZ schritt.

Frau Schmidt-Clement, die Leiterin des Historischen Archivs der Stadt Köln, begrüßte ihn freundlich lachend: „Wo kommen Sie denn her? Sie sehen ja aus wie durch den Wolf gedreht. Sind die Betten in ihrem Hotel so unbequem?"

„Das ist eine lange Geschichte. Die Information, dass ich gerade eine längere Reise von Gummersbach nach Köln mit Regionalbahn, S-

Bahn und Bus hinter mich gebracht habe, sollte daher vorerst als Erklärung genügen. Bitte verzeihen Sie meine Verspätung Frau Schmidt-Clement, ich werde versuchen, die verlorene Zeit wieder aufzuholen."

„Alles ist gut, junger Mann. Setzen Sie sich zuerst einmal hin! Kaffee?"

Conrad nahm das Angebot dankend an.

In der Folge erfuhr er, dass das Labor mit der Maschine erst am Nachmittag von der Polizei wieder freigegeben würde.

Die Spurensicherung hatte keine weiteren Hinweise gefunden, wenngleich noch nicht alle Informationen ausgewertet waren. Kommissar Mertens hatte jedoch noch um ein Gespräch mit Conrad gebeten.

Mertens ließ nicht lange auf sich warten.

Freundlich reichte er Conrad die Hand.

„Tut mir leid, dass sich Ihr Aufenthalt in unserer schönen Stadt so unerwartet gestaltet. Haben Sie mit Ihrer Firma schon Kontakt aufgenommen?"

„Ich habe eine SMS von meinem Chef bekommen. Auch er ist ein wenig ratlos, wie die Geschichte jetzt weitergehen soll. Es sieht wohl so aus, dass ich neue Festplatten per Eilboten zugestellt bekomme und nachschaue, ob sich das System in Betrieb nehmen lässt. Ich hoffe, es wird dann alles wie geplant verlaufen."

„Haben Sie in Berlin Familie? Sie werden dort doch sicher erwartet", erkundigte sich Mertens.

„Dieser Schaden wird sich weitestgehend in Grenzen halten", gab Conrad lakonisch zurück.

„Eigentlich ist es mir ganz recht, wenn sich mein Aufenthalt in Köln etwas verzögert. Ich habe hier studiert und denke gerade viel an alte Zeiten."

„Sie waren gestern Abend nicht in ihrem Hotel und auch heute Morgen dort nicht erreichbar", erkundigte sich Mertens.

Er klang jetzt förmlicher und schaute Conrad prüfend in die Augen.

„Äh, wissen Sie, es ist so,", stammelte Conrad verlegen, „mein Auto ist noch in Gummersbach und ich musste da einiges regeln."

„Ach, haben die Werkstätten in Gummersbach auch in der Nacht geöffnet?", Mertens Stimme klang schärfer.

„Eine nette junge Dame vom ADAC hat sich meines Wagens angenommen. Ihr Vater hat eine Schrottverwertung in der Nähe. Sie baut mir einen neuen Motor ein, ich meine wir werden gemeinsam...", beeilte sich Conrad zu erklären.

Mertens Mine verzog sich zu einem breiten Grinsen: „Das ist ja das abenteuerlichste Alibi in meiner ganzen Berufskarriere! Hat ihre talentierte Mechanikerin denn auch einen Namen? Keine Angst, wir gehen ganz vertraulich damit um!"

„Meggy, genauer gesagt Mechthild Waffenschmidt", gestand Conrad.

Es war ihm sehr unlieb, dass die Polizei sich nach Meggy erkundigte und sie am Ende noch belästigen würde.

„Vielleicht sprechen Sie selbst mit ihr. Sie hat mir versprochen, mich gegen fünf Uhr hier abzuholen."

„Okay", beendete Mertens das Verhör, „ich habe noch eine Frage zu Ihrer Maschine, zu R2D2, wie Sie sie nennen. Da die Festplatten entfernt worden sind, kann nicht festgestellt werden, ob und was mit ihr untersucht worden ist. Gibt es wirklich keine Möglichkeit, um an die erfassten Daten heranzukommen? Ich dachte da an eine Internetverbindung zu Ihrer Firma, oder ähnliches?"

„Ich befürchte nicht", gab Conrad zurück. „Die Verbindung ist noch nicht vollständig eingerichtet. Außerdem dürfen wir selbstverständlich keine Kundendaten speichern oder einsehen. Es könnte sich ja um sehr vertrauliche Dinge handeln, die nicht in fremde Hände gehören. Mir kommt allerdings gerade ein Gedanke. Ist die Maschine komplett abgeschaltet?"

Mertens zuckte mit den Schultern, „Keine Ahnung, schauen wir doch einfach nach."

Im Labor angekommen stellte Conrad fest, dass die Maschine nicht vom Stromnetz getrennt worden war.

Die zentrale Recheneinheit befand sich im Energiesparmodus und war in Ermangelung der Festspeicher nicht funktionsfähig. Conrad löste mit wenigen Handgriffen einige Rändelschrauben der Scaneinheit und nahm das Abdeckblech ab. Wie Conrad vermutet hatte, war die Scaneinheit im Stand-by-Modus.

Diese Routine war eingebaut worden, um einerseits die Birne zu schonen, andererseits aber die notwendige Aufwärmphase zu verkürzen. Mertens schaute Conrad interessiert bei der Arbeit zu.

Conrad erklärte: „Die Scaneinheit ist nicht abgeschaltet. Der Täter hat das System wohl nicht heruntergefahren, sondern die Festplatten im laufenden Betrieb entnommen. Ein Wunder, dass die Kiste noch funktioniert. Der Scanner verfügt über einen flüchtigen Speicher eine Art RAM-Chip, der die Daten puffert und dann in größeren Einheiten an den Zentralrechner weitergibt. Wenn der Speicher voll ist, ein neuer Scanauftrag erfolgt oder die Maschine abgeschaltet wird, entleert er sich komplett."

Bei Mertens keimte Hoffnung auf: „Da die Maschine aber noch im Stand-by-Modus ist, besteht die Möglichkeit, dass noch Daten im

Speicher enthalten sind, habe ich das richtig verstanden?" „So in etwa", gab Conrad zurück. „Wir müssen also nur den Zentralrechner mit neuen Festplatten bestücken und können diesen Speicher dann auslesen?", fragte dieser gespannt. „Ganz so einfach ist das nicht. Die Platten im laufenden Betrieb einzusetzen ist riskant und kann die Maschine beschädigen. Es gibt aber eine andere Möglichkeit!"

Triumphierend hielt Conrad einen USB-Stick in die Höhe und steckte ihn in den Slot des Rechners. Sekunden später öffnete sich der Bildschirm und zeigte eine Oberfläche mit kryptischen Aneinanderreihungen grüner Befehlszeilen, die Mertens an seinen ersten DOS-Rechner erinnerten. Conrad schien zu wissen, was er tat. Nach einigen kurzen Eingaben entfernte er den Stick.

„Dann wollen wir mal sehen, ob was zu sehen ist!"

Conrad und Mertens grinsten sich gegenseitig zu. Kurze Zeit später zeigte das Tablet des Inspektors den gespeicherten Scan an.

Es handelte sich um ein offensichtlich sehr altes Dokument. Es war unterschrieben und gesiegelt, von amtlichem Charakter. Leider war es noch sehr unzureichend gesäubert und der Scan selbst sehr verschwommen.

Der Bediener oder die Bedienerin des Gerätes hatte wohl nicht über das notwendige Wissen für eine fachgerechte Handhabung der Maschine verfügt.

„Vielleicht können ja unsere Jungs im Labor etwas damit anfangen", Mertens Stimme klang enttäuscht, „Trotzdem danke, Sie haben uns sehr geholfen."

„Keine Ursache", entgegnete Conrad, „kann ich jetzt gehen?" Ein Blick auf die Armbanduhr hatte ihm verraten, dass es schon nach fünf war und Meggy wahrscheinlich schon wartete.

Hier jedenfalls gab es vorerst nichts für ihn zu tun, bevor die Festplatten nicht geliefert waren.

Das musste auch Frau Schmidt-Clement, die kurz vorher hinzugekommen war, enttäuscht zugeben. Mertens begleitet Conrad bis zur Tür.

Von Meggy war weit und breit keine Spur.

„Ja, ja, die Frauen", konstatierte Mertens in spöttisch überhöhter Kennermanier, „wenn man eines bei ihnen lernen kann, so ist es das Warten!"

„Habe Geduld mit jedem Tag deines Lebens, sagt der Zen-Buddhismus!", gab Conrad an Mertens zurück.

„Om!", konterte dieser. Beide mussten lachen.

Mit zirka zehnminütiger Verspätung kam Meggy angeprescht. Mit leicht quietschenden Reifen stoppte sie Conrads Leih-Polo direkt vor ihnen.

„Vorsicht, die Polizei ist anwesend!", warnte Conrad spöttisch als Meggy beschwingt aus dem Wagen sprang.

Mertens überging Conrads Frotzelei, indem er sich der verdutzten Meggy freundlich vorstellte. Zu Conrads Verblüffung stellte er ihr keine Fragen zum gestrigen Abend, sondern verabschiedete sich und verschwand in seinem, wenige Meter entfernt abgestellten, Dienstwagen.

„Zu mir oder zu dir?", fragte Meggy gespielt anzüglich, nachdem beide im Polo Platz genommen hatten.

„Zu dir, da kennt mich niemand!", gab Conrad zurück.

Die Fahrt nach Strombach war sehr kurzweilig. Meggy plapperte unentwegt, ohne Conrad jedoch zu nerven. Sie erzählte von ihrer Fahrt nach Lüdenscheid, wo sie drei stark ramponierte Sportwagen abtransportiert hatte.

Das Ganze hatte lange gedauert, weil die Polizei die Fahrzeuge nicht freigegeben hatte, bevor alle Untersuchungen abgeschlossen waren.

Drei junge Burschen hatten sich wohl ein ungenehmigtes Rennen geliefert und ihre Autos nahezu geschrottet.

Von zweien fehlte jede Spur, der dritte war im Wagen eingeklemmt gewesen und so der Polizei in die Hände gefallen.

Aber er schwieg wie ein Fisch.

Die Autos waren nicht angemeldet, die Halter nicht feststellbar. Meggy fluchte über die

Möchtegern-Rennfahrer, die gedankenlos, nur zum eigenen Vergnügen, das Leben anderer gefährdeten.

Sie redete sich dabei auf ihre schnodderige Art so in Rage, dass Conrad trotz allen Ernstes der Sache bisweilen lachen musste.

Nachdem Conrads Magen sich mit lautem Knurren zu Wort gemeldet hatte, beschloss Meggy, ihre Fahrtroute kurz hinter der Abfahrt Gummersbach, kurzfristig zu ändern.

„Bevor du mir noch ganz vom Fleisch fällst, lade ich dich erst einmal zum Essen ein", beschloss sie mit hellem Lachen. „Und was ist mit meinem Auto? Wir wollten doch…", Conrad wurde in bestimmtem Ton von Meggy unterbrochen: „Das kann warten! Wie ich meinen Vater kenne, hat er sowieso schon ein paar Kleinigkeiten erledigt!"

Wenige Minuten später auf der B55 hatten sie den Ort Rebbelroth erreicht.

Außer dem ungewöhnlichen Namen hatte dieser Ort, nach Conrads Ansicht, nichts zu bieten, was in die Kategorie „Schön" gefallen wäre.

Im Gegensatz dazu stand aber das außen etwas unscheinbare, aber dennoch einladende Gasthaus „Holsteiner Fährhaus", in einer kleinen Nebenstraße.

Das alte Fachwerkhaus zeigte sich schon im Eingangsbereich als eng aber urgemütlich.

Meggy schien auch hier jeden zu kennen. Conrad verstand nicht alles aus dem auf oberbergischem Platt gesprochenen, wohl vorwiegend privaten Gespräch mit einer der Kellnerinnen.

Obwohl er aber mehrfach das Wort „ausgebucht" gehört hatte, geleitete diese die beiden in die erste Etage.

Schon der Weg dorthin war abenteuerlich.

Das ganze Haus war voller Vitrinen, angefüllt mit den unterschiedlichsten Dingen: Blechspielzeuge, Puppen, viele Sammelstücke aus der Seefahrt, alte Gerätschaften und Alltagsdinge aus längst vergangenen Tagen waren auf kuriose Weise, in liebevoll arrangiertem Durcheinander, aufgereiht. Dazwischen urgemütliche Tische und Sitzplätze. Kurz gesagt: Das Haus glich eher einem Museum als einem Restaurant.

In einer kleinen Nische erhielten die beiden einen Platz und die Speisekarte.

Beide hatten schnell etwas nach ihrem Geschmack gefunden. Während des Wartens auf die Bestellung hörte Meggy neugierig, mit interessierten Detailfragen, Conrads Bericht zu.

„Und das Siegel war tatsächlich deutlich zu erkennen?"

„So wie ich es beurteilen kann ja, aber es war nur wenig zu entziffern. Das Dokument war noch stark verschmutzt."

„Darf ich es mal sehen?", fragte Meggy.

Conrad wunderte sich über Meggys Interesse. „Wirklich? Klar, warum nicht? Ich habe es noch auf meinem Stick. Warum interessierst du dich dafür?"

„Meine Familie wohnt schon seit vielen Generationen hier in der Gegend. Wir versuchen schon lange diese Geschichte zu rekonstruieren und freuen uns über jeden noch so kleinen Hinweis über die historischen Ereignisse in dieser Region. Die Überlieferungen sind teilweise sehr bruchstückhaft und jedes Detail könnte ein Hinweis sein", antwortete Meggy. „Es ist, sagen wir, eines meiner vielen Hobbys", setzte sie mit verschmitztem Lächeln hinterher.

Bald kam das Essen. Es war wirklich vorzüglich und die Zeit verging schnell, bei Gesprächen über dies und das.

„Jetzt muss ich aber los, sicher kommen schon morgen die Festplatten aus Berlin und ich muss R2D2 wiederbeleben", versuchte Conrad gegen 22.00 Uhr etwas wehmütig den schönen Abend zu beenden.

„Ich hätte da eine andere Idee", wandte Meggy ein. „Ich möchte schrecklich gerne das Dokument sehen und würde dir auch gerne etwas zeigen." Ihre Stimme klang geheimnisvoll. „Du kannst morgen früh fahren. Ich habe noch ein paar frische Sachen von meinem Bruder und eine Zahnbürste wird sich im Archiv auch noch finden. Du kannst dann nach dem Frühstück sofort nach Porz durchstarten."

Conrad war hin und her gerissen.

Plötzlich wurde ihm bewusst, dass er sich bislang noch nicht bei Elke gemeldet hatte.

Heute Abend lag jedoch etwas in Meggys Blick, das Berlin sehr weit weg erscheinen ließ.

Auch wenn sich die Qualität des Scans natürlich nicht verbessern ließ, wurden auf Meggys recht leistungsfähigem Desktop-Computer einige Details mehr deutlich, als auf dem Tablet des Inspektors.

Meggy erkannte sofort das Siegel, den sechszackigen Stern, des Inquisitors Arnulf von Bergen.

Sie beschied Conrad, dass sie es schon mehrmals gesehen hatte.

Sie und ihr Bruder hatten in der Vergangenheit schon öfter Einsicht in alte Dokumente der Stadtbibliothek Köln gehabt. Auch die Ausstellung des Schlosses Homburg verfügte über ein derartig gesiegeltes Schriftstück.

Noch spannender aber waren einige wenige Worte des handgeschriebenen Briefes, die in der Vergrößerung lesbar wurden: „Zauberey" und „des heyligen Römischen Reichs peinlich Gerichtsordnung".

Conrad hätte die zwar sehr saubere, aber alte Handschrift nicht entziffern können.

Meggy schien damit weniger Probleme zu haben. Er wunderte sich sehr über ihre diesbezüglichen Kenntnisse.

Meggys Wangen waren vor Aufregung gerötet. Sie fasste sich aber schnell: „Ich glaube, das Schriftstück bringt mich weiter als alles andere in letzter Zeit. Morgen erzähle ich dir mehr darüber. Jetzt wird es jedenfalls Zeit für das Bett."

Völlig überrascht fand sich Conrad plötzlich in ihren Armen wieder.

Nach leidenschaftlichen Küssen ließ er sich wie in Trance an die Hand nehmen und die Treppe hinauf zu Meggys Schlafzimmer führen.

Das Sofa blieb in dieser Nacht unbenutzt.

Umso mehr gefordert wurde aber Meggys Bett.

16

Die Sonne stand hoch am Himmel.
Benjamin und Magdalena hatten den
altersschwachen Karren schon eine beträchtliche
Strecke über den holprigen, ausgefahrenen
Kutschweg gezogen.
Die Schweißperlen rannen in Strömen herab, aber
verbissen setzten sie ihren Weg ins Ungewisse
fort.
„Die Straße ist uralt! Schon die Römer nutzten sie.
Sie ist ein wichtiger Handelsweg, der von Köln bis
zur Hansestadt Brilon reicht. Von dort kann man
ins ferne Berlin gelangen, aber das ist noch sehr,
sehr weit, wenn man auf Schusters Rappen
unterwegs ist", wusste Benjamin.
Er verdankte sein Wissen den Erzählungen der
Fuhrleute, deren Gespräche er wie ein Schwamm
aufgesogen hatte.
Magdalena betrachtete den ausgefahrenen Pfad
skeptisch.
Ja, alt musste er sein, so wie er aussah.
Tiefe Schlaglöcher reihten sich aneinander.
Manchmal blockierten umgestürzte Bäume den
Weg, die dem Sturm oder der Last des Schnees im
Winter nicht mehr hatten standhalten können.
Die Karren waren dann einfach seitlich
vorbeigefahren und ihre Holzräder hatten sich
schnell in eine neue Wegstrecke eingegraben.

Niemand war für den Erhalt der Straße zuständig.
Magdalena schmunzelte über den Begriff
„Straße".

In Köln waren, besonders in den besseren Vierteln
der Stadt, schon viele Straßen gepflastert.
Oftmals stammte das Pflaster sogar noch aus
römischer Zeit. Auch wenn die Kölner Bürger
nicht auf Sauberkeit achteten und allen Unrat
einfach vor der Türe zu entladen pflegten, auch
wenn mancherorts sich Schweine und
abgemagerte Straßenköter im Unrat um
angemoderte Reste stritten, so waren die Straßen
in Köln doch erheblich komfortabler als der alte
Fuhrweg, der sich quer durch das Oberbergische
Land zog.

Auch die Gefahr, wegen oft weniger als ein paar
Kupferpfennigen im Messer eines Wegelagerers
den Tod zu finden, war hier erheblich höher.
Nach einiger Zeit erreichten sie eine
Wegeskreuzung.

An einem kleinen Hof kreuzte den Fuhrweg ein
weiterer ausgefahrener Weg, dem wohl schon
viele schwere Fuhrwerke mit eisenbeschlagenen
Rädern ihre Male eingeprägt hatten.

Unschlüssig blieben Magdalena und Benjamin
stehen, schauten in die eine sowie in die andere
Richtung, ohne sich entscheiden zu können.

„Was wollt ihr hier? Was lungert ihr hier herum?",
ertönte es von der groben Tür der Bauernkate,

„Hier ist nichts zu holen, außer einem Schwein und vier Hühnern, die ich jedoch gegen Halunken wie euch zu verteidigen weiß!"

Ein alter Mann, gebückt, mit einem dünnen, schlohweißen Haarkranz, trat aus dem Schatten der Hütte.

Sein Gang war schleppend, seine Stimme krächzend und, wohl auf Grund des Mangels an Zähnen, schwer zu verstehen.

Eine andere Sprache sprach jedoch die Axt in seinen kräftig wirkenden Händen, die scharf und angriffslustig in der Mittagssonne glänzte.

„Nein, guter Mann, wir wollen dein Hab und Gut nicht. Wir sind keine Diebe!", rief Benjamin erschrocken. Magdalena unterstrich seine Worte mit heftigem Kopfschütteln.

„Wir sind nur Köhler auf der Wanderschaft und auf der Suche nach ehrlicher Arbeit!"

„Hier gibt es keine Arbeit, erst recht nicht für einen Köhler. Also schert euch fort!", krächzte der Alte, während er sich anschickte in sein Haus zurückzukehren.

„Nur eine Frage, wenn es recht ist", bat Benjamin.

„Sagt, wohin führen die abzweigenden Wege?"

„Ihr seid wohl von weiter weg?", gab der Alte etwas zugänglicher zurück und ließ die Axt sinken.

„Der linke Weg der Zeithstraße führt über Marienheide und Gimborn, dem Sitz unseres edlen Landesherrn, in Richtung Meinerzhagen bis Dortmund. Über den zu eurer rechten Hand gelangt ihr ins Homburgische und Bonn am Rhein."

Ratlos wechselten Benjamin und Magdalena ihre Blicke.

Der Alte schien das zu spüren und fuhr fort:

„Wenn ihr mich fragt, wenn ihr klug seid und nicht an ein Ziel gebunden, würde ich die Gegend um Gimborn, Marienheide und Wipperfürth meiden. Man hört davon, dass dort der schwarze Tod sein Unwesen treibt und schon viele fromme Seelen von ihrem irdischen Dasein erlöst hat! Und nun verschwindet, habe schließlich nicht den ganzen Tag Zeit, um jedem Dahergelaufenen den Weg zu weisen!"

Mit diesen Worten drehte sich der Alte um und verschwand ohne Gruß in seinem Haus.

„Ja, jetzt müssen wir uns entscheiden, Mädchen, entweder weiter geradeaus oder nach rechts, Richtung Siegerland!"

Benjamin schien aber die Entscheidung bereits getroffen zu haben. Er hatte den Handkarren schon während er sprach auf den holprigen Weg in Richtung Homburger Land gezogen.

Benjamin nannte Magdalena neuerdings „Mädchen".

Er hatte seine Versuche aufgegeben ihren Namen herauszufinden und Magdalena hatte keine Möglichkeit gefunden, sich Benjamin vorzustellen. Dieser hatte ja nie eine Schule gesehen und war des Lesens nicht mächtig.

Ganz im Gegensatz zu Magdalena, die heimlich ein Tagebuch führte, das auch Benjamin nur selten zu Gesicht bekam.

Einmal in seinem Leben hatte Benjamin aus der Entfernung ein Buch gesehen. Es war eine Bibel, aus der ein Pfarrer die Sonntagsmesse gelesen hatte.

Er hatte vor langer Zeit mit seiner Mutter eine Kirche besucht und war, obwohl noch ein sehr kleiner, unverständiger Junge, überwältigt gewesen von all den merkwürdigen Dingen, die es dort zu sehen, vor allem aber auch zu hören gab.

Am meisten aber hatte ihn das dicke Buch fasziniert.

Unvorstellbar, dass darin eine Geschichte aufgehoben sein sollte, die ein jeder, der die Kunst des Lesens verstand, nach Belieben daraus entnehmen konnte.

In der Folge musste ihm seine Mutter immer wieder die Geschichten erzählen von dem Mann, der sich vor langer Zeit geopfert hatte und für die Sünden der Menschen am Kreuz gestorben war.

Auch wenn der kleine Junge noch nicht hatte verstehen können, wie so etwas möglich war, hatten bei ihm die Geschichten um den Heiland einen tiefen Eindruck hinterlassen.

Benjamin legte sich nie zur Nachtruhe, ohne ein Gebet zu sprechen, so wie es ihn seine Mutter gelehrt hatte.

Magdalenas Tagebuch war für ihn daher ein Gegenstand, den er mit höchster Ehrfurcht betrachtete.

Gegen Abend erreichten sie den Ort Ründeroth. Wenngleich der in einem tiefen Tal gelegene Ort nicht besonders groß war, so herrschte hier doch reges Treiben.

Die Zeithstraße war schon seit je her eine wichtige Handelsverbindung zwischen Bonn und dem Märkischen. Viele Kaufleute nutzen ihn, um ihre Waren zu transportieren. Hier in Ründeroth kreuzten sie das kleine Flüsschen Agger in einer tief im Tal gelegenen Furt. Da beide Hänge zur einen, wie zu der anderen Seite des Flüsschens sehr steil waren, benötigten viele Händler zusätzliche Hilfe, um ihre schweren Karren zu bewegen.

Daher hatten sich in Ründeroth zahlreiche Fuhrleute und einige Schmiede und Wagenbauer angesiedelt.

Das ganze Tal war außerdem erfüllt von dem ungeheuren Getöse schwerer wasserbetriebener Fallhämmer, die mittels des Wassers aus den großflächigen Hammerteichen der aufgestauten Agger betrieben wurden.

Eine mit Bruchsteinen gemauerte Kirche, ein Gasthaus und einige Fachwerkhäuser prägten das Bild des kleinen, ausschließlich von Protestanten besiedelten Ortes.

Magdalena hatte Angst. Die Fuhrleute, die sie in Köln kennen gelernt hatte, waren harte Gesellen, die es mit dem Anstand, besonders gegenüber Frauen, nicht immer sehr ernst nahmen.

Magdalena hasste ihre raue, oft grobe Art und ihre derben, zotigen Sprüche.

Benjamin schien zu ahnen, welche Gedanken Magdalena quälten. Mit einem Augenzwinkern erklärte er: „Keine Angst, wir werden nicht hierbleiben. Ein junges Köhlerpaar, das in einem Gasthaus nächtigt, wäre doch etwas auffällig. Wir werden die Nacht in irgendeiner Scheune außerhalb des Ortes verbringen. Aber lass uns dort unten nachsehen, ob wir beim Bäcker ein Brot erstehen können und vielleicht etwas Käse."

Magdalena zog, kaum als sie den Ort betreten hatten, ihr Kopftuch tief ins Gesicht und wandte stets ihren Blick zu Boden. Mit der Rechten umklammerte sie fest das Medaillon an ihrem Hals. Ihr Herz klopfte wie wild. Warteten ihre Verfolger schon hier?

War die Kunde von dem Mord an dem reichen Kogler aus Köln schon bis hierher vorgedrungen?

Sicherlich war eine Belohnung auf ihr Ergreifen ausgesetzt, die viel Gesindel aufrief, ihrer habhaft zu werden.

Benjamin ahnte nichts von all dem. Er kannte nicht die wahren Gründe für Magdalenas Ängste. Und so flüsterte er ihr zu: „So wie du dich benimmst, fallen wir wirklich auf. Niemand wird zur jetzigen Stunde den Köhler vermissen. So wie du dich aber verhüllst, zeigst du, dass du etwas zu verbergen hast."

Das kleine Örtchen war schnell durchschritten. Am Ortsausgang bot ein Bäcker seine nicht mehr ganz frischen Waren an und sie erstanden für ein paar Kupferpfennige ein Brot, sauren Wein und etwas Ziegenkäse.

Ihr Weg führte sie am Aggerufer flussaufwärts und nach kurzer Wanderung entlang des Wiehlbaches zum kleinen Örtchen Repschenrodt. Schließlich fanden sie abseits der Straße einen kleinen Verschlag, der wohl von einem in der Nähe wohnenden Bauern als Heuschober genutzt wurde.

Erschöpft stärkten sie sich an dem Käse und dem Brot und schliefen alsbald, noch bevor die Dunkelheit sie vollends umgab, im warmen Heu ein.

Arnulf von Bergen, der Inquisitor, war lange geritten.

Sein Pferd war müde und er selbst spürte einen jeden seiner Knochen.

Zu lange hatte er sich nicht mehr zu Pferde bewegt.

Früher hätte er sogar Freude an dem Ritt empfunden.

Wie sehr hatte er es geliebt, über die langen Strände zu reiten und sich mit seinen Kameraden zu messen.- Früher!

Die Anstrengungen der letzten Tage hatten jedoch nur den einen Sinn: Er musste des Mädchens, Koglers Tochter, habhaft werden.

Sein Interesse galt jedoch nicht dem Mädchen selbst, aber sie trug das Kleinod bei sich, das er von ganzem Herzen begehrte: den Stern des I-Sabbah.

Schon hatte er geglaubt, am Ziel seiner Träume zu sein, aber der Junge hatte alles verdorben.

Es war nicht leicht gewesen, ihn bei Kogler einzuschleusen und dann verliebte er sich auch noch in die Göre.

Der Inquisitor hatte den alten Kogler unterschätzt.
Er hatte den Stern, als hätte er die kommenden Ereignisse vorausgesehen, an seine Tochter weitergereicht und die war damit auf und davon.

Wie groß war seine Enttäuschung, als der Dummkopf greinend, ohne den Stern und dazu noch mit einem Gruße von Koglers Messer im Bein, vor ihm gestanden hatte.

Dafür hatte er büßen müssen. Der Vater Rhein hatte alsbald seine Lungen mit Wasser gefüllt und ihn zu sich genommen.

Sollten die Schergen seine Leiche doch finden. Keiner würde um ihn eine Träne vergießen. Er hätte sich selbst in die Fluten gestürzt, würde es heißen, getrieben aus Gewissensnot für seinen feigen Mord.

Koglers Tochter Magdalena indes war aus Cölln entkommen und der Inquisitor verfolgte nur eine vage Spur. Es hatte nicht viel gefehlt und er hätte sie bei dem Fährmann und seiner Frau stellen können. Aber der Fährmann, dieser Tölpel, war zu gierig gewesen und hatte die Kleine vertrieben Niemand hatte sie auf ihrer Flucht gesehen.

Er hatte Kundschafter ausgesandt, etliche an der Zahl, rheinauf und rheinab, aber alle waren unverrichteter Dinge zurückgekehrt. Somit blieb nur noch eine Möglichkeit: Magdalena war in Richtung Osten geflohen, hinein ins Bergische Land.

Hier gab es nicht viele Straßen. Wenngleich der Inquisitor vermutete, dass sie diese aus Angst vor Entdeckung meiden würde, so würde sie sich doch, um nicht in die Irre zu gehen, an deren Verlauf orientieren.

Dieser Umstand bedingte, dass sie zu Fuß, nicht sehr schnell vorankommen würde.

Dann, er dankte der glücklichen Fügung, erhielt er einen Fingerzeig.

Nahe der alten Römerstraße stieß er auf eine Köhlergrube, die erst unlängst verlassen worden war.

Dies allein war noch kein Hinweis, es gab einige Köhler in dieser Gegend, aber sein geschultes Auge machte zwei Entdeckungen: Mitten in der ausgebrannten Stelle eines der Meiler fand er Reste von Knochen.

Mancher hätte vermutet, es handle sich um die Reste eines Jagdtieres. Der Inquisitor hatte jedoch im Osmanischen Reich lange genug die Anatomie studiert, um zu erkennen, dass es sich hier um die Überreste eines Menschen handelte.

Eine zweite Spur hatte sich wie eine geöffnete Buchseite in den schwarzgebrannten Boden gegraben.

Es war die eines Handkarrens und die zweier Menschen. Die eine Spur war tiefer und gröber, von Holzschuhen verursacht. Eine Schleifspur in jedem linken Tritt zeigte, dass der Träger seinen rechten Fuß nachzog.

Die andere Spur war leichter und zierlicher, wie die einer Frau. Diese Frau aber hatte ledernes Schuhwerk getragen, Schuhe, die in diesem Gebiet unnütz und viel zu kostspielig waren.

Vom Jagdfieber erregt schwang sich der Inquisitor auf sein Pferd und erreichte alsbald eine Wegeskreuzung.

Am nahegelegenen Hof wurde er von einem kläffenden Köter und einem mürrischen Alten empfangen, der ihn, mit einer Forke bewaffnet, misstrauisch musterte.

Der Inquisitor stieg ab und erkundigte sich mit aller ihm möglichen Freundlichkeit nach einem blonden, ungewöhnlich gekleideten Mädchen und einem jungen Manne, womöglich ein Köhler.

Die Antwort des Alten war kurz und barsch.

„Schert Euch fort, ich habe niemanden gesehen."

Auch die angebotenen 20 Kreuzer stimmten den Alten nicht um.

Mit den Worten „Ich habe sein Geld nicht nötig, verlasse er meinen Hof, sonst hetze ich meinen Hund auf ihn!", wandte er sich ab, in der Absicht zum Haus zurückzukehren.

Ungeduldig zog der Inquisitor sein Schwert und stach auf den kläffenden Köter ein. Der Hund bäumte sich auf, jaulte kurz und brach, noch einige Male zuckend, zusammen.

Schäumend vor Wut drehte sich der Alte und stieß wild mit seiner Forke um sich. Doch der Inquisitor war kampferprobt.

Der ungeübte Alte stellte keine Gefahr für ihn dar. So flog die Forke im Handumdrehen im hohen

Bogen davon und der Alte spürte die Klinge des Inquisitors an seiner Kehle.

„Meine Geduld ist begrenzt, ebenso meine Zeit! Also, wohin sind die beiden gegangen? Sprich du Hund!", zischte er.

Der Alte war sich bewusst, dass sein Leben keinen Kupferpfennig mehr wert war und er alsbald seinem Schöpfer gegenüberstehen würde.

Mit vor Entsetzen aufgerissenen Augen stammelte er: „Dort hinauf sind sie gegangen, Richtung Wipperfürth, vor zwei Tagen schon! Doch gebt Obacht Herr, dort wütet der Schwarze Tod!"

Dann wurde es nach kurzem durchdringendem Schmerz für immer dunkel um ihn.

Der Inquisitor hatte ihm mit kurzem Ruck die Kehle durchtrennt. Ohne Rührung bestieg dieser sein Pferd und ritt in die beschriebene Richtung davon, nicht ahnend, dass der Alte kurz vor seinem Tode beschlossen hatte, mit einem gottgefälligen Werke im Gepäck an die Himmelstür zu klopfen und ihm daher den falschen Weg gewiesen hatte.

Der Inquisitor hatte seinem Pferd alles abverlangt. Es war ihm jedoch auch nach Ablauf einer Woche nicht gelungen, die beiden jungen Leute einzuholen.

Er suchte in jedem Dorf, in jedem Gehöft, aber je mehr er sich den größeren Ansiedlungen näherte, umso mehr umgab ihn das Elend der Pest, welches in diesen Landen wütete: Von der Krankheit gezeichnete Menschen und stinkende brennende Scheiterhaufen, im Bemühen, der Heimsuchung Herr zu werden.

Jedermann war bedacht, sein eigenes Leben zu schützen.

Daher hatte niemand ein Auge für zwei Wandernde, niemand konnte Auskunft geben. Schließlich war er sich sicher, dass die beiden diesen Weg nicht genommen hatten und beschloss, seine Suche neu zu beginnen.

Sein Weg führte zurück zu dem Gehöft an der Wegeskreuzung. Dem Leichnam des Bauern hatte noch niemand ein christliches Begräbnis zuteilwerden lassen. Vielmehr hatten Raben und andere wilde Tiere begonnen, ihren Hunger zu stillen.

Ungerührt ritt der Inquisitor vorbei, jetzt in die andere Richtung der Weggabelung.

In der einzigen Ründerother Schänke sprach er zu allen Fuhrleuten und Zechern aber niemand wollte das Mädchen und ihren Begleiter gesehen haben.

Als dann weitere drei Tage vergangen waren, brach der Inquisitor seine Suche ab und kehrte unverrichteter Dinge nach Cölln zurück.

Er hatte die Spur endgültig verloren und der Stern des I-Sabbah erschien noch unerreichbarer denn je.

17

Völlig übermüdet, aber mit seligem Grinsen im Gesicht, hatte sich Conrad gegen sieben Uhr auf den Weg gemacht. Ein Eilbote hatte die neuen Festplatten wohl noch gestern, zu später Stunde, geliefert und Conrad konnte sofort mit seiner Arbeit beginnen.

Zum Glück war die Maschine unbeschädigt und zügig wieder betriebsbereit. Frau Thiel hatte schon ein kleines Team zusammengestellt, das sich in der Bedienung des Geräts unterweisen lassen sollte. Auch wenn es sich hierbei um kein Hexenwerk handelte, gab es doch einiges zu beachten.

Einige Handgriffe und Arbeitsroutinen mussten geübt werden und so wurde es schnell Nachmittag.

Conrad hatte große Schwierigkeiten, sich auf seine Arbeit zu konzentrieren.

Immer wieder entschwebten seine Gedanken nach Strombach, wo sie, von einem in rosa Watte gepackten blonden Engel namens Meggy, zärtlich empfangen wurden.

Conrad musste sich endlich eingestehen, dass er sich mächtig verknallt hatte. Kein Wunder also, dass er nach Feierabend zu seinem Leih-Polo hastete und, so schnell er konnte, in Richtung Strombach enteilte. Dort wurde er bereits von einer leicht ölverschmierten, mit blauem Overall bekleideten Meggy erwartet.

Diesmal hatte sie ihre Haare zu einem langen Lara-Croft-Zopf geflochten. Für Conrad sah sie umwerfend aus.

„Da bist du ja endlich!", wurde er begrüßt, „Ich warte schon eine ganze Stunde auf dich. Ich habe heute Morgen schon etwas an deinem Wagen gebastelt. Komm mit! Wir fahren zur Werkstatt! Wir fahren einen kleinen Umweg, damit du siehst, wie schön es hier ist.

Conrad stieg um in Meggys Opel. Meggy hatte nicht gelogen. Das Oberbergische war wirklich ein schönes Fleckchen. Neben Äckern und Wiesen, auf denen die zumeist schwarz- oder braun-weißen Kühe träge das schon sattgrüne Gras mampften, gab es ausgedehnte Waldstücke und immer wieder winzige Ortschaften mit so merkwürdigen Namen wie „Apfelbaum" und „Birnbaum". „Kühe haben immer Hunger!", entfuhr es Conrad ungewollt. Verdutzt schaute ihn Meggy an und begann kurz darauf schallend zu lachen.

Am Schrottplatz angekommen verschwand Meggy mit den Worten „Warte hier draußen!", in einer der Garagen, um wenig später mit Conrads Wagen vorgefahren zu kommen.

„Alles okay! Es fehlen nur noch das Jawort vom TÜV und ein paar andere Kleinigkeiten, alles nur

Einstellungen. Aber keine Sorge, Papa regelt das schon. Der hat mir übrigens dabei geholfen und Willy hat gestern auch schon ein paar Stunden gebastelt." Meggy war Conrads besorgtes Gesicht sofort aufgefallen. „Mach dir keine Sorgen! Ist alles für Gotteslohn! Du kannst ja etwas für die Kaffeekasse der Jungs spendieren! Jetzt freu dich doch mal!"

In der Tat freute sich Conrad. Er drückte Meggy herzlich und küsste sie, bis sie sich prustend von ihm löste: „Hilfe, ich ersticke! Ich sehe schon die Schlagzeile in der Bild-Zeitung: Junge Autoschrauberin von glücklichem Kunden mit Küssen erstickt! Komm mit! Ich habe dir ja gestern Abend gesagt, dass ich dir etwas zeigen will."

Meggy ergriff Conrads Hand und führte ihn zu der alten Schmiede, kurz vor der Einfahrt zum Gelände der Schrottverwertungsanlage.

Die schwere hölzerne Flügeltür öffnete sich knarrend und gab den Blick in einen riesigen düsteren Innenraum frei.

Einen Großteil der Fläche nahmen in Reih und Glied eingelagerte Motorblöcke und andere massive Autoteile ein. Im hinteren, zum Bach hin gelegen Teil erkannte Conrad einen alten Wasserhammer. Die Welle schien noch unbeschädigt, der schwere Hammer ruhte auf dem Amboss.

Es schien, als genügten nur wenige Handgriffe, um die Anlage in Betrieb zu nehmen.

In der Nähe des Hammers befand sich ein kleiner, rundum mit Fenstern versehener Verschlag.

Er hatte wahrscheinlich vormals als eine Art Büro gedient.

Meggy öffnete den mit einem schweren Vorhängeschloss gesicherten Riegel.

„Was ich dir jetzt zeige, bleibt unter uns!", forderte Meggy und löste einige Bretter an der Wand.

In der nun sichtbaren Nische steckte eine Kassette, in der wohl einmal Kleingeld aufbewahrt worden war.

Jetzt enthielt sie mehrere vergilbte Schriftstücke und ein abgegriffenes, in Leder gebundenes Buch, welches augenscheinlich ein hohes Alter haben musste.

„Die Schriftstücke und das Buch habe ich vor ein paar Wochen bei meinen ersten Restaurierungsversuchen, genau da wo sie auch jetzt noch versteckt sind, gefunden. Ein Wunder, dass sie nicht vorher schon mal aufgetaucht sind. Das Werk ist in den vergangenen Jahrhunderten mehrmals umgebaut und erweitert worden."

„Vergangene Jahrhunderte?" Conrad klang erstaunt. „Wie alt sind die Dokumente denn?"

„Ich denke zirka 380 Jahre."

„Puh, die sind doch sicher wertvoll und du verwahrst sie weiterhin in dem Verschlag hier?"

„Die letzten 380 Jahre waren sie hier sicher.
Warum soll sich jetzt daran was ändern?"
„Weil sie vergessen waren und jetzt wieder
aufgetaucht sind, deshalb!"
Conrad wunderte sich etwas über Meggys naives
Denken. „Hast du denn irgendeine Ahnung, was
da drin steht?"
„Es sind ganz verschiedene Sachen. Einige
juristische Briefe. Es geht da wohl um eine
Anklage wegen Zauberei. Damit hat sich mein
Bruder intensiver beschäftigt. Ich weiß gar nicht,
wie weit er inzwischen damit gekommen ist. Das
ist schon sehr spannend. Noch spannender ist
aber, dass die so genannte Hexe eine Art Tagebuch
geführt hat. Das alte Buch ist ganz eng aber in
gestochener Schrift beschrieben. Es berichtet über
verschiedene Ereignisse zu Beginn des
siebzehnten Jahrhunderts. Und jetzt kommt's: Die
Autorin des Buchs ist Magdalena Waffenschmidt,
sowas wie meine Ur-Ur-Ur-Ur-Ich- weiß- nicht-
wie- viel-Uroma!"
Conrad ergriff voller Ehrfurcht das fragile Werk.
Vorsichtig blätterte er darin.
Meggy hatte recht, die Buchstaben waren klein,
fast zierlich, wenngleich er die Schrifttypen nur
teilweise entziffern konnte und sich auch die
altertümliche Sprache nur schwer deuten ließ.
Aber Conrad hatte eine Idee: „Darf ich das Buch
ausleihen und mit nach Köln nehmen? Dort gibt

es bestimmt eine Möglichkeit eine Texterkennung darüber laufen zu lassen. Vielleicht weißt du dann mehr."

„Ungern!", erwiderte Meggy entschieden, „aber ich habe alles eingescannt. Die Dateien würde ich dir anvertrauen."

Meggy griff in die Blechdose und reichte Conrad einen Stick, den er sicher in seiner Geldbörse verstaute.

Währenddessen hatte ein großgewachsener blonder Mann, von etwa Mitte dreißig, das alte Hammerwerk betreten.

Er musste schon eine Weile in der Tür gestanden haben, denn er rief: „Hallo Schwesterherz, wem verrätst du gerade unser bestgehütetes Familiengeheimnis? Hatten wir nicht größtes Stillschweigen vereinbart?"

Auch wenn gutmütiger Spott in seiner Stimme lag, so war doch ein versteckter Vorwurf nicht zu überhören.

„Ja, großer Bruder", konterte Meggy zynisch, „so ist das Wesen des Weibes, neugierig, naiv und geschwätzig. Aber, wenn du dich erinnerst, habe ich das Buch gefunden und betrachte es somit als mein Eigentum, Herr Anwalt!"

„Vom rechtlichen Standpunkt gibt es da einige Bedenken. Der Finder ist ja nun mal nicht immer automatisch der Besitzer! Aber lassen wir diesen Unsinn jetzt!", antwortete der Blonde und zu

Conrad gewandt: „Ich bin Georg, der treusorgende Bruder meiner kleinen nichtsnutzigen Schwester. Und du bist wahrscheinlich Conrad aus Berlin. Meggy hat mir gestern am Telefon schon in einer Art von dir vorgeschwärmt, die bei meiner Schwester Tiefgründiges vermuten lässt. Sei gewarnt Fremder! Wir sind doch beim ‚Du' oder?"

Meggy und Conrad waren beide errötet.

„Ja, äh, klar…", stammelte Conrad verunsichert.

„Ich habe Neuigkeiten, die zu eurem Gesprächsthema passen", fuhr Georg fort. „Ein alter Freund von mir ist Historiker und hat für mich nachgeforscht. Meggy, du kennst die Zeichnung im Tagebuch, die von dem merkwürdigen Stern! Also, die Abbildung gehört zu einem geheimnisvollen Medaillon, das von Kreuzrittern erbeutet wurde. Die Ritter haben das Medaillon gehütet wie ihren Augapfel und seine Existenz streng geheim gehalten. Sie haben sogar einen Orden gegründet, die Bruderschaft des Sterns des I-Sabbah. Den Stern umgibt ein Geheimnis. Die Bedeutung des Sterns muss weit über die eines sicherlich wertvollen Kunstschatzes hinausgehen. Niemand weiß Näheres darüber. Ebenso weiß niemand, wo der Stern verwahrt wird oder ob er überhaupt noch existiert. Ebenso unklar ist es, ob die Bruderschaft des Sterns noch existiert. Der letzte bekannte Großmeister war der

Inquisitor von Köln, Arnulf von Bergen, der zu Beginn des siebzehnten Jahrhunderts spurlos verschwand. Seitdem ist die Bruderschaft nie wieder in Erscheinung getreten. Es ist also eine spannende Frage, wie die Autorin des Tagebuchs eine so detaillierte Zeichnung des Sterns anfertigen konnte. Möglicherweise enthält das Tagebuch noch mehr Hinweise darauf. Und jetzt kommt es: Stellt euch vor, ich habe in Köln ganz zufällig jemanden kennengelernt, der uns vielleicht weiterhelfen kann. Sie arbeitet in deinem Laden, Conrad. Vielleicht kennst du sie sogar. Sie ist eine Fachfrau für alte Schriften und Texte. Sie heißt Mairie Brennan". Conrad verneinte.

„Sie ist jung, intelligent und sehr hübsch. Sie ist Irin und hat so grüne Augen wie das Gras in Conemara."

Georg war hoffnungslos ins Schwärmen geraten.

„So, so,", warf Meggy frech grinsend ein, „für zufällig kennengelernt, scheinst du sie aber schon recht gut studiert zu haben!" Dafür erntete sie von Georg ein jungenhaft verlegenes Grinsen.

18

Als Benjamin aus einem tiefen, traumlosen Schlaf erwachte, stand die Sonne schon hoch am Himmel und schickte ihre hellen Strahlen durch die Spalten der Wandbretter.

Magdalena lag noch fest schlafend im Heu.

Der Schlaf hatte ihre Züge entspannt.

„Wie ein Engel...", flüsterte Benjamin zu sich selbst.

Schnell wandte er aber seine Aufmerksamkeit auf die Umgebung des Verschlages. Es waren nämlich nicht die warmen Sonnenstrahlen, die ihn geweckt hatten.

Es waren die Stimmen, die sich ihrem Versteck näherten.

Eine Frau und ein Mann waren in ein intensives Gespräch vertieft. Auch wenn Benjamin die Worte nicht verstehen konnte, klangen die Stimmen fröhlich und vertraulich.

Vorsichtig lugte er aus dem Eingang der kleinen Scheune und sah einen Mann mittleren Alters, der einen Esel vor sich hertrieb, gefolgt von einer deutlich jüngeren Frau, die ihm, dichtauf, immer wieder lachend und gestikulierend folgte.

Nein, dies mussten freundliche Menschen sein und so wagte sich Benjamin, ganz aus seinem Versteck hervorzutreten.

Umso verwunderlicher war die Reaktion der beiden, als sie Benjamins gewahr wurden.
Wie vom Blitz getroffen blieben beide stehen und bedeckten ihre Gesichter mit ihren Halstüchern.
„Bleib fern, Fremder!", riefen sie, „Wir sind gezeichnet vom Aussatz!"
Benjamin erschrak und trat einen Schritt zurück.
Er hatte schon Aussätzige gesehen, damals, als er noch mit seiner Mutter umhergezogen war.
Arme Menschen, die durch ihre Krankheit alles verloren hatten. Ausgestoßen aus ihrer Familie und ihrer Freunde beraubt, waren sie dazu verdammt, fernab von allem Leben ihre letzten Tage auf der Straße oder in den Siechenhäusern zu verbringen und auf den sicheren Tod zu warten.
Dieser konnte sich aber oft viel Zeit lassen, bis er die verdammten Seelen zu sich holte.
Bis dahin waren die armen Menschen aufs grausamste verfallen und entstellt und verfaulten bei lebendigem Leibe.
Die, die aber vor ihm standen, zeigten keine Zeichen des Aussatzes. Lediglich bei dem Mann bemerkte Benjamin einen handtellergroßen blauen Fleck, einem Blutschwamm ähnlich, der sich über dessen linke Wange zog.
Zudem schien es ihm sehr verwunderlich, die beiden, angesichts ihres schweren Schicksals, so fröhlich lachend erlebt zu haben.

Benjamin beschloss seinen Argwohn zu verbergen:

„Meine Frau und ich sind auf der Durchreise. Wir sind Köhler und hoffen auf Arbeit im waldreichen Siegerland. Da wir keine Herberge fanden, haben wir uns erlaubt, in Eurer Scheune zu übernachten. Wir werden uns gleich auf den Weg machen und Euch nicht weiter belästigen."

Inzwischen war auch Magdalena hervorgetreten und grüßte freundlich.

Die beiden Alten erwiderten den Gruß und schmunzelten sich augenzwinkernd zu, nachdem sie Magdalena aufs Genaueste gemustert hatten.

„Na dann müssen wir Sorge tragen, dass ihr im fernen Siegerland nicht berichten müsst, wie ungastlich es in unseren Landen zugeht, dass man die Gäste in der Scheune übernachten lässt und sie dann hungrig fortschickt. Wartet, bis wir den Esel mit zwei Heuballen beladen haben und folgt uns dann zu unserem bescheidenen Zuhause. Es ist nicht weit, nur wenige Minuten von hier. Und, keine Angst vor dem Aussatz, wenn ihr Abstand von uns haltet, werdet ihr euch nicht anstecken."

Magdalena zeigte ihre Freude über die Einladung mit heftigem Nicken und auch Benjamin verlockte die Vorstellung einer warmen Mahlzeit, wenngleich er nicht ohne Misstrauen war. Irgendetwas stimmte mit den beiden nicht.

Auf dem Weg gesellte sich Benjamin zu dem Mann, der den Esel führte. Magdalena schritt schweigend dahinter, neben dessen Gattin.

„Du bist schwanger, mein Kind, nicht wahr?", fragte diese unvermittelt.

Magdalena erschrak und schaute auf die leichte Wölbung ihres Bauches, die noch kaum wahrnehmbar war und dann mit flehendem Blick zu der Frau.

„Warum hast du Angst, Kleines, weiß der Junge noch nichts von seinem Vaterglück?"

Magdalena schüttelte heftig ihren Kopf.

„Aber warum sagst du es ihm nicht? Auch für arme Menschen ist ein Kind doch ein Anlass zur Freude, wenn man sich liebt."

Benjamin wandte sich zu der Frau um. Er hatte das Gespräch verfolgt.

„Es ist anders als Ihr denkt. Ich habe bemerkt, dass sie schwanger ist und ich bin nicht der Vater."

Magdalena errötete. Was sollten die beiden denken?

Am Ende hielten sie Magdalena für eine wollüstige ehrlose Frau oder sogar für eine Hübschlerin.

Dennoch brach Magdalena ihr Gelübte nicht und schwieg, ohne sich zu verteidigen.

Der Fremde hatte das Ganze mit einem breiten Grinsen verfolgt und sprach zu Benjamin: „Ich hatte mir gleich gedacht, dass ihr nicht Mann und Frau seid. Ihr Kleid, wenngleich es verschmutzt ist, hat bessere Tage gesehen und ihre Hände sehen nicht aus, als hätten sie lange und schwer gearbeitet."

„Ihr seid sehr scharfsinnig. Aber auch ich habe gleich bemerkt, dass Ihr nicht wirklich vom Aussatz gezeichnet seid!", beendete Benjamin das Gespräch und schritt fortan schweigend neben dem Esel voran.

Der Weg führte steil bergauf, dem Lauf eines Baches folgend ,und endete auf einer Lichtung, hinter der sich ein kleiner Teich erstreckte.

Der Teich war offensichtlich von Menschenhand geschaffen. Ein Damm verschloss das Bachbett und staute dessen Wasser hinter sich.

Von einem geschlossenen Schütz plätscherte ein kleines Rinnsal in das Bachbett und verhinderte so, dass das Wasser im Teich überfloss.

Über eine hölzerne Rinne konnte aber das Wasser auf ein Wasserrad umgeleitet werden.

Das Wasserrad gehörte zu einem Fachwerkbau, dessen Rückseite sich dicht an den Damm schmiegte.

Aus dem mit Holzschindeln gedeckten Dach ragte ein mächtiger Kamin empor.

Einige Meter abseits, oberhalb des Teiches, standen ein kleiner Stall und ein liebevoll gepflegtes Wohnhaus.

Auf einer Wiese dahinter vergnügten sich einige
Hühner, zwei Kühe und zwei Schweine.

Das alles wirkte ruhig und beschaulich und
vermittelte das Gefühl von Frieden und Sicherheit.
Benjamin aber hatte nur Augen für den Bau mit
dem Wasserrad. Er kannte diese Technik, das
Wasser zu nutzen nur aus den Erzählungen der
Fuhrleute.

Gesehen hatte er dergleichen nur aus der
Entfernung.

Er wusste aber, dass Maschinen dieser Art im
Wesentlichen zum Malen von Getreide, oder aber
zum Betreiben von Schmiedehämmern dienten.
Benjamin hatte rote Wangen vor Aufregung und
bestürmte den Alten mit Fragen.

Dieser lachte: „Warte nur ab, ich zeige dir später
alles genau." Auch innen war das Haus einfach
aber urgemütlich und sauber. Im Kamin kochte
auf kleinem Feuer der im Bergischen übliche
Eintopf.

Dieser duftete vorzüglich und ließ auf eine
Fleischeinlage hoffen. Wie ausgehungert leerten
Benjamin und Magdalena die einfachen irdenen
Schalen und verweigerten auch den Nachschlag
nicht.

Als alle satt waren, begann der Alte zu erzählen.

„Es wird Zeit, dass ihr erfahrt, wer wir sind und
ich glaube, wir dürfen euch unser kleines
Geheimnis verraten, du hast es ja gleich

durchschaut, Benjamin. Ich heiße Karl und die liebe Frau an meiner Seite heißt Emilie. Ich bin Schmied und da hinten ist meine Schmiede, wie du erraten hast, Junge. Leider kann ich den Wasserhammer nicht mehr betätigen. Es werden wenigstens zwei Mann benötigt, um sinnvoll damit zu arbeiten. Jetzt erledige ich nur noch kleinere Arbeiten für die Bauern und Dorfbewohner in der Umgebung.

Noch vor wenigen Jahren war alles anders. Wir hatten zwei Söhne, Friedrich und Franz, stark wie Ochsen und sehr geschickt im Handwerk. Unser Stahl war der beste in der ganzen Gegend und wurde bis nach Solingen verkauft. Die besten Messer und Schwerter wurden daraus gefertigt. Wir verdienten viel Geld und planten den Bau eines neuen, viel größeren Hammerwerkes, weiter unten im Tal. Eines Tages erschien der neue Herr auf Schloss Bellinghausen, Eustach von Isengarten, auf unserem Hof, gefolgt von drei bewaffneten Schergen. Er behauptete, dass wir uns auf seinem Land befänden und forderte von uns eine unmäßige Steuer und eine ebenso dreiste Nachzahlung für die vergangenen Jahre.

Ich verwies den Schlossherren darauf, dass wir freie Handwerker seien und darauf, dass schon mein Großvater den Weiher, die Schmiede und ein großes Stück des umliegenden Landes von dem Landesherrn, dem Grafen von Berg, erworben hatte. Sogar das Wegerecht sei damals durch Siegel bestätigt worden. Eustach aber berief sich auf die Neuregelungen, die der ‚Bergische Frieden' vor wenigen Jahren herbeigeführt habe und dieses Land dem Homburgischen zugehörig mache. Ich wurde darüber zornig, ein Wort gab das andere und es entstand ein heftiger Streit, zu dem sich auch meine Söhne gesellten und mit dicken Eisenstangen unsere Position unterstrichen. Schließlich zog sich Eustach mit wüsten Drohungen zurück und schwor, falls nötig, sein Recht mit Gewalt durchzusetzen. Zunächst aber ward Eustach in unserer Umgebung nicht mehr gesehen. Eines Tages jedoch erschien der Büttel von Ründeroth. und verlas eine gesiegelte Anklageschrift. Es ging um Verletzungen des Wegerechtes und auch um Unterschlagung von Steuern. Aber die Anklagen erwiesen sich als nicht gerechtfertigt. Ich konnte alle notwendigen Urkunden vorlegen und die Regelmäßigkeit aller Abgaben belegen. Zum Glück bin ich, im Gegensatz zu Eustach, des Lesens kundig. Eustach musste sich geschlagen geben und verließ den Gerichtshof wie ein geprügelter Hund. Oft lachten wir über unsere Heldentaten und wie wir den Schlossherren und seine Schergen in die Flucht geschlagen hatten. Nichts und Niemand könnte uns jemals besiegen. Dann aber strafte uns der Herr für unseren

Übermut. Unsere Söhne machten sich eines Tages auf den Weg, um eine ganze Wagenladung Schmiedestahl auszuliefern. Es hatte wochenlang geregnet und der Weg war schlammig. Unten, wo der Weg in den Wald führt, ist eine steile Kehre. Auf dem Schlamm geriet der Wagen ins Rutschen. Die Pferde konnten ihn nicht mehr halten. Das ganze Gespann rutschte die steile Böschung hinab und begrub unsere Söhne unter sich. Das geschah vor nunmehr vier Jahren. In unserem Schmerz schlossen wir uns ein, wollten niemanden sehen und waren nicht fähig, unserer Arbeit nachzugehen, zumal der schwere Wasserhammer, wie ich dir schon erklärt habe, kaum von einem Mann alleine bedient werden kann. Dazu stieg stetig unsere Angst vor neuen Angriffen seitens des Herrn von Bellinghausen. Alleine war ich auch seinen Schergen nicht gewachsen. Emilie hatte schließlich eine Idee, die uns bislang Frieden brachte, auch wenn dieser fadenscheinig ist. Aus verschiedenen Pflanzen stellt sie eine Salbe her, die die Haut, dem Aussatz nicht unähnlich, einfärbt. Diese tragen wir immer auf, wenn wir die Schmiede verlassen. Die umliegenden Bauern und Auftraggeber teilen uns die kleinen Aufträge, die ich erledige, durch Zuruf mit. Zum vereinbarten Termin lege ich das fertige Teil am Waldeingang ab und finde nach Abholung auch dort mein Entgelt. Oftmals finde ich dort auch kleine Geschenke, Gemüse und Brot. Wir wissen, dass viele Aufträge nur uns zum Gefallen gegeben werden und wir schämen uns oft sehr für den Betrug, den wir an diesen ehrlichen und treuen Menschen mit unserer vorgespielten Krankheit begehen."

Damit endete Karls Bericht. Emilie hatte währenddessen oft geschluchzt und auch Karl hatte feuchte Augen. Magdalena und Benjamin starrten, ohne einen Laut von sich zu geben, auf den schweren Eichentisch. Lange Zeit wagte niemand das tiefe Schweigen zu brechen.

19

Der nächste Tag zog sich wie Kaugummi. Conrads
Gedanken flogen ständig zu Meggy und dem
seltsamen Buch aus der Schmiede. Mehrmals hatte
er schon den Stick in der Hand gehalten.
Die Mitarbeiter des Institutes gaben sich große
Mühe im Umgang mit der Maschine und Conrads
Arbeit ging dem Ende entgegen.
Dann hieß es: Klamotten packen und zurück nach
Berlin. Zurück in seine Firma und zurück zu Elke.
Und was war mit Meggy? Conrad verzweifelte bei
dem Gedanken, einfach zurückzukehren und all
das hinter sich zu lassen als wäre nichts gewesen.
Gab es eine Alternative? Konnte das hier ein
Leben sein, zwischen rostigen Autos, auf dem
platten Lande, fernab von der Großstadt?
Und Köln war alles andere als eine Großstadt.
Die Kölner sagten ja selbst: „Kölle is en Dorp."

Nachdem er herausgefunden hatte, wer Mairie
Brennan war, hatte er schon den ganzen Tag über
auf eine Möglichkeit gelauert, diese auf Meggys
Buch anzusprechen, bislang aber nicht den
richtigen Mut gefunden.
Meggys Bruder hatte nicht übertrieben. Sie war
tatsächlich sehr hübsch und strahlte eine
unglaubliche Selbstsicherheit aus. Schließlich
fasste sich Conrad ein Herz, berichtete von

Meggys Scheunenfund und erkundigte sich nach einer Möglichkeit, das Buch für einen Menschen des einundzwanzigsten Jahrhunderts lesbar zu machen.

„Ja, ich weiß schon Bescheid. Georg hat mir gestern noch, am späten Abend erzählt, dass du mich auf die Sache ansprechen würdest. Ich habe mich schon gewundert, wo du bleibst. Hast du den Stick mit dem eingescannten Tagebuch dabei?", Mairie grinste dabei spitzbübisch.

„Ich habe keine Ahnung, ob ich euch helfen kann. Als Laie hast du wahrscheinlich wenig Einblick in unsere Arbeit, aber die Sache ist doch schwieriger, als du sie dir vorstellen magst. Ein Dokument kann, aus deinem Blickwinkel, technisch lesbar gemacht werden. Den Inhalt eines Textes zu erschließen ist jedoch eine andere Seite der Medaille. Selbst wenn die Handschrift vom Computer interpretiert werden kann, ist dabei die Fehlerquote schon ungeheuer hoch. Es kommen grammatikalische Besonderheiten, nicht mehr gebräuchliche Worte, die noch sehr individuelle Rechtschreibung und vieles mehr hinzu. Ganz abgesehen von dem Kontext in dem sie stehen, der sich nicht immer sofort erschließt. Es handelt sich um historische Texte, nicht um einen Fremdsprachentext aus dem Internet. Und du weißt wahrscheinlich, welches Kauderwelsch der

Google-Translator dort schon bei sehr einfachen Texten verursachen kann."

Conrad war enttäuscht. Das hatte Mairie wohl auch bemerkt: „Zufällig stehst du vor einer Frau, die sich sehr intensiv mit alten Schriften beschäftigt hat und die verdammt neugierig geworden ist. Ich schlage dir etwas vor, Herr Körner. Du verlängerst deinen Aufenthalt in Köln um zwei Tage und ich lese den Text. Um ihn zur Gänze zu bearbeiten, fehlt mir die Zeit, aber ich werde euch doch auch bei erster Sichtung viel über den Inhalt berichten können. Was hältst du davon?"

„Liebend gern, aber…". „Mit deiner Firma regelst du das schon!", fiel ihm Mairie ins Wort, seine Gedanken erratend, „Sprich Frau Schmidt-Clement an. Bei der rennst du offene Türen ein, wenn du deinen Aufenthalt verlängerst."

„Liebend gern!", wiederholte sich Conrad und reichte Mairie den Stick. „Zwei Tage mehr mit Meggy!", flüsterte sein Kleinhirn.

Am nächsten Tag beendete Conrad seine Arbeit gegen 17.00 Uhr. Den gestrigen Abend hatte er alleine in seinem Hotelzimmer verbracht, sich gelangweilt und auf Meggys Anruf gewartet. Leider war diese lange unterwegs gewesen und erst gegen 22.00 Uhr zu Hause angekommen. Sie hatte laut in ihr Telefon gegähnt und damit ihr enormes Schafbedürfnis dokumentiert. Sie hatte

aber fest versprochen, Conrad am nächsten Tag
am RDZ abzuholen.

Conrads Aufgabe im RDZ war quasi beendet, aber
mit der Zusage, die ersten Arbeiten mit R2D2,
natürlich ohne Honorar, beratend zu begleiten,
war es ihm gelungen, seiner Firma vier Tage aus
dem Kreuz zu leiern.

Meggy erwartete ihn schon vor dem Institut und
winkte ihm fröhlich zu.

Obwohl es angefangen hatte leicht zu regnen,
lehnte sie lässig am Kotflügel ihres Opel Kapitän.

„So ist die Landbevölkerung, hart und
widerstandsfähig, gewappnet gegen alle Fährnisse
der unwirtlichen Natur!", rief ihr Conrad
spöttisch zu.

Meggy zuckte nur mit den Schultern und deutete
ihm mit unmissverständlicher Gestik an, sich zu
beeilen.

An der Tür des Instituts wurde er jedoch von
Mairie Brennan aufgehalten.

Sie wirkte sehr aufgeregt. „Warte noch eine Weile,
Conrad. Ich muss unbedingt mit dir über das
Buch reden! Es ist äußerst wichtig! Setzen wir uns
in mein Büro!"

„Wenn es um den Text geht, wird das die hübsche
junge Frau, die mich auf dem Parkplatz erwartet,
auch interessieren. Das Buch gehört ihr ",
entgegnete Conrad und winkte Meggy zu
kommen. „Ach, du bist Georgs Schwester, schön

dich kennenzulernen!", rief Mairie sichtlich erfreut. „Natürlich sollst du auch erfahren, was ich bislang herausgefunden habe.

Im Büro angekommen sprach Mairie mit sehr ernster Stimme: „Das Dokument, das du mir zu lesen gabst, ist, wie ihr schon wisst, eine Art Tagebuch. Es lässt sich, auch das wisst ihr, auf die Zeit zwischen 1600 und 1650 datieren. Es enthält sowohl persönliche und sehr private Aufzeichnungen als auch Rezepte für Arzneien, Zeichnungen, Anleitungen und Hinweise für den Alltag und so weiter. Das macht das Dokument historisch so wertvoll, dass es nicht in privater Hand bleiben, sondern wissenschaftlichen Zwecken zur Verfügung stehen sollte.

Das Wichtigste ist aber die persönliche Geschichte der Verfasserin. Ich habe in den Gerichtsakten dieser Zeit recherchiert und bin schnell fündig geworden. Es handelt sich um Magdalena Kogler, die Tochter des Tuchhändlers Conradius Kogler. Sie wurde Ende des 16. Jahrhunderts des Mordes an ihrem Vater beziehungsweise der Mittäterschaft bezichtigt. Sie musste aus Köln fliehen. Ihr Partner, einer der Schreiber aus dem Kontor, wurde später tot im Rhein gefunden. Magdalena fand zunächst Unterschlupf auf der anderen Rheinseite, wurde verraten, konnte aber erneut fliehen. Ihre Spur verlor sich im Bergischen Land. Da sie unauffindbar blieb, schloss man die

Akte. Da es keine weiteren Nachkommen gab, ging das Vermögen der Koglers zum einen Teil an die Stadt Köln, zum anderen an die Familie Haigis, der Magdalenas Mutter entstammte."
Conrad und Meggy starrten Mairie sprachlos an.
„Das Tagebuch einer Mörderin also!", stellte Conrad fest.
„Nein," gab Mairie zurück und nahm einen Schluck aus ihrer Kaffeetasse, „ich habe zwar noch nicht alles gelesen, aber Magdalena war unschuldig. Sie floh nicht vor dem Gesetz, sondern vor dem wahren Mörder ihres Vaters. Ich werde eine spannende Gute-Nacht-Lektüre haben und hoffe, dass ich euch bald mehr erzählen kann."
Conrad und Meggy waren sprachlos.
Was für eine Geschichte! Sie bedankten sich bei Mairie für die geleistete Arbeit und verabschiedeten sich wie in Trance. „Grüßt Georg ganz lieb von mir. Ich würde mich sehr über einen Anruf freuen." rief Mairie ihnen nach.

Meggy wischte sich ihre ölverschmierten Hände zunächst mit einem blauen Papiertuch, dann an ihrem Overall ab. Zufrieden senkte sie die Hebebühne und betrachtete ihr Werk.
Sie hatten den ganzen Feierabend damit verbracht, die „Kleinigkeiten", die Meggy angedeutet hatte, an Conrads Megane zu

erledigen. Der Motor lief aber leider immer noch ein wenig unruhig und erreichte noch nicht die vorgeschriebenen Abgaswerte.

Meggy erwartete dringend ihren Vater, der versprochen hatte, die für die letzten Einstellungen notwendige Software zu besorgen. Darüber war es längst dunkel geworden.

Die Mitarbeiter ihres Vaters hatten schon lange Feierabend und Meggy und Conrad waren mehr als erschöpft.

Plötzlich hörten sie das Geräusch eines sich nähernden Fahrzeuges. Die Scheinwerfer kamen direkt auf sie zu.

Es handelte sich um den Audi ihres Bruders, der direkt vor der Werkstatt einparkte.

Meggy und Conrad waren leicht verwundert, als dem Fahrzeug noch eine zweite Person entstieg.

Mairie Brennan reichte ihnen freundlich die Hand und Meggy griff spontan zu, ohne daran zu denken, dass ihre Hand noch immer vom Öl klebte.

Meggy erschrak, aber Mairie lachte: „Macht nichts, beim Schornsteinfeger bringt so was Glück!"

Meggy lächelte dankbar zurück und begrüßte ihren Bruder mit einem Kuss.

„Mairie hat die halbe Nacht gelesen und heute sehr viel recherchiert. Sie hat aber die ganze Fahrt über dichtgehalten. Sie wollte unbedingt, dass wir alle hören, was sie zu berichten hat."

„Lasst uns in die alte Schmiede gehen", schlug Meggy vor, „Da stehen Tisch und Stühle. Unsere Jungs machen dort bei schlechtem Wetter Pause. Außerdem scheint mir das der richtige Ort zu sein."

Alle folgten Meggy in die Schmiede. Sie zündete eine Kerze an, öffnete eine Flasche Rotwein, die sie mit ein paar Gläsern aus einem Spind zauberte und bald saßen alle an dem groben Eichentisch und schauten Mairie erwartungsvoll an.

Diese nahm einen tiefen Schluck Wein, schaute kurz auf ihre Notizen, die sie vor sich ausgebreitet hatte, und begann zu erzählen.

20

Zur gleichen Zeit legte der Großmeister sein
Smarrtphone zurück in die Schreibtischschublade.
Er war sehr zufrieden. Sein Informant im Institut
für Archivierung und Restaurierung hatte
erfolgreich gearbeitet.
Dieser hatte ihm schon den Kontakt zu Ellen
Martin vermittelt und ihm heute einige wichtige
Informationen zugespielt, nicht allerdings ohne
den Großmeister dafür um eine beträchtliche
Summe zu erleichtern.
Die Polizei hatte alle Mitarbeiter des Instituts
vernommen, tappte aber nach wie vor im
Dunkeln.
Der Großmeister hatte weitreichende Kontakte
und wusste daher sehr genau, dass Kommissar
Mertens nicht zu unterschätzen war.
Aber auch der blieb ohne jegliche Spur, ohne den
leisesten Hinweis, bei seinen Ermittlungen
stecken.
Ganz nebenbei hatte ihm der Informant einen
Hinweis gegeben, der dem Großmeister viel
wichtiger erschien.
Der Spezialist aus Berlin, Conrad Körner, der zur
Einrichtung und Einarbeitung des neuen Gerätes
in Köln tätig war, hatte Kontakt zu einer
Mitarbeiterin aufgenommen, die nicht zu seinem
Arbeitsumfeld gehörte.

Es handelte sich um eine gewisse Mairie Brennan, eine Spezialistin für alte Handschriften. Der Informant hatte sie miteinander sprechen sehen und beobachtet, wie Körner ihr einen USB-Stick gereicht hatte.

Gab es in der Maschine außerhalb der Festplatten, die Josef an sich genommen hatte noch eine Speichermöglichkeit? Hatte Körner etwas gefunden, das er nicht einordnen konnte? Der Informant hatte beobachtet, dass Körner nach Feierabend von einer jungen Blondine in einem Oldtimer mit Gummersbacher Kennzeichen abgeholt wurde.

Heute sogar schon etwas früher.

Mairie Brennan hatte heute ungewöhnlich lange gearbeitet. Sie hatte ihren Arbeitsplatz nur wenige Male verlassen. Dem Informanten war es leider nicht gelungen, herauszufinden, woran Mairie arbeitete.

Er hatte aber beobachtet, dass sie sehr häufig zum Telefon gegriffen hatte und einmal über einen Eilboten Archivmaterial zugestellt bekommen hatte.

Erst gegen 6.30 Uhr hatte sie ihren Rechner heruntergefahren. Dann war sie, nicht wie üblich mit der Bahn nach Hause gefahren, sondern in einen schwarzen Audi gestiegen.

Mit seinen weitreichenden Kontakten war es eine Leichtigkeit für den Großmeister gewesen, die Halter der Fahrzeuge herauszufinden.

Es handelte sich im einen Fall um den Kölner Anwalt Georg Waffenschmidt, im anderen um dessen Schwester Mechthild. Der Großmeister war sich sicher, auf eine sehr heiße Spur gestoßen zu sein.

Diese führte nach Gummersbach, dorthin wo damals der Stern spurlos verschwunden war. Diese Spur galt es nun, mit der gebotenen Vorsicht, zu verfolgen.

21

Mairie war eine begnadete Erzählerin. Gebannt starrten alle auf ihre Lippen und sogen jedes Wort ihres Berichtes in sich auf. Sie verstand es vortrefflich, die bruchstückhafte Geschichte des Tagebuches zu einer spannungsgeladenen Geschichte zu formen, indem sie sie vorsichtig mit eigenen Interpretationen und Episoden auffüllte.

Benjamin und Magdalena, berichtete Mairie, hatten bei Karl und Emilie ein Zuhause gefunden. Karl war für Benjamin ein Vater geworden und Benjamin für Karl ein Sohn.

Benjamin war am Ziel seiner Träume. Von Karl hatte er alles über das Schmiedehandwerk gelernt und begann nun schon seinen Meister, zu dessen großer Freude, an Geschicklichkeit zu übertreffen. Trotz seiner körperlichen Einschränkungen gelang es ihm, die physisch schwer belastende Arbeit am Ofen sowie am Hammer zu meistern.

Auch Magdalena war glücklich hier und sie dankte der Jungfrau Maria mehrmals täglich dafür, dass sie und Benjamin von ihr hierhergeführt worden waren.

In aller Stille hatte sie ihren kleinen Sohn, den sie nach ihrem Vater Conrad getauft hatte, zur Welt bringen können.

In Emilie hatte sie sowohl eine Freundin als auch eine Mutter und Lehrerin gefunden. Emilie wusste viel über die Heilkraft der Kräuter und deren Dosierung.

Denn, ohne das Wissen über die richtige Menge, konnte aus einem heilenden Kräutlein schnell ein böses Gift werden oder, bei zu geringer Menge, nicht die erwünschte Wirkung zeigen.

All das sog Magdalena auf wie ein trockener Schwamm, sehr zur Freude von Emilie, die Magdalenas Schweigen in keinster Weise zu stören schien.

In Benjamin hatte Magdalena einen treuen Mann gefunden, der stets um ihr Wohlergehen bemüht war und der ihren Sohn abgöttisch liebte, obwohl er nicht der seine war. Magdalena hätte ihm gerne ein eigenes Kind geschenkt. Trotz Emilies Kräuterkunde war jedoch bislang kein weiterer Kindersegen eingetreten.

Eines Abends saßen alle beim gemeinsamen Essen. Benjamin stocherte lustlos in dem fetten Eintopf, dem damals durchaus üblichen Gericht. Der Topf befand sich den ganzen Tag auf dem Feuer und wurde mit allem bestückt, was der Garten hergab. Nur gelegentlich enthielt er Fleisch und im Winter war es hauptsächlich Kohl. Aber Emilie gelang es immer wieder mit Kräutern aller Art das Gericht zu verfeinern und ihm eine wechselnde Geschmacksnote zu verleihen.

So waren sieben Jahre vergangen, die der Schmiede und ihren Bewohnern einen

bescheidenen Wohlstand eingebracht hatten.
Benjamin und Karl fertigten alle Arten von
Ackergeräten, Pflugscharen, Ketten und andere
Dinge des praktischen Alltagslebens. Hin und
wieder schmiedeten sie auch Harnische und sogar
Schwerter für die wohlhabendere Kundschaft, die
sogar im Siegerland und im Märkischen auf sie
aufmerksam geworden war. Die Arbeiten der
beiden Schmiede waren von hoher Qualität und
wurden von allen Kunden geschätzt.

„Was ist mit dir?", fragte Karl unvermittelt. Seit
Tagen bist du still und nachdenklich. Sprich,
welche Laus ist dir über die Leber gelaufen?
Haben wir irgendetwas falsch gemacht?" „Nein
Karl, es ist nur...", Benjamin stockte und rang nach
den richtigen Worten. „Sprich, nimm kein Blatt
vor den Mund!", Karl wirkte sehr besorgt.

„Es ist einfach... Ihr, Karl, habt mir alles
beigebracht was ich jetzt kann und ich bin Euch
herzlich dankbar dafür. Zeit meines Lebens habe
ich davon geträumt, so weit zu kommen. Ich habe
nur stets das Gefühl, dass ich noch nicht
ausgelernt habe. Das Schmiedehandwerk bietet
noch so viel mehr an Erfahrungen, die Ihr mir
nicht vermitteln könnt. Ich hörte von einem Eurer
Kunden, dem Ritter von Burg Bieberstein, dass im
fernen Suhl Waffen geschmiedet werden, die noch
wirkungsvoller und haltbarer sein sollen als die,
die in den hiesigen Landen gefertigt werden.

Auch die Klingen aus Damaststahl sollen die unseren an Kunstfertigkeit und Qualität weit übertreffen. Mich treibt ein großes Fernweh, dorthin zu gehen und diese Kunst zu erlernen."
Alle am Tisch schwiegen. Benjamin wollte fort. Was sollte aus der Schmiede werden, was aus Magdalena und dem Kind? Eine solche Reise währte lange und war mit großer Gefahr verbunden. Was wäre, wenn Benjamin etwas auf dieser Reise zustieße und er nie wieder zurückkehren würde.

„Benjamin, du bist für mich wie ein Sohn!", hub Karl in ernstem Tone an, „Du bist ein guter Schmied und übertriffst mich in vielen Hinsichten schon jetzt. Du hast hier ein gutes Auskommen und wirst dereinst die Schmiede als Erbe erhalten. Eine solche Reise ist von daher nicht notwendig. Dennoch verstehe ich deinen Wunsch. Du bist jung, wissbegierig und geschickt. Vielleicht bist du zu mehr geboren, als Ketten und Pflugscharen zu schmieden. Auch wenn ich deinen Plan mit Sorge sehe, kann ich deine Beweggründe verstehen. Du musst tun, was dir dein Gefühl gebietet. Ich gebe dir meinen Segen dazu und werde jeden Abend für den Tag beten, an dem du gesund zu uns zurückkommen wirst."
Magdalena lächelte Benjamin an, wischte sich aber verstohlen eine Träne aus dem Augenwinkel.

Schon am nächsten Tag brach Benjamin auf. Er trug nur ein kleines Bündel bei sich. Einige Taler und Kupferpfennige hatte Emilie in seinen Gürtel eingenäht.

Mit innigen Küssen verabschiedete er sich von Magdalena und dem Kind und machte sich, ohne sich umzudrehen, auf seinen langen Weg.

Schon nach einigen Tagen verließen Benjamin seine Kräfte. Sein lahmer Fuß machte ihm zu schaffen und er musste viele Pausen einlegen. Nicht immer traf er unterwegs auf gastfreundliche Menschen, die ihm ermöglichten, in ihren Schuppen zu nächtigen, oder ihm sogar von den wenigen Speisen, die sie für sich benötigten, etwas anboten. Manchmal traf er auf Bauern oder Fuhrleute, die ihn ein Stück des Weges auf ihren Karren mitnahmen. In Fulda hatte er die Bekanntschaft mit einem jungen Bergmann gemacht, der in Suhl ansässig war und sich, nachdem er seinen Oheim in Fulda hatte bestatten müssen, auf den Heimweg machte. So verlief die Wanderschaft viel kurzweiliger, denn Hans, so hieß der Bergmann, wusste viel über die für Benjamin fremde Stadt Suhl zu berichten und Benjamin verfolgte die Erzählungen seines Weggefährten mit Spannung und Interesse.

Die Bergstadt Suhl, am Rennsteig, des berühmten Handels- und Grenzweges zwischen Thüringer-

und Franken-Waldweg, war bekannt für seine Schmiedekunst. Deren Tradition reichte zurück bis in die Keltenzeit, weit vor der Geburt des Herrn. Grundlage für dieses Handwerk war der Reichtum an Eisen. Das in den zahlreichen Bergwerken geförderte Eisenerz, der so genannte rote Crux, wurde vor Ort in den damals gebräuchlichen Rennöfen verhüttet und ausgeschmiedet. Das so gewonnene Rohmaterial wurde in den umliegenden Hammerwerken weiterverarbeitet. Die notwendige Energie für die mit Wasserkraft betriebenen Mühlen und Hammerwerke lieferten die Flüsse Steins, Lauter und Hasel. Schon im Mittelalter wurden in Suhl Sicheln und Wagen gefertigt, wenig später auch Harnische, Panzer und Schwerter. Im Jahre 1555 erfolgte die Gründung der Rohr- und Büchsenschmiede-Innung mit Genehmigung des Grafen Georg Ernst von Henneberg. So kam es, dass Suhl seit fast einhundert Jahren besonders für die hohe Kunst des Büchsenmachens gelobt wurde und man die Stadt mitunter ehrfurchtsvoll die „Waffenschmiede Europas" zu nennen pflegte.

Jetzt, da der Krieg den Süden des Landes erreicht hatte, florierten die Geschäfte. Die großen Heere benötigten ständigen Nachschub an Feuerwaffen, Schwertern und Harnischen. Es entstanden weiter spezialisierte Eisenhütten, Hammerwerke und

Bohrmühlen. So wurden in Suhl etwa 27.000 Gewehre und 1.100 Pistolen in einem Jahr gefertigt, dazu Rüstungen, Stiefelsporen und viele andere Eisenteile.

Gleichzeitig wuchs aber in Suhl die ständige Angst vor Angriffen und Plünderung durch beide der Kriegsgegner.

Durch die vielen Erzählungen von Hans verging die Zeit für Benjamin auf der letzten Wegstrecke wie im Fluge. Und so erreichten sie nach wenigen Tagen die Stadt Suhl. Der Anblick übertraf Benjamins Erwartungen. Dergleichen hatte er im Bergischen Lande nie gesehen.

Überall in der Stadt war reges Treiben. In der Luft lag der Geruch des Rauches aus unzähligen Rennöfen und Schmieden. Das Klappern der schweren Wasserhämmer drang aus jeder Himmelsrichtung an seine Ohren. Die Menschen sprachen in dem ungewohnten Dialekt, den Benjamin schon bei Hans kennen gelernt hatte und an den er sich daher schon gewöhnt hatte. Jedermann lief geschäftig umher, lenkte beladene Ochsenkarren oder bepackte Schubkarren. Insgesamt wirkten die Menschen jedoch freundlich und gut gelaunt, wie Benjamin an deren Gelächter zu erkennen glaubte.

Auch die Häuser unterschieden sich erheblich von denen, die er aus seiner Heimat kannte.

Während die Häuser im Bergischen eher ein-, höchstens zweigeschossig waren, gab es hier drei-, sogar viergeschossige Fachwerkbauten. Besonders das prächtige Rathaus am Heinrichser Straßenmarkt fand Benjamins Bewunderung. Auf einer gemauerten ersten Etage des riesigen Baus ruhte eine Fachwerkkonstruktion mit weiteren zwei Geschossen und einem voll ausgebauten Giebeldach. Die Bauart des Fachwerkes unterschied sich sehr von den einfachen Konstruktionen im Bergischen. Dort bestand das Fachwerk vornehmlich aus Eck- und Bundpfosten. Hier verwendete man als Hauptgestaltungsmerkmal das so genannte „Thüringische Leiterfachwerk", aus zwischen den Pfosten in den Brüstungen regelmäßig eingestellten Kurzstielen. Viele der Gefache waren durch zusätzliche ornamental gestaltete Balken auf kunstvolle Weise geschmückt.

Gleich neben dem Rathaus drang aus einer Taverne fröhlicher Gesang, der sich mit vielen, sich gegenseitig übertönenden Stimmen vermischte.

Hans und Benjamin beschlossen, sich dort zuerst einmal zu stärken und ihre glückliche Ankunft mit einem Bier zu feiern.

Der Schankraum war düster und erfüllt von Tabakrauch. Das Pfeiferauchen hatte sich vor nicht allzu langer Zeit, wohl begünstigt durch die

Kriegstruppen, über große Teile des Landes ausgebreitet. Neben dem reinen Tabakgenuss waren viele Raucher davon überzeugt, dass der Tabakrauch ein wirksames Mittel gegen die Pest darstellte.

Die Gäste schienen den unterschiedlichsten Berufsgruppen anzugehören. Die schwarzen Gesichter und Hände wiesen viele als Köhler aus. Einige hatten außerdem eine rote Gesichtsfarbe. Sie verdienten ihren Lohn wahrscheinlich an den Rennöfen. Schwere lederne Schürzen ließen vermuten, dass ihr Besitzer der Schmiedezunft angehörte.

Zielstrebig steuerte Hans einen der groben Holztische an, an dem sich vier bärtige Männer angeregt unterhielten.

Höflich wartete Hans, bis der Wortführer am Tisch seine Rede unterbrach und ihn freudig begrüßte.

„Ich bin zurück von meiner Reise, Herr Steiger und nun bereit meine Arbeit wieder aufzunehmen, so Ihr noch meiner bedürft", sprach Hans respektvoll.

„Danke für deine artige Rede!", erwiderte der angesprochene, „Nie hatte ich einen tüchtigeren Vorarbeiter! Natürlich bist du herzlich willkommen, baldmöglichst wieder einzufahren. Doch nun stell mir deinen Begleiter vor. Wer ist der junge Mann hinter dir?" Hans trat einen

Schritt zur Seite und deutete auf Benjamin: „Das ist Benjamin, der Schmied. Ich traf ihn in Fulda und wir gingen den Rückweg gemeinsam. Er kommt aus dem fernen Bergischen Land, das auch hier bekannt ist für seinen Messerstahl. Er hat den langen Weg auf sich genommen, um hier in Suhl sein Können um die Kunst des Waffenschmiedens zu erweitern. Ihr, werter Herr Steiger, kennt viele kundige und erfahrene Schmiedemeister. Wäre einer von diesen bereit, meinem Freund seinen Herzenswunsch erfüllen?"

Statt des Steigers meldete sich einer von dessen Tischgenossen zu Wort: „Wohlan, Meister Benjamin, Ihr seid nicht von der Statur, die in Euch einen Schmied vermuten ließe. Zudem bemerkte ich, als Ihr die Schänke betratet, einen Hinkefuß. Wenngleich sehe ich in Euren Augen das Feuer der Begeisterung für unser wunderbares Handwerk. Aber, seid Ihr denn der Tagesmühe eines Schmiedes gewachsen?"

Bescheiden senkte Benjamin seinen Blick. „Ich habe von meinem Meister viel vom Schmiedehandwerk gelernt. Ich weiß um den Umgang mit dem schweren Wasserhammer, sehe einem Stahl an, wenn er die richtige Gluthitze erreicht hat, um ihn zu formen. Ich weiß aber auch, dass es noch viel mehr zu erlernen gibt und bin festen Willens, mein Wissen zu erweitern. Trotz meines körperlichen Mangels bin ich aber bereit, alles auf mich zu nehmen, um meinen Wissensdurst zu stillen."

„Ihr sprecht wohl!", antwortete der Schmiedemeister, „Und so will ich es mit Euch versuchen. Um sechs Uhr in der Frühe ist der Hammerteich gefüllt. Findet Euch dann in meiner Werkstatt ein und beginnt damit, ein Waffenschmied zu sein!"

Hans und der überglückliche Benjamin verabschiedeten sich höflich und machten sich auf den Weg zu Hans' Familie. Nach kurzer Wegstrecke durch kleine verschlungene Gässchen, erreichten sie eine kleine Kate und klopften an die roh gezimmerte Eingangstür.

Sie wurden mit Überschwang begrüßt. Eine kleine, aber wohlgestaltete junge Frau warf sich in Hans' Arme und küsste ihn innig.

Zwei Kinder, ein Knabe von etwa zehn und ein Mädchen von etwa drei Jahren, gesellten sich behände hinzu und umarmten ihren Vater.

Als sie nach einiger Zeit voneinander ließen, wurde auch Benjamin freundlich begrüßt.

„Das ist Benjamin, ein Freund, der mich von Fulda nach Hause begleitet hat. Er will hier in Suhl das Schmiedehandwerk erlernen und wird bei uns wohnen, bis er eine eigene Bleibe gefunden hat. Schon morgen wird er bei Meister Heinel, dem besten Waffenschmied der Stadt, vorstellig.

Bald darauf schlief Benjamin überglücklich auf dem schnell gefertigten Strohlager ein.

Schon weit vor dem sechsten Schlag der Turmuhr fand sich Benjamin in Meister Heinels Schmiede ein. Der Meister erwartete ihn bereits. Er beschäftigte sieben Gesellen, die ihn mit kritischer Mine musterten.

„Das ist Benjamin, ein Schmiedegeselle aus dem Bergischen Lande, der unser Handwerk erlernen möchte. Ich wünsche, dass er mit Freundlichkeit und Respekt in unseren Reihen aufgenommen wird", stellte der Meister Benjamin mit kurzen aber bestimmten Worten vor. Zu Benjamin gewandt sprach er: „Vor dir stehen die besten Schmiedegesellen in Suhl. Die Qualität unserer Arbeit steht in keinem Vergleich zu dem, anderer Waffenschmiede. Ihre Namen wirst du bald gelernt haben. Auch von dir erwarte ich Respekt und höchsten Einsatz. Fehler sind dazu da, um vermieden zu werden!"

Jeder der Gesellen stellte sich Benjamin vor und hieß ihn mit einem Schulterschlag willkommen. Anschließend zeigte Meister Heinel Benjamin die Schmiede.

Besonders der teure Damaszenerstahl, der für edle Waffen, in der Regel aber für Gewehrläufe verwendet wurde, war weit über die Landesgrenze berühmt.

Er zeigte eine immer wieder unterschiedliche, faszinierende Musterung, die durch das vielfache Verschmieden der einzelnen Stahllagen entstand. Der Damaszenerstahl war flexibel, zäh und fest. Daher war er besonders für Gewehrläufe geeignet. Er war leichter als die gegossenen Läufe aus früheren Zeiten, die zudem leicht zum Bersten neigten, welches mit großer Gefahr für den Schützen selbst verbunden war.

Das Licht der Kerzen und das Ambiente des alten Hammerwerks erzeugten eine gespenstische Stimmung. Alle schwiegen und hingen ihren Gedanken über das Gehörte nach.

Meggy brach schließlich die Stille: „Das ist ja eine irre Geschichte. Voll der Stoff für einen historischen Roman!"

„Ja und welch ein Schicksal sich Magdalena auferlegt hat. Wie tief muss ihr Glaube gewesen sein, um ihr Gelübte einhalten zu können", überlegte Georg, „aber offensichtlich hat sie mit ihrem Kind und mit Benjamin in der Schmiede ihr Glück gefunden."

Mairie lächelte: „Wartet ab, es kommt noch einiges mehr, aber ich kann nicht mehr! Ich brauche eine Mütze voll Schlaf. Ich schlage vor, wir treffen uns morgen, an der gleichen Stelle, zur nächsten konspirativen Sitzung und Georg bringt mich jetzt einfühlsam nachhaus." Still und nachdenklich verließen alle die alte Schmiede.

22

„Sehr wohl, ganz nach Ihren Wünschen, Sie
werden wie immer zufrieden sein, Großmeister!"
Josef beendete das Gespräch und ließ das Handy
in einer Tasche seines Regenmantels
verschwinden.
Seitdem es mit der Gesundheit des Großmeisters
nicht mehr so gut bestellt war, beschränkten sich
Kontakte vorwiegend auf das Telefon.
Die Villa in Lindenthal zu betreten, war ihm nur
noch in Ausnahmefällen gestattet.
Früher war das noch anders gewesen. - Früher...!

Schon als Kind war Josef fasziniert von den
Abenteuergeschichten, die sich um das Rittertum,
die Kreuzzüge und die Geheimbünde rankten.
Voller Mitgefühl hatte er über das Schicksal der
Katharer gelesen, die auf Geheiß des Papstes
Gregor in ihrer Festung eingekesselt und
anschließend vernichtend geschlagen worden
waren. Auch der Orden der Armen Ritterschaft
Christi und des salomonischen Tempels zu
Jerusalem, kurz des Templerordens, hatte seine
kindliche Fantasie beschäftigt. Die Vernichtung
des Templerordens am „Schwarzen Freitag", dem
13. Oktober 1307 und die damit verbundene
Ungerechtigkeit, die vorwiegend in der Habgier
des Königs Philipp begründet war, hatte ihn tief

bewegt. Am meisten aber nahmen ihn die Geschichten um den Heiligen Gral, den Speer des Longinus oder die unermesslichen, im Geheimen gehorteten Schätze, mit denen die Bünde in Verbindung gebracht wurden, schon damals gefangen. Über die Jahre hatte er dieses Interesse nicht verloren. Daher war es nicht verwunderlich, dass er nach seinem Abitur damit begann, Geschichtswissenschaften zu studieren.

Hier war er zum ersten Mal dem Großmeister begegnet. Keine seiner Seminare und Vorlesungen hatte er sich entgehen lassen. Er bewunderte den immensen Wissensschatz des Gelehrten. Er sprach über all die Themen, die ihn schon seit seiner Kindheit beschäftigt hatten. Schneider vermittelte ihm viele der Geheimnisse, Riten und Hintergründe der Bünde.

Josef hatte fortan die Nähe des Großmeisters gesucht und war schließlich sein wissenschaftlicher Assistent geworden.

Er begleitete den Großmeister auf vielen Forschungsreisen in ferne Länder und abgelegene Gegenden dieser Erde, die oft auch sehr abenteuerlichen Charakter besaßen. Immer war der Großmeister auf der Spur großer Geheimnisse, die Josef von nun an mit ihm teilen durfte.

In diesen Tagen hatte sich sein Leben geändert. Er war nicht mehr der stille, in sich gekehrte und verträumte Junge, der kaum Freunde hatte und seine Bücher mehr liebte als Wein, Weib und Gesang. Auch äußerlich unterstrich er sein neues Selbstbewusstsein und verwandelte seinen Körper durch hartes Training von dem eines schmächtigen Knaben, in den eines gestählten Kämpfer.

Und das war gut so! Schließlich waren er und der Professor auf ihren Reisen oft in prekäre Situationen geraten, in denen es von großem Nutzen sein konnte, sich seiner Haut wehren zu können. Viele der Reisen führten in die abgelegensten Winkel der Welt oder in vom Krieg erschütterte Krisengebiete. Josef hatte den Professor daher nicht nur als wissenschaftlicher Assistent, sondern auch gewissermaßen als Bodyguard unterstützt. In zunehmendem Maße schmerzte ihn schon damals, dass der Professor ihn dabei an seinen Forschungszielen nur ansatzweise teilhaben ließ. Es vergingen Jahre, bis er ihm die Geschichte des Sterns des I-Sabbah anvertraute. Josef wusste, dass der einzige Grund für dieses Vertrauen im zunehmenden Alter und der damit verbundenen Unbeweglichkeit des Professors zu suchen war.

Als er schließlich der Bruderschaft des Sterns des I-Sabbah beitrat, hatte ihn der Großmeister in langen Gesprächen in die Geheimnisse der Bruderschaft eingeweiht.

Gebannt hatte er den Geschichten, die sich um den Stern rankten, gelauscht und den Traum um dessen Wiederauffinden geteilt.

Er hatte geschworen, sein ganzes Leben dafür zu opfern und die Macht der Bruderschaft zu mehren.

So war das früher gewesen. - Früher...!

Wie immer, wenn ihn der Professor kontaktierte, um ihm einen neuen Auftrag zu erteilen, begann die breite Narbe, die sich über die rechte Wange bis in den Mundwinkel zog, zu jucken.

Die Narbe erinnerte ihn stets an seinen Fehler, den er damals, ganz zu Beginn seines Dienstes für den Großmeister, begangen hatte.

Heute hätte er die Reaktion seines Opfers vorausgesehen und entsprechend reagiert.

Damals, noch jung und unerfahren, hatte ein Augenblick der Unachtsamkeit genügt.

Mit dem Küchenmesser, das Josef übersehen hatte, hatte ihm sein Opfer die Wange aufgeschlitzt.

Alles wäre gar nicht nötig gewesen, wenn dieser Idiot den Kaufvertrag für seinen abgewirtschafteten Bau in der Südstadt unterschrieben hätte.

Josef hatte es ihm mit gewissem Nachdruck empfohlen.

Statt nach dem Kugelschreiber hatte er aber nach dem Messer gegriffen.

Dies hatte der Bastard bitter büßen müssen.

Er hatte erheblich gründlicher gearbeitet als vorgesehen und dem Opfer ein besonders qualvolles Ende spendiert, natürlich erst, nachdem dieser unterschrieben hatte. Dieses Vorgehen war allerdings im Allgemeinen nicht Josefs Art. In der Regel zog er es vor, schnell und sauber zu arbeiten.

23

Auch nach etlichen Jahren war der Inquisitor nicht
müde geworden, seine Suche fortzusetzen.
Immer wieder sandte er seine Spione aus, um
noch so abwegigen Hinweisen nachzugehen.
Leider hatte sich nicht der geringste Hinweis auf
den Verbleib der Kogler-Tochter und des Sterns
des I-Sabbah ergeben.
Nach etlichen Jahren tat sich jedoch ein Silberstreif
der Hoffnung am Horizont auf.
Eustach zu Isengarten, der Sohn des Wilhelm
Quad zu Isengarten, der das Schloss
Bellinghausen bewohnte, hatte eine Anklage
wegen Hexerei erhoben und ihn, als Inquisitor,
um Prüfung des Sachverhaltes gebeten.
Wieder richtete sich die Anklage gegen einen
ortsansässigen Schmied.
Jedoch nicht gegen diesen selbst, sondern gegen
seine Frau und seine Ziehtochter.
Der Inquisitor lachte laut, als er das Schreiben in
den Händen hielt. War es doch so sicher wie das
Amen in der Kirche, worum es Eustach von
Isengarten wirklich ging.
Außer dem Vorwurf der Zauberei war dem
dumpfen Eustach jedoch kein Anklagegrund
eingefallen.
Schließlich war der Schmied im Recht. Er lebte auf
seinem verbrieften Land. Den Zehnten an die

Kirche zahlte er genauso regelmäßig wie die Steuern an den Landesherrn und der hieß nicht Eustach von Isengarten.

Aber Eustach gab es nicht auf, das Land des Schmiedes an sich zu bringen. Schließlich war es das Land seiner Vorfahren gewesen. Davon zeugte noch immer eine Burg oberhalb der Schmiede, von der allerdings nur eine Ruine übriggeblieben war. Einer der Vorfahren von Eustach war in ein Händel mit seinem Nachbarn geraten, weil er dessen Gattin geschwängert hatte. Als Dank dafür hatte der betrogene Nachbar die Burg derer zu Isengarten geschliffen und seine Bewohner verjagt. Eustachs Vorfahr hatte mit Mühe entkommen können. Angeblich war er durch einen unterirdischen Gang geflohen, der weit von der Burg entfernt, irgendwo in der Nähe des Aggerufers, einmündete. Niemand hatte allerdings bislang diesen Gang gefunden.

Im Normalfall hätte der Inquisitor ein solches Anliegen auf das Schärfste verurteilt und abgelehnt.

In diesem besonderen Falle entschloss er sich jedoch anders. Der Aufenthalt im Oberbergischen versprach eine Abwechslung zu der städtischen Langeweile, der er in Cölln ausgesetzt war. Endlose Prozesse, Verhandlungen, peinliche Befragungen, Hinrichtungen, kaum Zeit, zu sich selbst zu finden.

Ein Empfang jagte den anderen, Essen hier, Theater, Sitzungen oder Amtsgeschäfte dort.

Ein wahrer Reigen von Tätigkeiten, der letzthin in Langeweile und Dumpfheit endete.

Eine Reise selbst ins Homburgische konnte hier eine Abwechslung bedeuten.

Zudem: Dort hatte er damals die Suche nach dem Stern des I-Sabbah aufgeben müssen.

Vielleicht tat sich ja doch eine neue Spur auf. „Die Hoffnung stirbt zuletzt!", murmelte er vor sich hin.

Der Inquisitor beschloss also, den Herrn des Landes, Eustach zu Isengarten, aufzusuchen.

Gleich am nächsten Tag lenkte er sein Pferd zu der kleinen Burg Bellinghausen, die eher einem Bauerngehöft ähnelte. Die Burg hatte sein alter Freund, Wilhelm Quad zu Isengarten, vor kurzer Zeit seinem nichtsnutzigen Sohn Eustach überlassen und damit dessen Erbteil abgegolten. Wilhelm zu Isengarten hatte das Homburgische verlassen und war mit seiner Familie nach Cölln gezogen. Dem Orden der Ritter des Sterns war er schon seit Jahren als treuer Bruder angehörig. Wilhelm war kein einfacher Mann. Nicht ohne Grund nannte man ihn Quad, also Querkopf. Er liebte es, sich in allen Belangen gegen die allgemeine Meinung zu stellen. In der Regel erwies er sich aber stets loyal und war in der Lage, einzulenken.

Eustach dagegen hatte bislang seine Lebensaufgabe darin gesehen, das Geld seines Vaters in Schänken und Hurenhäusern zu verprassen. Aus diesem Grunde hatte er seinen Sohn mit seinem Erbteil versehen und im Homburgischen zurückgelassen.

Die Burg war ein Spiegel ihres Herrn. Obwohl der alte Quad in den vergangenen Jahren aufwändige Renovierungen hatte vornehmen lassen, bot sie ein Bild der Vergänglichkeit.

Das Hauptgebäude der Burg war von drei Rundtürmen flankiert, die aber schon deutliche Zeichen des Verfalls zeigten. Lediglich die Vorburg, bestehend aus zwei größeren Gebäuden, schien in bewohnbarem Zustand. Im einen befanden sich eine Schmiede und verschiedene Stallungen, das andere Bauwerk diente Wohnzwecken und besaß einen geräumigen Keller, der vorwiegend der Bevorratung des Weines diente, den der Burgherr reichlich zu verköstigen pflegte.

Eustach begrüßte den Inquisitor mit Überschwang: „Freiherr Graf von Bergen, welche Ehre, mein bescheidenes Heim durch Eure Anwesenheit geadelt zu wissen. Welchen Dienst kann ich Euch erweisen?"

Der Inquisitor erwiderte die Begrüßung mit huldvollem Lächeln.

Seit Generationen lieferten sich die Homburgischen, die von Sayn und Wittgenstein und die von Berg mehr oder weniger ernsthafte Scharmützel.

Diese waren zwar durch den Bergischen Frieden im Jahre 1604 beigelegt worden, schwelten jedoch untergründig weiter. Daher wusste er die Ernsthaftigkeit der Begrüßung wohl einzuordnen.

„Seid gegrüßt, Eustach, in meiner Eigenschaft als Inquisitor ist es an mir, mich zu erkundigen, wie ich Euch zur Seite stehen kann. Ich habe Euer Gesuch gelesen. Andererseits könnt, in der Tat, auch Ihr in einer immens wichtigen Angelegenheit behilflich sein."

„Liebend gerne, aber wir wollen diese Dinge nicht hier vor dem Gesinde klären, sondern bei einem Glas Wein. Seid mein Gast! Tretet ein!"

„In Euren Landen versteckt sich eine Ketzerin mit ihrem Komplizen, die in Cölln wegen Mordes an ihrem Vater, dem ehrenwerten Conradius Kogler, gesucht wird.

Leider habe ich die Spur schon vor Jahren verloren und bin nun gänzlich auf Euer Zutun angewiesen", begann der Inquisitor ohne Umschweife.

„Ein nicht leicht zu lösendes Problem", erwiderte Eustach zögerlich, „Ihr kennt unsere Ländereien. Viele Fremde nutzen die alte Zeithstraße, um gen Osten zu reisen. Die Ansässigen leben verstreut in kleinen Dörfern und Weilern. Die Wälder sind weitläufig. Es macht keine Mühe, sich hier zu verbergen."

Eustach kannte den Inquisitor. Sein Ruf eilte ihm weit voraus. Er hatte etliche Hexenprozesse geführt.

Man sagte, er zeige oft Milde, seine Urteile seien gerecht. Manch eine Hexe sei dadurch dem Scheiterhaufen entkommen, es sei denn, ihr Hab und Gut hätte das Interesse des Inquisitors geweckt.

Jetzt, da der Inquisitor seine Hilfe benötigte, erhoffte sich Eustach, einen Vorteil daraus ziehen zu können.

„Meine Mittel sind leider begrenzt. Ich verfüge nicht über genügend Soldaten, um euch bei eurer Suche zu unterstützen."

Der Inquisitor war enttäuscht. Er hatte mit der Ergebenheit Eustachs gerechnet.

Schließlich war er, der Inquisitor, von hohem Stand und dazu ein Mann der Kirche, mit weitreichenden Befugnissen.

Eustach kostete die Enttäuschung des Inquisitors eine Weile aus, um dann fortzufahren.

„Ich wäre aber ein schlechter Landesherr, hätte ich nicht ausreichend Informanten, die mich von den Vorgängen im Lande auf dem Laufenden halten. Gebt mir einen oder zwei Tage Zeit und seid derweil mein Gast."

„Euer Angebot ist überaus großzügig. Gerne nehme ich Eure Hilfe an", bedankte sich der Inquisitor und dachte bei sich: „Dieses Schlitzohr will Zeit gewinnen. Natürlich will er meine Person für seine eigenen Zwecke einspannen. Leider bin ich aber hier auch auf seine Hilfe angewiesen." Mit dem Hinweis, vom langen Ritt sehr ermüdet zu sein, zog sich der Inquisitor zeitig in das zur Verfügung gestellte Gemach zurück, nicht ahnend, welch unglaublicher Zufall ihn am nächsten Tage seinem großen Ziel näherbringen sollte.

„Die Frau des Schmiedes, Emilie, sowie seine Ziehtochter Magdalena sind der Hexerei bezichtigt und umgehend der bestellten Heiligen Inquisition vorstellig gemacht zu werden", verlas am nächsten Morgen der Gerichtsdiener die Anklage. „Beide sollen Salben und Tinkturen gebrauet und als Schadzauber über Mensch und Vieh gebracht haben. Sie selbst seien durch Teufelskraut vom Aussatz vollständig geheilet gewesen. Es sei zudem durch Beobachtung offenkundig gewesen, dass zum vollen Monde beide, rittlings auf einem Besen sitzend, dem Schornstein entflogen seien. All dies bringt zur Anklage der Edle Eustach zu Isengarten."

Gelangweilt schaute der Inquisitor über die kleine Gruppe von Menschen, die sich im Gerichtssaal mehr oder weniger freiwillig eingefunden hatte.
Einige Bürger waren als Zeugen erschienen, um für die Beklagten auszusagen.
Darunter sogar der Pfarrer, dem Emilie sein schweres Rheuma mit ihren Salben erleichterte.
Tatsächlich verfügte Emilie über ein großes Wissen bezüglich der Heilkräfte der Pflanzen und war daher bei vielen Menschen beliebt und auch bekannt.
Etlichen Menschen und auch Tieren hatte sie schon mit selbst gefertigten Salben und Tinkturen ihr Leid erleichtert und oftmals sogar Heilung gebracht.
Dies hatte auch Eustach erfahren und versuchte nun, diesen Umstand schamlos für seine Ziele zu nutzen.
Direkt vor ihm knieten, gesenkten Hauptes, die beiden angeklagten Frauen.
Ihre Kopftücher verdeckten ihre Gesichter weitestgehend. Eine der Frauen schluchzte herzergreifend und beteuerte ohne Unterlass ihre Unschuld, die andere, von der Statur her die wohl jüngere, schien ohne Angst und schwieg verstockt.
Der Inquisitor war von dem Geplärre der Alten genervt.
Auf seinen Befehl hin verwandelte einer der Gerichtsdiener das Geschrei der Alten, mittels

einer rüden Zurechtweisung, gestützt durch einen Stockhieb, in leises Wimmern.

Wer war die trotzig Schweigende?

Ungeduldig befahl er den Angeklagten, ihre Tücher abzunehmen und ihre Angesichter zu zeigen.

Der Inquisitor war wie vom Blitz getroffen, als er in das Antlitz der jüngeren Frau schaute.

Nie würde er dieses Gesicht vergessen. Auch wenn die Züge nicht mehr die eines Mädchens, sondern nunmehr gereift waren, gehörten sie doch der Frau, die er seit Jahren zu finden trachtete und die das größte Geheimnis der Menschheit hütete.

Es handelte sich um Magdalena, die Tochter des Tuchhändlers Kogler, seines Zeichens ehemaliger Großmeister der Bruderschaft des Sterns des I-Sabbah.

Nicht ahnend, dass der Inquisitor für den Tod Koglers verantwortlich war, hatte die Bruderschaft ihn in der Folge zu dessen Nachfolger bestimmt.

Magdalena indes schien keine Erinnerung an den Inquisitor zu haben.

Nicht verwunderlich! Sie war ihm nur wenige Male begegnet und zudem noch ein kleines Kind gewesen.

Aber welches Geheimnis umgab diese junge Frau? Was hatte ihr Schweigen zu bedeuten?

Der Inquisitor beschloss, sich vorerst nichts anmerken zu lassen und blickte mit mildem väterlichem Lächeln auf die Angeklagten hinab. In seinem Inneren jedoch überschlugen sich die Gedanken. Er zwang sich zur Ruhe. Nur nicht überstürzt handeln!

In sanftem und freundlichem Ton begann er die Befragung.

Er erfragte Details zu den Salben und Tinkturen und hielt mit seinem Sachverstand nicht hinter den Berg.

Er zeigte durch Witze, dass er selbst nicht an fliegende Besen zu glauben schien, stellte sich in seinen Reden und Ausführungen auf die Seite der Beklagten, um sie im nächsten Moment aufs Schärfste anzugehen.

Beide Frauen beteuerten weiterhin ihre Unschuld, auch als der Scharfrichter, so sah es die Prozessordnung der Inquisition vor, ihnen die Folterinstrumente zeigte.

Alle Zeugen sprachen für die beiden, lobten ihre Heilkunst in den höchsten Tönen und sprachen sie frei von jeglicher Zauberei.

Hier wog besonders die Aussage des Pfarrers, der sich als aufrechter Gottesmann für die Frauen einsetzte.

Die Untersuchung des hinzugezogenen Medikus erbrachte keinen Hinweis auf Hexenmale.

Lediglich Eustach schilderte in übertrieben ausgeschmückter Weise das schändliche Tun der vermeintlichen Hexen.

Schließlich beschloss der Inquisitor, dem Schauspiel ein Ende zu setzen und erklärte, nach kurzem Gebet und Zwiesprache mit Jesus Christus unserem Herrn, ein Urteil zu finden.

Der Inquisitor hatte keine leichte Entscheidung zu treffen. Er hatte Eustach versprochen, ein für ihn günstiges Urteil zu finden.

Da er aber Magdalena bereits gefunden hatte, benötigte er dessen Hilfe nicht mehr und stand somit auch nicht in dessen Schuld.

Ganz im Gegenteil: Die Neugier Eustachs, gepaart mit seiner Habgier, konnte sehr lästig werden und den Plänen des Inquisitors im Wege stehen.

Andererseits hatte er aber bislang nur Macht über Magdalena, nicht aber über den Stern.

Wahrscheinlich würde die peinliche Befragung zu ihm führen.

Was aber wenn nicht? Was aber, wenn dieses verstockte Luder sich auch unter der Folter weigerte zu sprechen?

Ihr Tod auf dem Scheiterhaufen wäre die unabdingbare Folge und der Stern verloren.

War nicht die Wahrscheinlichkeit, dass eine freigelassene Magdalena ihn zu dem Stern des I-Sabbah, zumindest aber in seine unmittelbare Nähe führen würde, ungleich höher?

Der Inquisitor erhob sich von der Kirchenbank, auf der er voller Demut kniend, mit gefalteten Händen im Gebet versunken gewesen war und schaute auf zu dem Gekreuzigten über dem Altar der Kapelle.

Wie ein Blitz durchzuckte ihn eine plötzliche Eingabe.

„Danke Herr! Deinem Urteil werde ich folgen!"

Mit energischem Schritt betrat er den Gerichtssaal. Mit kurzen Sätzen, ohne weitere Begründung, sprach er die Frauen von der Anklage frei und beendete die Verhandlung.

Schäumend vor Wut verließ Eustach zu Isengarten das Gericht und zog sich mit einem Fass Wein für den Rest des Tages in seine Gemächer zurück.

24

Am nächsten Tag war es, als wären alle Uhren der Welt im Bummelstreik. Alle Beteiligten waren gespannt auf den Fortgang der Geschichte, die ihnen Mairie zu erzählen hatte. Wie war es Benjamin in Suhl ergangen? Waren Magdalena, ihr Kind, Emilie und Karl nun in Sicherheit vor Eustachs Belästigungen und vor den Ränken des Inquisitors. Was führte von Bergen im Schilde, um des Sterns habhaft zu werden? Alle fieberten dem Abend entgegen, um mehr erfahren zu können. Endlich war es so weit. Es begann schon zu dämmern, als Georgs Audi vor der alten Schmiede parkte. Meggy hatte schon zwei Flaschen Wein bereitgestellt und alle warteten gespannt darauf, dass Mairie ihre Geschichte fortsetzen würde.

Für Benjamin hatte eine schwere Zeit begonnen. Obwohl er ja bereits ein gestandener Schmied war, wies ihm Meister Heinel zunächst nur Lehrlingsarbeiten zu. Er hatte die Schmiedefeuer in Gang zu halten, das notwendige Material in die Schmiede zu tragen, dafür zu sorgen, dass die großen wasserbetriebenen Blasebälge den notwendigen Luftstrom für die Befeuerung lieferten und viele anstrengende Hilfsarbeiten mehr. Nur selten durfte er als zweiter Mann am Hammer mittun. Benjamin war der Verzweiflung nahe. Hatte er den weiten Weg nach Suhl gemacht, um hier für geringen Lohn als Helfer zu schuften, während er in seiner Heimat sein eigener Herr sein konnte?

Die Zeit verging. Aus Tagen wurden Wochen, bis ihn endlich Meister Heinel anwies, seinen ersten Lauf zu schmieden. Benjamin gab sich die größte Mühe. Er hatte vom ersten Tag begierig zugeschaut, wie die Gesellen ihr Handwerk verrichteten. Zur Herstellung eines Laufes aus Damaststahl wickelte man einzelne Stahldrähte um eine Stange und verschmiedete sie miteinander. Eine Technik, die viel Geschick, Erfahrung und genauestes Arbeiten erforderte, damit nachher durch das Abfeuern der Waffe keine Risse entstehen konnten.

Stolz präsentierte er dem Meister seine Arbeit. Der Lauf schimmerte wie bei den anderen Gesellen und zeigte die herrliche Maserung, die den Damaststahl so unverkennbar machten.

Der Meister begutachtete Benjamins Arbeit mit ernster Miene von allen Seiten. Mit einem knappen „Morgen nochmal!", wandte er sich schließlich von Benjamin ab und warf den mühevoll gefertigten Gewehrlauf achtlos in die für Schrott vorgesehene Tonne.

Dieses böse Schicksal widerfuhr auch Benjamins nächsten Arbeiten und Benjamin verließ jeglicher Mut. Dennoch fasste er sich schließlich ein Herz

und sprach zu Heinel: „Meister, seit Tagen werft ihr meine Arbeiten achtlos fort. Ich verstehe nicht, was daran euren Ansprüchen nicht genügt!" „Ich will es dir zeigen, junger Mann!", antwortete dieser milde. „Du bist ein sehr gewandter, talentierter Schmied, dennoch gibt es einige Geheimnisse unseres Handwerks, die dir verborgen sind. Schau her!", dabei hielt er den letzten von Benjamin gefertigten Lauf ins Licht, „Siehst du die Risse im Stahl. Noch sind sie klein und dünner als ein Haar. Wehe aber dem Schützen, der es wagt, daraus eine Kugel abzufeuern. Der Lauf wird dem Druck nicht lange standhalten und an diesen Stellen bersten. Du musst lernen, die einzelnen Stränge sauberer zu verschweißen und auszuschmieden. Du musst schnell und genau arbeiten, da dies nur bei der richtigen Temperatur möglich ist. Der Stahl darf nicht zu heiß, auf keinen Fall aber zu kalt sein. Diesen Zeitpunkt verraten dir nur dein Auge und dein Gefühl beim Schmieden. Also gib nicht auf! Übe und lerne!" Heinel schlug Benjamin wohlwollend auf die Schulter und verließ lächelnd die Schmiede, um sich mit seinen üblichen Stammtischgenossen in der Schänke zu vergnügen.
In Benjamin aber war neuer Ehrgeiz erwacht. Sobald die täglichen Arbeiten verrichtet waren und die anderen Gesellen die Schmiede längst

verlassen hatten, übte er wochenlang wie ein Besessener. Erst spät in der Nacht fiel er todmüde in sein Bett. Inzwischen hatte er für wenig Geld einen kleinen Verschlag in Hans Nachbarschaft bezogen.

Auch wenn beide sich selten begegneten, um miteinander zu sprechen, Hans arbeitete im Schichtbetrieb, legten sie doch Wert auf den Erhalt ihrer guten Freundschaft.

Eines Tages fand Benjamin schließlich das Wohlwollen des Meisters: „Ausgezeichnete Arbeit, mein Junge, ein perfekt verschmiedeter Lauf und dazu eine wunderschöne Zeichnung des Stahls. Deine Mühen haben sich also gelohnt."

Noch nie hatte Benjamin ein Lob erhalten, welches ihm so viel bedeutet hätte. Beflügelt von seinem Glück arbeitete er weiterhin in seinen freien Stunden und lernte immer genauer zu arbeiten. Die Zeit verging wie im Fluge, bis schließlich ein Jahr ins Land gegangen war.

In dieser Zeit fertigte er auch die übrigen zu einer Muskete gehörigen Teile mit großer Präzision und hielt schließlich seine erste selbstgefertigte Waffe in den Händen. Es handelte sich um ein neuartiges Radschlossgewehr. Die Holzteile waren von einem mit Hans befreundeten Schreiner aus Walnussholz gefertigt und mit kunstvollen Schnitzereien verziert worden.

Auch den Lauf, die Kammer und das Schloss hatte
Benjamin mit feinen Verzierungen geschmückt.
Auf dem Schießstand bewährte sich Benjamins
Werk durch hohe Schussgenauigkeit.
Benjamin war sehr stolz auf seine Arbeit und auch
Meister Heinel hielt nicht mit seiner
Bewunderung zurück und lobte Benjamins
Können in den höchsten Tönen.
Schließlich war die Zeit des Abschieds gekommen.
Benjamin sehnte sich nach seiner Heimat, nach
Magdalena und dem Kind und auch nach Karl
und Emilie. Meister Heinel bedauerte seinen
Abschied sehr, hatte aber volles Verständnis für
Benjamins Wunsch, zu den Seinen
zurückzukehren.
Auch Hans, seiner Frau und seinen beiden
Kindern war Benjamin ans Herz gewachsen und
allen fiel der Abschied sehr schwer.
Doch Benjamins Beschluss stand fest. Am
nächsten Morgen gedachte er, in aller Frühe
aufzubrechen.
Er hatte seine wenigen Sachen zusammengepackt
und sich schon früh zur Nachtruhe begeben, als er
von wildem Klopfen an seiner Tür geweckt
wurde.
Es waren Hans und sein Sohn Eduard, die seinen
Schlaf gestört hatten. Hans rief aufgeregt:
„Benjamin, schnell, wir müssen fliehen, sofort! Die
Kroaten unter Feldmarschall Graf von Isolani

haben die Stadt überfallen. Sie plündern, brandschatzen und töten jeden, der sich ihnen in den Weg stellt!"

Vom Schlaf benommen raffte Benjamin eilig seine Sachen zusammen und folgte Hans auf die Straße. Vom Marktplatz her ertönten Schüsse, aufgeregtes Rufen und die Schreie verzweifelter Menschen. Der Himmel war erleuchtet von den lodernden Flammen der brennenden Häuser.

Hans und sein Sohn liefen zielstrebig zum östlichen Stadtrand und Benjamin hastete ihnen nach, so schnell ihn seine Füße trugen. Schließlich erreichten sie den Stolleneingang der Erzmine, in der Hans sein Brot verdiente und folgten dem Verlauf des Hauptstollens in den Berg hinein. In einer größeren Felsenhalle gabelten sich verschiedene Stollen, die alle nach oben verliefen. Durch das Gefälle konnten die mit Erz beladenen Loren leicht aus dem Berg hinausbefördert werden. Hans hatte schon am Eingang zwei Grubenlampen entzündet, von denen er eine an Benjamin weiterreichte. Er wies in einen der Stollen: Folgt diesem Gang. Nach einigen Metern führt ein Luftschacht steil nach oben. Über eine Leiter könnt ihr den Ausgang erreichen, der im Wald oberhalb der Mine mündet. Von dort könnt ihr unbemerkt entkommen. Bitte, mein Freund, rette meinen Sohn!"

„Willst du uns nicht begleiten, Vater?", rief
Eduard bestürzt. „Nein, ich muss zurück, um
deine Mutter und deine kleine Schwester
Elisabeth zu finden. Sie sollen nicht dem
marodierenden Pöbel zum Opfer fallen. Ich
hoffe,sie haben nicht versucht, nach Hause zu
gelangen, sondern sind bei deiner Großmutter in
Mäbendorf geblieben. Wenn dem so ist, werden
wir euch folgen und euch in Fulda treffen."
Benjamin wusste, dass Eile geboten war und rief
„So sei es, wir warten in Fulda!", nahm Eduard bei
der Hand und zog den verzweifelt zögernden
Knaben in den besagten Stollen. Hans indes lief in
sein unbestimmtes Schicksal.

So wie Hans beschrieben hatte, erreichten sie nach
kurzer Zeit einen senkrecht verlaufenden Stollen.
An der Wand ragte eine Leiter empor, über die
beständig von oben Wasser rieselte. Das
Eichenholz wirkte alt und zerbrechlich.
Vermutlich war es aber durch den beständigen
Wasserfluss hart geworden. Zuerst schickte er den
Knaben die ersten Sprossen empor und stieß dabei
Stoßgebete aus, dass es auch sein Gewicht tragen
möge.
Der Herr erhörte seine Gebete. Die alte Leiter hielt
und brachte sie sicher nach oben.
Der Anblick, der sich ihnen bot, war ein Bild des
Grauens. Von hier oben konnte man die ganze

Stadt überblicken. Diese stand lichterloh in Flammen, einem Höllenfeuer gleich. Selbst aus dieser Entfernung hörte man die Schreie der verzweifelten, gequälten Menschen.

Benjamin zog den bitterlich weinenden Eduard tröstend an sich und wandte sich ab. Ohne zu sprechen, marschierten sie schnellen Schrittes und beteten still um ein gnädiges Schicksal.

Benjamin versuchte die großen Straßen zu vermeiden, um nicht etwa versprengten Truppen in die Arme zu laufen. Nach drei Tagen schließlich erreichten sie Fulda in der Hoffnung Hans, seine Frau Regine und seine Tochter Elisabeth zu treffen. Noch war die Stadt unberührt von den Wirren des grausamen Krieges. Man befürchtete jedoch, dass es nicht lange währen würde, alsda die Kroaten die Stadtgrenze erreichen würden. Zudem drohte von Norden her der Einmarsch der Schweden.

Schon am dritten Tage schwand bei Eduard und Benjamin jegliche Hoffnung. Nach einer Woche beschlossen sie aufzubrechen, um sich endgültig in Sicherheit zu bringen. Während des ganzen Marsches schwieg der Junge und versank in tiefer Trauer.

Auch als sie endlich die Schmiede im Oberbergischen erreicht hatten, blieb Eduard verschlossen und in sich gekehrt.

Magdalena indessen fiel Benjamin, überströmt von Tränen der Freude, in die Arme und auch Emilie und Karl herzten und drückten ihn fast zu Tode.

Eine weitere Stunde war vergangen, der ebenso zwei weitere Weinflaschen zum Opfer gefallen waren, als Mairie ihren Bericht beendet hatte.
„Ich fürchte, ich bin noch nicht am Ende der Geschichte angelangt. Aber, liebe Leute, es tut mir schrecklich leid, ich muss jetzt unbedingt eine Mütze voll Schlaf haben. Ich bin am Ende!"
Jeder der Anwesenden hatte dafür Verständnis. Mairie hatte die halbe Nacht, den ganzen Tag und diesen Abend mit der Geschichte verbracht. Gleichgültig, wie spannend sie auch war, der Körper verlangte seinen Tribut.
„Übrigens habe ich Kommissar Mertens angerufen. Ich habe ihm nicht viel verraten, aber es könnte doch ein Zusammenhang bestehen zwischen dem Dokument, dem Stern des I-Sabbah und dem Mord im Institut. Ich hoffe, ihr seid mir nicht böse. Er wird sich sicher an euch wenden", flehend schaute sie zu Georg.
Ohne Zögern sprang dieser auf und zückte seinen Wagenschlüssel.
„Komm Mairie, du hast heute verdammt viel geleistet. Ich werde zusehen, dass ich dich ganz schnell in dein Bett befördere." „Singst du mir

noch ein Schlaflied?", war Mairies prompte Antwort, bei der ihre moosgrünen Augen, trotz ihrer Müdigkeit, schelmisch glitzerten.

25

Josef machte sich mit der Bahn auf den Weg, um den neuen Auftrag des Professors zu erledigen. Anders als in einem Taxi, oder gar im eigenen Auto, konnte man dort in der Menge untertauchen und so gut wie sicher sein, dass sich später kaum jemand erinnern konnte, eine verdächtige Person bemerkt zu haben.

Der Professor hatte ihn genauestens instruiert. Josefs Plan zur Vorgehensweise deckte sich aber nicht ganz mit dem des Großmeisters. Er war kein geschickter Einbrecher. Der Aufwand, lautlos in eine Wohnung einzudringen, die irische Schlampe zu fesseln, ohne erkannt zu werden und dann noch die Wohnung zu durchsuchen, schien ihm mehr als aufwändig. Josef schwebte eine andere Lösung, seine Lösung, vor.

Darum schraubte er im Treppenhaus mit routiniertem Griff den Schalldämpfer auf seine Luger und drückte im Aufzug den Schalter für den dritten Stock.

Mairie erwachte abrupt aus ihrem tiefen Schlaf, als sich eine Hand fest auf ihren Mund presste und ihren Schrei erstickte. Sie blickte direkt in die Mündung einer Pistole. „Halte den Mund und es wird dir nichts geschehen!", zischte eine Stimme in ihr Ohr.

Mit panischem Nicken bestätigte Mairie die Aufforderung des Eindringlings.

Wie war er nur hereingekommen? Alles war verschlossen gewesen. „Nein!", schoss es ihr durch den Kopf. Als Georg sie vor einer Stunde verlassen hatte, war sie noch liegen geblieben und Georg hatte die Tür einfach ins Schloss fallen lassen.

Die Sicherungskette war also auch nicht vorgelegt gewesen. Zu spät, jetzt saß sie in der Falle.

Langsam lockerte sich der Griff und Mairie blickte direkt in das Gesicht des Fremden, der auf ihrer Bettkante saß. Eine hässliche Narbe zog sich vom rechten Ohr über die gesamte Wange bis zum Mundwinkel.

„Ich will den Stick!", forderte der Fremde mit Flüsterstimme.

Mairie schüttelte verständnislos den Kopf.

„Tu nicht dümmer als du bist, ich will den Stick, den du von dem Berliner Affen bekommen hast."

„Ich habe ihn nicht mehr! Ich habe ihn zurückgegeben", stieß Mairie verzweifelt hervor.

„Lüg nicht, Schlampe! Ich werde dir jetzt einen Finger nach dem anderen brechen, bis du dich erinnerst, wo du ihn versteckt hast."

Der Fremde hatte Mairies Hand ergriffen und ihren Ringfinger gefährlich weit zurückgebogen. Mairie stöhnte vor Schmerz und panischer Angst.

„Schreibtisch, rechte Schublade!", presste sie
hervor.

„Braves Mädchen!", der Fremde erhob sich und
bewegte sich mit geschmeidigen Bewegungen zu
dem genannten Ort, jedoch nicht ohne Mairie aus
den Augen zu lassen, die Pistole auf sie gerichtet.
Begleitet von dem diabolischen Grinsen des
Fremden verschwand der Stick in dessen
Hosentasche.

„Und jetzt zu dir!", die rechte Hand mit der
Pistole hob sich. „Bitte nicht!", stieß Mairie hervor.

„Tut mir leid, du hast mich gesehen und mein
Gesicht ist ja wohl unverwechselbar. Vertrau mir,
es geht schnell!"

Der Schalldämpfer der Pistole dämpfte das
Schussgeräusch. Mit einem dumpfen „Plopp"
löste sich der Schuss. In einem kurzen
melancholischen Gedanken schwebte sie über eine
grüne irische Bergwiese. Dann erlosch Mairie
Brennans Leben.

Fast zur gleichen Zeit parkte Dieter Mertens
Dienstwagen vor dem Ehrenfelder Wohnhaus.
Da die Eingangstür offenstand, verzichtete er
darauf zu klingeln.

Er benutzte die Treppe, da er nicht wusste in
welchem Stockwerk Mairie Brennan wohnte.
Mertens hörte das Summen des Aufzuges und das
Klingeln, als dieser im Erdgeschoss die Türen
öffnete.

Mit beschleunigtem Schritt, jedoch keineswegs hektisch, verließ Josef, von Mertens unbeachtet, das Haus und stieg in die nächstbeste S-Bahn.
Als Mertens Minuten später auf die Straße stürzte, in der Hoffnung den Benutzer des Fahrstuhls noch zu erreichen, hatte dieser sich bereits weit vom Tatort entfernt.

Kurze Zeit später steckte der Großmeister den Stick, der Mairie das Leben gekostet hatte, in sein Laptop und öffnete ihn erwartungsvoll.
Wenige Sekunden danach zerbarst das Laptop auf dem Boden des Arbeitszimmers. Voller Zorn hatte es der Großmeister von sich geschleudert.
Der Stick hatte nicht die erhofften aufschlussreichen Daten des Tagebuchs enthalten, sondern Mairies Fotos der letzten Urlaubsreise nach Kilkenny.
Der Großmeister war außer sich. Er tobte und raste. „Was hast du getan? Es war dein Auftrag die Aufzeichnungen der Irin zu beschaffen und du bringst mir die Urlaubsfotos dieser Frau. Und damit nicht genug! Du begehst zudem einen völlig unnötigen Mord. Mairie Brennan musste sterben für einen Stick voller irischer Landschaften!"
„Beruhigen Sie sich Meister!", gab Josef kalt zurück. „Die Schlampe hat mein Gesicht gesehen. Sie hätte es unter tausenden anderen Gesichtern

wiedererkannt!" Josef deutete dabei auf seine markante Narbe.

„Nichtsdestotrotz war diese ganze Aktion völlig unnütz. Wir sind dem Stern um keinen Deut näher gekommen, elender Tölpel!" „Vorsicht, alter Mann!", entgegnete Josef scharf, „Sie haben kein Recht mich in dieser Form anzugehen. Seit Jahren erledige ich für Sie alle unangenehmen Aufgaben, ohne dabei reich zu werden. Ich bin dennoch kein Leibeigener, mit dem Sie verfahren können, wie Sie es wünschen."

„Du hast immer gewusst, dass du alles nur zu einem Zweck tust. Es geht um ein großes Ziel: die Wiederbeschaffung des Sterns des I-Sabbah für den Orden."

„Pah, für den Orden! Ich weiß genau, warum Sie so scharf auf den Stern sind! Sie sind alt und gebrechlich und fürchten den Tod. Sie lechzen nach dem Versprechen der Unsterblichkeit. Sie wollen den Stern nur für sich selbst."

„Das ist nicht wahr! Ich habe mein ganzes Leben, mein ganzes Vermögen und vieles mehr geopfert, um den Stern wiederzufinden. Dich habe ich aus dem Sumpf gezogen und dir eine Lebensperspektive verschafft und so ist nun dein Dank!"

„Wie dem auch sei, Herr Großmeister Professor", Josefs Stimme triefte vor Hohn, „ich werde nun auf eigene Faust versuchen, den Stern zu finden.

Sie können mich gerne begleiten, wenn Sie ihre alten Knochen aus diesem Zimmer bewegt kriegen."

Mit diesen Worten verließ Josef das Arbeitszimmer. Der Professor hatte sich in seiner Aufregung von seinem Stuhl erhoben. Es gelang ihm aber nur für wenige stolpernde Schritte, sich am Schreibtisch abzustützen. Dann fiel er polternd zu Boden. Als Agnes das Studierzimmer betrat, war Josef längst durch die Balkontüre verschwunden. Sie half dem Professor auf. Zum Glück war er unverletzt geblieben. Lediglich seine Brille hatte beim Sturz großen Schaden erlitten. Der Professor war verzweifelt. Alles lief aus dem Ruder. Josef wusste zu viel, um weiterhin in zweiter Reihe zu stehen. Er gierte nach weltlicher Macht und Reichtum, nicht nach Wissen und geistiger Erfüllung. Jetzt handelte er auf eigene Faust und war unkontrollierbar, nicht mehr zu stoppen. Dem Professor wurde immer mehr klar, dass er in seinem Ehrgeiz, den Stern zu finden und die Welt zu erleuchten, zu weit gegangen war, viel zu weit.

26

Es gab viel zu erzählen. Benjamin war entsetzt, als er von dem Hexenprozess gegen Emilie und Magdalena erfuhr. Er machte sich große Vorwürfe, dass er nur an sich gedacht, sich in der Welt herumgetrieben und die Frauen im Stich gelassen hatte. Umso überraschter war er über den Ausgang der Geschichte. In Suhl hatte er einige Male erleben müssen, wie die verurteilten Frauen qualvoll ihr Leben hatten lassen müssen.

Die Inquisition kannte keine Gnade. Zumeist endeten die Verhandlung mit dem Tode der Angeklagten auf dem Scheiterhaufen und das, nachdem sie das grausige Prozedere der sogenannten „Peinlichen Befragung", mit ihren erschreckenden Foltermaßnahmen hatten überstehen müssen.

Was hatte den Inquisitor zu seinem schnellen Freispruch bewogen? Handelte es sich tatsächlich um einen Akt der Gnade und christlicher Nächstenliebe?

Was würde in Zukunft noch geschehen? Sicher würde Eustach nicht ruhen, um doch noch seine Ziele durchzusetzen.

Schließlich brach Benjamin das Schweigen: „Wir werden niemals Frieden finden, solange Eustach zu Isengarten auf dein Hab und Gut schielt, Karl. Einzig helfen kann uns der Landesherr selbst. Er muss Eustach endgültig in seine Schranken weisen."

„Wie willst du Derartiges erreichen, Benjamin? Der Graf von Gimborn hat sicherlich mehr Interesse an der Jagd und am feinen Leben, als an einer Fehde mit seinem Nachbarn, erst recht, wenn es um die Probleme eines kleinen aussätzigen Schmiedes geht", entgegnete Karl zweifelnd.

Benjamin sprach in festem bestimmtem Ton: „Ich werde mich morgen auf den Weg machen, den Grafen aufsuchen und ihm unser Anliegen vortragen. Als Gegenleistung für seine Mühen erhält er meine Radschlossmuskete als Geschenk. Der Graf liebt die Jagd und die Waffen und wird sofort den Wert unseres Werkes zu schätzen wissen. Die Aussicht auf eine Lieferung von weiteren Waffen wird ihn sicher zusätzlich geneigt machen, sich unserer anzunehmen. Wer weiß, ob sich darüber hinaus für uns nicht zusätzlich eine Möglichkeit für gute Geschäfte erschließt."

Karl wurde neugierig: „Eine Radschlossmuskete? Sprich, was hast du für ein Teufelswerk in unsere christliche Herberge geschleppt?

„Kommt mit hinaus! Ich will es Euch zeigen!"

Als Benjamin die Muskete von seiner Umhüllung befreit hatte, erntete er für seine Schmiedearbeit von Karl große Bewunderung. Auch die Frauen lobten die Schönheit der Gravuren und

Schnitzereien. „Sag, wie funktioniert dieser seltsame Mechanismus und wo befestigt man die Lunte?", wollte Karl wissen. Voller Stolz erklärte Benjamin seinen staunenden Zuhörern die Waffe: „Im Inneren der Waffe dreht sich ein Reibrad, das durch eine Feder angetrieben wird. Die Feder wird mittels eines Schlüssels aufgezogen. Statt einer Lunte wird am Hahn ein Stück Schwefelkies gespannt. Eine Sperre blockiert den Mechanismus. Zusätzlich wird etwas Zündkraut auf die Pfanne gegeben. Ein Metalldeckel auf der Pulverpfanne schützt die Zündladung gegen Feuchtigkeit und Wind. Will man nun schießen, schwenkt man den Hahn auf den geschlossenen Pfannendeckel, wobei der Schwefelkies gegen das Rad gepresst wird. Beim Betätigen des Abzuges löst sich die Sperre, das Rad dreht sich unter dem Schwefelkies und erzeugt den Zündfunken, der das Zündpulver in Brand setzt. Durch das Zündloch gelangt Feuer in die Pulverkammer. Die Treibladung zündet und der Schuss löst sich."
Mit diesen Worten hob er voller Begeisterung die Waffe und der Schuss löste sich mit ohrenbetäubendem Knall. Voller Schrecken duckten sich die beiden Frauen kreuzschlagend zu Boden, als wäre der Leibhaftige persönlich erschienen.
Karl starrte, keines Wortes fähig, abwechselnd auf Benjamin und die Muskete.

„Ja, Benjamin, das könnte in den Augen des Grafen von Gimborn Gefallen finden!", brachte er schließlich leise hervor.

Die Frauen jedoch schauten ängstlich von dem einen zum anderen.

Benjamin nahm dies sehr wohl war: „Keine Angst, Magdalena, ich glaube, in den nächsten Tagen wird sich Eustach noch zurückhalten, zumal der Inquisitor noch in unserer Gegend verweilt. Schon übermorgen kann ich wieder zurück sein. Außerdem ist Karl noch Manns genug, um euch zur Seite zu stehen."

Ergeben nickte Magdalena und Benjamins Plan war damit beschlossen.

Niemand von ihnen ahnte, dass Benjamins Demonstration der Waffe aus sicherer Entfernung verfolgt worden war. Der heimliche Beobachter machte sich sofort auf den Weg zu Eustach, von dem er sich eine großzügige Belohnung für das Gesehene erhoffte.

Mit der Radschlossmuskete im Gepäck machte sich Benjamin am nächsten Morgen in aller Frühe, voller Zuversicht, auf den Weg.

Mit sorgenvoller Miene schaute ihm Magdalena nach, bis er die Wiese überquert hatte und ihn der Wald verschluckt hatte.

Es gab nur wenige Straßen und Wege und ein Marsch durch den dichten Wald war oft beschwerlich. Sein lahmer Fuß und seine durch die erschwerte Bewegung belasteten Glieder machten diese Aufgabe nicht leichter. Obwohl er durchaus noch imstande war, sein schweres Tagwerk in der Schmiede zu vollbringen, so merkte er doch zusehends die erhöhte Belastung seines Körpers, der seine Bewegungsbeeinträchtigung ausgleichen musste. Auch der lange Marsch von Suhl nach Hause steckte ihm noch erheblich in den Gliedern. Dennoch genoss er die Stille des Waldes, den moosigen Geruch und die vielen Vogelstimmen, die ihn umgaben. Sein Weg führte steil ansteigend das Lambachtal hinauf bis zum Gehöft Apfelbaum. Dort zweigte er ab Richtung Hülsenbusch. Von hier aus gelangte er über einen ausgefahrenen Kutschweg ins Gelpetal. Er folgte der Talstraße, um dann über eine steile Anhöhe den Ort Berghausen zu erreichen. Der weitere Weg führte talwärts in das Leppetal. Schon von weitem gewahrte er das Dröhnen der Wasserhämmer, die allesamt mit dem Wasser des kleinen aber stetig fließenden Leppebaches betrieben wurden. An der Kreuzung zum Fuhrweg, der ihn schließlich Richtung Gimborn, der Residenz des Adam Graf von Schwarzenberg, führte, lag eine Wirtsstube. Hier herrschte reges Treiben. Zahlreiche Pferde- und Ochsenkarren waren täglich auf dem Fuhrweg unterwegs, um die Hammerwerke mit Erzen und Kohle zu versorgen oder den fertigen Raffinierstahl abzufahren. Viele Fuhrleute nutzten den Gasthof, um dort zu pausieren und zu essen, besonders aber dem Alkohol zuzusprechen. Je mehr sich Benjamin der Herberge näherte übertönten Stimmen das stete Klopfen der Wasserhämmer. Auf dem großen Vorhof des Gasthofes waren einige aus schweren Planken derb zusammengezimmerte Tische und Bänke aufgestellt. Sie wurden von mächtigen Eichen beschattet. Einige der Fuhrleute dösten in den Sonnenstrahlen, die das Blätterdach der Eichen durchdrangen. Andere waren in lautstarke Diskussionen vertieft, während am Nachbartisch manch einer seinen Tageslohn beim Würfeln aufs Spiel setzte.

Benjamin beschloss seinerseits, eine Pause bei einem frisch gezapften Bier einzulegen und dem fröhlichen Treiben eine Weile zuzuschauen.

Er kannte die derbe Art der Fuhrleute zur Genüge und es berührte ihn wenig, als er mit „Hey, du lahmer Gaul, bist du dem Abdecker entlaufen?", begrüßt wurde.

Mit breitem Grinsen rückte der Spötter aber bereitwillig zur Seite, so dass Benjamin sich auf der Bank zu seiner Rechten niederlassen konnte.

„Sprich, Lahmhans, was treibt dich hierher? Suchst du Arbeit? Ich glaube kaum, dass einem wie dir die schwere Arbeit in der Schmiede schmeckt!", begann der Kutscher das Gespräch. „Nein", gab Benjamin bereitwillig zurück, „ich habe in meiner Schmiede genug zu tun. Ich bin auf dem Weg zu dem Grafen von Schwarzenberg, um ihm ein Geschäft vorzuschlagen." Benjamin hatte auf seiner Wanderschaft nach Suhl und auch vorher bei dem groben Köhler gelernt, dass nicht jedermann redlich war und sein Vertrauen verdient hatte. Es lag dennoch nicht in seiner Natur, Fremden mit Argwohn zu begegnen und er gab stets freundlich Auskunft.

Sein Gegenüber lachte schallend: „Du siehst genauso aus, als könntest du Geschäfte mit hohen Herren treiben. Sprich, welche Ware gedenkst du feilzuhalten, Kämme und Bürsten?"

„Ich bin Waffenschmied und gedenke dem Grafen mein Werk anzubieten, eine völlig neuartige Büchse, die ich selbst geschaffen habe!" Mit diesen Worten hatte Benjamin das Tuch, welches die Büchse umgab, entfernt und hielt die kunstvoll gestaltete Waffe in die Höhe.

Die Fuhrleute starrten mit großen bewundernden Augen darauf und für einen Moment erstarben auch die Gespräche an den Nebentischen.

„Niemals hast du diese Waffe geschmiedet! Wem hast du sie gestohlen?", rief einer der Kutscher.

„Gott für wahr! Es ist ganz allein mein Werk!", rief Benjamin entrüstet und berichtete von seiner

Wanderschaft ins ferne Suhl und seiner Lehrzeit in der Schmiede.

Nach einer Zeit und einigen kurzweiligen Gesprächen brachen die Fuhrmänner nach und nach auf und auch Benjamin machte sich auf seinen Weg Richtung Gimborn. Von hier war es nur noch ein kleines Stück Wegs bis zu der Residenz des Grafen.

Am selben Morgen war der Inquisitor durch ungeduldiges Klopfen an seiner Kammertür geweckt worden.

Eustach begehrte Einlass. Er wirkte unwirsch. Der Ärger über den Freispruch der Hexe stand ihm noch ins Gesicht geschrieben. Zudem wirkte er übernächtigt und er roch unangenehm nach den morgendlichen Folgen seines übermäßigen Weingenusses.

„Womit kann ich Euch dienen zu dieser frühen Stunde, lieber Herr zu Isengarten?", fragte der Inquisitor mit leichtem Spott, „Das Urteil ist ergangen, nach Gottes Willen und damit unumstößlich."

„Papperlapapp!", entgegnete dieser unwirsch. „Nicht Gottes Wille, sondern Eurem Gutdünken verdankt die Hexe ihren Freispruch. Sicher verfolgt Ihr eigene Ziele, die mir gänzlich verschlossen sind. Ihr versteht sicherlich, dass dieses Urteil meinem Ansinnen entgegensteht, doch ich werde meine Ziele auch ohne Euch erreichen und das widerspenstige Pack in die Knie zwingen."

„Sicher habt Ihr einen ausgefuchsten Plan ersonnen, den Ihr mir anvertrauen wollt?"

„Euch werde ich nichts anvertrauen. Ihr habt mein Vertrauen und meine Gastfreundschaft auf das Schändlichste missbraucht. Das eine sei nur gesagt: Der junge Schmied besitzt einen Gegenstand von großem Wert, dessen Besitz uns beide zu reichen Männern gemacht hätte, wenn Ihr nicht so töricht geurteilt hättet. Nun aber werde ich den Schatz alleine einfahren und ihr geht leer aus!"

„Nun, ich kann mir nicht vorstellen, dass dieser arme Schmied Euch zu einem reichen Manne machen kann. Schmiedet er goldene Hufeisen oder hat er den Stein der Weisen entdeckt? Und woher wisst Ihr von all dem?"

Die Neugier des Inquisitors war geweckt. Hatte dieser dumme Bengel von einem Schmied das Geheimnis des Sterns gelüftet und hatte Eustach davon Kenntnis erlangt? Kaum auszudenken, wenn es so wäre. Alle Träume und Hoffnungen wären nur noch Schall und Rauch. Seine Frage hatte aber die Eitelkeit Eustachs geweckt, so dass er mehr verriet, als er zuvor gewillt gewesen war: „Nun, sagen wir, ein Vögelchen des Waldes hat es mir zugeflüstert. Es ist mir und besonders meiner

Großzügigkeit treu verpflichtet und beobachtet die Schmiede und alle Geschehnisse in deren Umgebung schon geraume Zeit. Heute, in aller Frühe, ist der junge Schmied in Richtung Gimborn aufgebrochen, wohl, um dem Grafen sein Kleinod zu präsentieren und sich dessen Beistand zu erkaufen. Aber keine Bange! Er wird dort nicht mit dem Kleinod ankommen. Einer meiner treuesten Untergebenen wird ihn davon überzeugen, dass ich es bin, dem sein Schatz zusteht." Mit hämischem Grinsen wandte Eustach sich ab und verschwand, vermutlich in Richtung des Weinkellers, um den Verlust an Alkohol in seinem Körper durch neuen Wein zu ersetzen. Der Inquisitor war in heller Aufregung. Wenn Benjamin sein Ziel erreichte und den Stern oder, noch schlimmer, dessen Geheimnis, dem Grafen übergab, war er für ihn für alle Zeit verloren. Das durfte nicht geschehen. In aller Eile sattelte er sein Pferd und verließ das Schloss in Richtung Gimborn.

Kaum hatte Benjamin die Schänke hinter sich gelassen gewahrte er einen der Fuhrleute, der eben noch an einem der Nebentische gesessen hatte und nun plötzlich hinter einer dicken Eiche hervortrat. In seiner Hand hielt er ein Messer mit ungewöhnlich langer Klinge, welches er auf Benjamins Brust richtete.

„Glaubst du, dass ich dich mit diesem Schatz unbehelligt ziehen lasse? Mein Herr Eustach hat mir einen Beutel voller Silber dafür versprochen! Gib die Büchse heraus und ich will überlegen, ob ich dein Leben verschone!", rief er drohend.

Keiner Bewegung fähig starrte Benjamin in die Augen des Angreifers. Wenngleich er stark und von kräftiger Statur war, so war er doch das Kämpfen nicht gewohnt und wusste kein Mittel, um sich gegen die furchterregende Klinge zur Wehr zu setzen. Benjamin schossen in Sekundenschnelle die Gedanken durch den Kopf. War das das Ende seines Lebens? Was würde aus Magdalena und dem Kind werden? Karl und Emilie würden nicht ewig leben. Was, wenn Eustach neue Schandtaten ersinnen würde, um seine Lieben zu quälen? Im selben Moment aber näherte sich das Getrappel von Hufen. Der Räuber ließ sein Messer fallen, drehte sich um und floh. Sekunden später hatte ihn der dichte Wald, der die Straße säumte, verschluckt. Mit hoch erhobenem Schwert näherte sich der Reiter und brachte sein Pferd, mit kurzem Aufbäumen, neben Benjamin zum Stehen.

Benjamin erkannte seinen Retter erst, als dieser seine Kapuze vom Kopf schob: Es war der Inquisitor, Arnulf von Bergen!

Welche Geschäfte verfolgte dieser Mann an diesem Ort? Dennoch verspürte er Erleichterung.

Sicher hatte er vor diesem Mann der Kirche nichts zu befürchten. Im Gegenteil, schließlich hatte er ihm ja gerade das Leben gerettet und den gemeinen Räuber vertrieben. Benjamin verbeugte sich tief und sprach: „Habt Dank, gnädiger Herr, Ihr habt mich aus großer Gefahr errettet. Dafür werde ich Euch stets zu Diensten sein!"

„Was treibt dich in diese Gegend und dann in die Fänge dieses Lumps, junger Schmied? Er muss doch wissen, dass seine Beute kaum für seine tägliche Bierration gereicht hätte!", erkundigte sich von Bergen in freundlichem Ton. „Ich muss Euch leider widersprechen", erklärte Benjamin mit gesenktem Blick. „Ich führe einen sehr wertvollen Gegenstand mit mir, den ich gedenke, dem Grafen zum Geschenk zu machen."

„Vertraust du mir dein Geheimnis an?", fragte der Inquisitor neugierig. „Was kann es sein, was du zu bieten hättest, um den Grafen dermaßen zu erfreuen?" Benjamin blieb nichts übrig, als die Büchse erneut aus ihrer Umhüllung zu befreien. Stolz hielt er sie in die Höhe, dem Inquisitor entgegen. Erstaunen heuchelnd rief Arnulf: „Welch schöne Waffe! Nie sah ich Ähnliches! Mich dünkt, sie ist leicht und handlich! Erkläre mir, wie sie funktioniert!" Mit wenigen Worten beschrieb Benjamin seinem vermeintlichen Retter seine Erfindung und deren Funktion. „Wohlan", rief dieser, „ein königliches Geschenk für den Grafen.

Mit so einer wertvollen Gabe benötigst du wahrlich Schutz in diesen gefahrvollen Gefilden. Ich werde dich den Rest deines Weges begleiten. Auch ich wollte dem Grafen meine Aufwartung machen." Benjamin bemerkte weder das höhnische Grinsen noch den Spott des Inquisitors. Nachdem sie beide schweigend des Weges gegangen waren, wies Arnulf von Bergen auf einen kreuzenden Waldweg. „Auch wenn es nicht mehr weit ist bis zum Schloss, so ist dieser Weg noch etwas kürzer, als wenn wir dem Laufe des Fuhrweges folgen würden." Bereitwillig folgte Benjamin, obwohl er wusste, dass beide von der geraden Richtung abweichen würden. Der Weg wurde immer enger und endete schließlich auf einer kleinen Lichtung. Man konnte das Schloss Gimborn schon aus der Ferne sehen. „Wir müssen nur noch dem Pfad vor uns folgen und gelangen sofort in den Schlosshof!", rief der Inquisitor. „Nur eines, kleiner Schmied, steht noch im Wege! Gib mir deine Büchse! Du bist es mir schuldig! Schließlich habe ich deine Frau vor dem Scheiterhaufen bewahrt und dich vor dem gierigen Strauchdieb gerettet" „Hoher Herr", entgegnete Benjamin verzweifelt, „die Büchse ist alles was ich habe, um den Herrn Grafen zu bewegen, uns Beistand gegen Eustach zu Isengarten zu gewähren. Sie ist mein und ich kann sie Euch nicht überlassen."

Noch während Benjamin diese Worte sprach, verspürte er den kalten Schmerz des Stahles, der durch seine Brust fuhr. Seine letzten Gedanken galten Magdalena und dem Kind, das er als sein eigenes angenommen hatte.

Benjamin umfasste mit beiden Händen seine Brust, aus der sich in tiefen Strömen Blut ergoss. Im Licht der Sonne, das durch die Äste der alten Eichen fiel, brach sich das Bild einer Frau, wie ein Engel, weiß gewandet. Sie winkte ihm zu.

Benjamin schloss seine Augen, legte seinen Kopf in den Schoß seiner Mutter und fiel zu Boden.

Ungerührt stieg der Inquisitor von seinem Pferd herab, schleppte Benjamins leblosen Körper in eine Senke neben den ausgetretenen Pfad und bedeckte ihn notdürftig mit herumliegenden Zweigen.

Dann nahm er Benjamins Gewehr an sich, bestieg sein Pferd und lenkte es zurück zu Eustachs Burg, voller Vorfreude auf Eustachs verdrießliche Miene beim Anblick der Waffe.

Der Tag war recht glücklich verlaufen, dachte er zufrieden.

Schon früh am Morgen hatte er weit vor Benjamin das Schloss Gimborn erreicht. Er war scharf geritten und Benjamin war auf des Schusters Rappen angewiesen. Nicht verwunderlich, dass er von von Benjamin keine Spur entdecken konnte. Aus diesem Grunde hatte er beschlossen, zurück zur Schenke im Leppetal zu reiten und dort zu warten. Hier musste der Bengel vorbeikommen. Genau so war es geschehen. Der Inquisitor hatte sich an einem abgelegenen Tisch niedergelassen und seine Kapuze tief ins Gesicht gezogen. So blieb er von Benjamin unentdeckt. Er verstand nicht jedes Wort, welches an Benjamins Tisch gesprochen wurde. Das Wenige aber, das er verstand und Benjamins Demonstration des Gewehres, genügte vollauf.

Arnulf von Bergen verspürte einerseits Enttäuschung, ebenso aber große Erleichterung: Es war nicht der Stern des I-Sabbah, den Benjamin dem Grafen zu überlassen gedachte. Es war das Gewehr! Eustach hatte danach getrachtet, die Muskete zu erbeuten, von dem Stern ahnte er wahrscheinlich nichts. Andererseits hatte Arnulf gehofft, nun auf recht einfache Weise in den Besitz des Sterns zu gelangen. Aber die Waffe war sehr wertvoll. Der neu erdachte Mechanismus und die geringe Größe würden im Kampfe von größtem Nutzen sein. Sie versprach ein einträgliches Geschäft.

Der tumbe Schmied trug selbst die Schuld an seinem Schicksal. Hätte er das Gewehr freiwillig abgegeben, hätte er ihn möglicherweise verschont. Dennoch, sein Tod war von Vorteil. Jetzt konnte er ihm nicht mehr im Wege stehen, wenn er Magdalena den Stern abverlangen würde. „Ein doppelter Gewinn!, sprach er zu sich, „Eine wertvolle Waffe und ein unliebsamer Gegner weniger. Der alte Schmied und sein Weib werden mich nicht aufhalten können." Der Inquisitor grinste hämisch. War es nun Zufall, Fügung des Schicksals oder gar der Wille des Herrn, der ihm diesen Vorteil in die Hände gespielt hatte?

Am nächsten Morgen machte sich Magdalena an ihre täglichen Verrichtungen. Benjamin war auch am zweiten Tage noch nicht zurückgekehrt. Mit sorgenvoller Miene schaute sie zum Waldrand. Hatte Benjamin mit dem Grafen so viel zu besprechen? Kaum vorstellbar, dass der Graf so viel Zeit für einen kleinen Schmied erübrigte. Oder war ihm etwas zugestoßen? Wenngleich keine lange Wegstrecke vor ihm gelegen hatte, so lauerten überall Gefahren. Viel fremdes Volk war dort unterwegs. Abgesehen von den vielen Fuhrleuten, die die Hammerwerke belieferten oder den fertigen Stahl abtransportierten, verlief dort eine wichtige Handelsstraße, die nicht nur rechtschaffene Menschen anzog, sondern auch manch habgieriges Gesindel. „Ach was!", sprach sie zu sich, „Närrisches Weib! Benjamin ist weit gereist und kennt sich aus in der Fremde. Er ist stark und weiß sich seiner Haut zu wehren!" Mit einem Eimer voller Wasser, den sie aus dem Brunnen vor dem Hause geschöpft hatte, überquerte sie die langgezogene Wiese vor dem Hammerwerk, um die Schweine zu versorgen, die in einem kleinen Stall am Ende der Wiese untergebracht waren.

Die Schweine begrüßten sie mit aufgeregtem Quieken, in voller Erwartung auf ihr Futter und die Aussicht auf der Wiese auslaufen zu können. Magdalena hatte gerade den Trog mit gehackten Rüben gefüllt, als sie plötzlich von hinten gepackt wurde.

„Hab ich dich, kleines Täubchen! Der peinlichen Befragung bist du entgangen. Ich werde dir dafür jetzt zeigen, wie ein Weib einem Manne zu Diensten zu sein hat."

Mit diesen Worten warf er sie auf das Stroh und drückte ihr, nachdem er sein Geschlecht entblößt hatte, mit brutaler Gewalt die Schenkel auseinander.

Es war ihm jedoch nicht vergönnt, sein grausames Vorhaben zu beenden. Ein hochgewachsener Mann hatte den Schuppen betreten und Eustach mit Gewalt fortgestoßen, sodass er, durch das geöffnete Gatter geschleudert, im Schweinemist zu liegen kam.

Voller Wut brüllte er wie am Spieß: „Was fällt Euch ein mich derart anzugehen!"

„Ihr seid im Begriff eine Tat zu verüben, die Euch bis ans Ende der Zeiten in der Hölle schmoren lassen wird!", kam die lautstarke Antwort. „Macht

Euch davon und schaut nicht zurück! Sonst wird es Euch übel ergehen!"

Der Mann beugte sich über Magdalena, die am ganzen Körper zitterte. Behutsam half er ihr, sich zu erheben.

Erst jetzt erkannte sie ihren Retter. Sie stand dem Inquisitor, dem Grafen von Bergen persönlich gegenüber.

Währenddessen war Eustach dem Befehl des Inquisitors gefolgt und verließ eilig den Schuppen.

So schnell ihn seine Füße tragen konnten rannte er zum Waldrand, schwang sich auf sein Pferd, welches er dort angebunden hatte und stob davon.

Trotz der Lähmung, die sein Antlitz entstellte und ihm ein unheimliches Ansehen verlieh, gelang dem Inquisitor ein freundliches Lächeln.

„Steh auf, Magdalena! Es wird dir kein Leid geschehen!"

Magdalenas Schrecken löste sich in Tränen, die in Strömen von ihren Wangen rannen.

Behutsam geleitete sie der Inquisitor zurück zum Haus, wo beide von dem besorgten Schmiedeehepaar empfangen wurden. Der Inquisitor entließ Magdalena in die Obhut von Emilie und wandte sich an Karl: „Ihr habt ein gefährliches Stück Land für Euer Handwerk gewählt. Nicht immer wird euch Hilfe zuteilwerden können. Ist es nicht im Sinne der Frauen, besser kleinbeizugeben und Euch fortzubegeben? Auch wenn Ihr den Forderungen Eustachs nachgebt, wird dessen Gier Euch auch zukünftig keinen Frieden bescheren."

„Gnädiger Herr", erwiderte Karl mit eiserner Miene, „seit ich denken kann, lebe und arbeite ich hier. Meine Söhne haben ihr Leben verloren und ohne Benjamin und Magdalena wären wir allein und zu alt, um neu anzufangen und- verzeiht meinen Hochmut- Gegen den haltlosen gierigen Eustach zu Isengarten werde ich mich bis zum Tode zur Wehr setzen!"

„Dann bleibt mir nichts anderes, werter Schmied, Eurem Mut Respekt zu zollen und Euch zu wünschen, dass Ihr diesen nicht mit dem Leben bezahlen müsst.", antwortete der Inquisitor freundlich aber streng.

„Gestattet mir jetzt aber, bevor ich Euch verlasse, einige Worte unter vier Augen mit Magdalena."

„So tretet ein in unser bescheidenes Haus. Euer Wunsch soll Euch mit Dank gewährt sein. Schließlich habt Ihr sie vor schlimmem Übel bewahrt. Doch wie Ihr wisst, ist sie stumm und wird Euch keine Antworten zuteilwerden lassen können", entgegnete Karl und geleitete den Inquisitor zu dem eichenen Küchentisch, an dem Magdalena und Emilie saßen.

Magdalena schaute ihm gefasst in die Augen, als er sich ihr gegenüber niederließ.

Nachdem die beiden Alten den Raum verlassen hatten, wandte er sich freundlich an Magdalena: „Magdalena, du wirst dich nicht an mich erinnern, aber ich kannte dich schon, als du ein kleines Kind warst."

Die Worte des Inquisitors ließen Magdalena erstarren.

Mit vor Schreck geweiteten Augen starrte sie den Inquisitor an. „Errege dich nicht, mein Kind, ich war ein Freund deines Vaters, dem ehrenwerten Conradius Kogler. Wie du weißt, war er der Großmeister eines altehrwürdigen Geheimordens. Ich weiß, dass er dir sein Geheimnis anvertraut hat. Nach seinem grausamen Tod hatte ich die Ehre, sein Amt als Großmeister übernehmen zu dürfen. Ich weiß auch, dass du keine Schuld an seinem Tode trägst. Aber sei getrost! Der wahre Täter war Ludwig, der Vater deines Kindes. Er hat nicht nur lange Jahre deinen Vater getäuscht, sondern auch dich, indem er dich verführte und dir ewige Liebe vorgaukelte. Er ist seiner Strafe nicht entgangen. Statt der erhofften Belohnung hat er nicht nur das Messer deines Vaters zu spüren bekommen. Leider bist du damals geflohen. Du hättest meines Schutzes sicher sein können. Ich habe viele Jahre deine Spur verfolgt, dich aber nicht auffinden können. Es war, als hättest du dich in Luft aufgelöst. Umso mehr freue ich mich jetzt, dich endlich gefunden zu haben." Magdalenas Erstarrung löste sich nicht. Der Inquisitor versuchte sie zu beruhigen: "Du brauchst keine Angst zu haben. Ich werde dich der Gerichtsbarkeit nicht ausliefern. Hätte ich dir ansonsten im Prozess einen Freispruch zukommen lassen? Zudem bin ich dir zu größter Dankbarkeit verpflichtet. Du hast in all den Jahren dem Wunsch deines Vaters entsprochen und das wertvollste Kleinod unseres Geheimbundes gehütet, den Stern des I-Sabbah. Jetzt aber bin ich hier, um dir diese Bürde abzunehmen."

Magdalena entging das aufgeregte, gierige Blitzen in den Augen des Inquisitors nicht.

„Da ich nun das Amt des Großmeisters innehabe, bin ich es, dem die Sicherheit des Kleinods obliegt. Du kannst es mir getrost überlassen. Ich werde es in den sicheren Schoß des Geheimbundes zurückführen. Ich bitte dich nun, mir den Stern zu übergeben."

Magdalena löste sich aus ihrer Erstarrung und schüttelte heftig den Kopf.

Hastig ergriff sie die Wachstafel, die sie ständig um den Hals trug. Sie nutzte diese, um sich mit Emilie und Benjamin zu verständigen. Sie hatte beiden in den langen Winterabenden das Lesen gelehrt, welches diese nun leidlich beherrschten.

In schnellen Zügen schrieb sie einige wenige Worte darauf und reichte sie ihrem Gegenüber: „Ich weiß nichts von einem Stern."

Mit erhobener Stimme und nun weniger freundlich forderte der Inquisitor: „Magdalena, ich weiß genau, dass du im Besitz des Sterns bist und es ist mein Recht, ja meine Pflicht, ihn zu fordern. Zudem können wir gut auf dein Spiel verzichten. Ich weiß sehr genau, dass du nicht stumm, sondern der Sprache mächtig bist, also rede!"

Magdalena aber blieb stumm, deutete auf die Wachstafel und schüttelte wiederum heftig den Kopf.

„Magdalena!", rief der Inquisitor nun erheblich ungeduldiger, „Du musst mir den Stern zurückgeben. Er ist das Eigentum unseres Bundes. Ich werde alles tun, um ihn zu bekommen. Denke an die Macht, die ich innehabe. Ich könnte euch allesamt auf den Scheiterhaufen bringen. Auch dein Kind, Magdalena, denk an deinen unschuldigen kleinen Sohn. Willst du auch sein junges Leben verderben?"

Magdalena indes vergoss tonlos Ströme von Tränen.

„Für heute werde ich gehen. Gehe in dich! Ich werde morgen zurückkommen und werde dann nicht ohne den Stern gehen!" Abrupt erhob sich der Inquisitor und verließ grußlos das Haus.

27

Georg Waffenschmidt verließ gegen 15.00 Uhr das
Amtsgericht.

Er hatte zwei Verhandlungen hinter sich gebracht.
Nichts Besonderes, die Klage eines notorischen
Nörglers gegen seinen feierfreudigen Nachbarn
wegen Geruchsbelästigung durch fortwährendes
Grillen und wiederholter nächtlicher Ruhestörung
und eine Verhandlung gegen eine kleine
Sekretärin, die die Portokasse eines Autohauses
um ein paar Euro erleichtert hatte.

Dennoch war er müde. Die Geschichte um das
Buch, die Vorgänge im Restaurierungs- und
Digitalisierungszentrum und besonders die
Nächte mit Mairie beschäftigten ihn sehr und
ließen ihn nur wenig zur Ruhe kommen. Er freute
sich daher auf seine kleine Wohnung und ein paar
ruhige Stunden im warmen Bett. Im Foyer des
Gerichts wurde er jedoch von Kommissar Mertens
empfangen.

„Herr Waffenschmidt? Georg Waffenschmidt?"
sprach ihn Mertens kurz angebunden an, seinen
Polizeiausweis vor sich haltend.

„Ja, was kann ich für Sie tun? Aber bitte nur kurz,
ich bin sehr müde", entgegnete Georg verwundert.

„Ich fürchte, unsere Unterredung wird mehr als
ein paar Minuten dauern. Ich muss Sie bitten,
mich ins Präsidium zu begleiten."

„Aber warum? Ist etwas passiert? Können wir das nicht hier regeln?"

"Nein, Herr Waffenschmidt, ich fürchte nicht. Bitte folgen Sie mir zu meinem Wagen."

Wenig später fand sich Georg in einem Verhandlungsraum wieder, den er bislang bestenfalls von außen durch die Beobachtungsscheibe gesehen hatte. Er hatte eine gründliche Leibesvisitation über sich ergehen lassen müssen. Sogar seine Fingerabdrücke hatte er abgeben müssen. Nun wartete er schon seit über einer Stunde, aber nichts geschah.

Schließlich betraten Mertens und eine junge Polizistin den Verhandlungsraum.

Ihm gegenüber nahm Kommissar Mertens Platz, der ihn ernst betrachtete, zu seiner Rechten die mit Schreibblock und Stift ausgerüstete Polizistin.

„Herr Waffenschmidt, wo waren Sie heute Morgen zwischen 5.00 Uhr und 8.30 Uhr?", begann Mertens das offensichtlich stattfindende Verhör.

Georg war verzweifelt: „Herr Kommissar, was soll das Ganze? Wollen Sie mir nicht zunächst einmal verraten, warum ich jetzt hier sitze und mich einem Verhör unterziehen muss?"

„Bitte beantworten Sie meine Frage. Wo waren Sie in der besagten Zeit?", gab Mertens zurück, ohne auf Georgs Empörung einzugehen.

„Bitte, Herr Kommissar, ich möchte mich wirklich kooperativ verhalten, aber ich kenne schon von Berufs wegen meine Rechte. Bitte sagen Sie mir zunächst, was hier abgeht."

„Ich bitte Sie, mir zu antworten. Sie sind dringend tatverdächtig in einer Mordsache", Mertens wurde deutlich schärfer.

„Mord?", Georg traute seinen Ohren nicht, "Und ich werde verdächtigt? Das ist doch absurd! Aber, na gut, ich bitte Sie, meine Aussage vertraulich zu behandeln. Wie Sie wahrscheinlich bereits wissen, war ich bis ca. 1.00 in der Nacht bei meiner Schwester in Gummersbach. Dann habe ich die junge Dame, die das Tagebuch unserer Ahnin entziffert hat, nach Hause gefahren. Ich bin die Nacht über bei ihr geblieben. Um ca. 7.45 Uhr habe ich ihre Wohnung verlassen, da ich einen Gerichtstermin hatte. Die Dame heißt Mairie Brennan und wird meine Aussage sicher bestätigen."

„Das wird schwierig sein", kommentierte Mertens lakonisch, „Mairie Brennan ist tot. Sie ist das Mordopfer und Sie waren im Rahmen ihres Todeszeitpunkts mit ihr zusammen. Ihre Fingerabdrücke sind überall in der Wohnung zu finden."

Georg war fassungslos. Reglos starrte er auf Mertens, während sich seine Augen mit Tränen füllten.

Unfassbar, Mairie war tot, nie wieder würde er in ihren grünen Augen versinken.

„Warum sollte ich Mairie etwas antun?", stammelte Georg unter Tränen. Ich kannte sie noch nicht sehr lange, aber ich hatte mich in sie verliebt. Sie hat uns geholfen, das alte Tagebuch zu entziffern. Ich hatte keinen Grund."

„Dennoch spricht einiges gegen Sie", dozierte Mertens,

„Eine Nachbarin hat Sie zur Tatzeit aus der Wohnung kommen sehen. Sie waren in Eile. Niemand anderes wurde am Tatort gesehen. In der Wohnung sind nur Ihre Fingerabdrücke und die von Frau Brennan gefunden worden. Auch die Hilfe an dem Tagebuch entlastet Sie nicht. Vielleicht hat Frau Brennan etwas herausgefunden, was nicht bekannt werden darf. Schließlich geht es in dem Tagebuch auch um einen Gegenstand von großem Wert. Frau Brennans Stick mit der Kopie des Tagebuches wurde in Ihrer Aktentasche gefunden, nach unserer Einschätzung der einzige Gegenstand, der in ihrer Wohnung fehlte."

„Mein Gott, Mairie hat ihn mir zurückgegeben. Schließlich enthielt er Daten, die Eigentum meiner Schwester sind", fiel ihm Georg ins Wort.

„Herr Waffenschmidt", Mertens verfiel in einen etwas versöhnlicheren Ton, „ich sage Ihnen ganz ehrlich, auch wenn ich Ihnen glaube, zum jetzigen

Zeitpunkt spricht vieles gegen Sie. Sie können
jetzt gehen. Ich muss Sie aber bitten, sich zur
Verfügung zu halten."
Georg Waffenschmidt verließ völlig aufgeregt und
verstört das Präsidium, während der Kommissar
in seinem Büro noch einmal alle den Fall
betreffenden Details durchging.
Er glaubte an die Unschuld von Waffenschmidt.
Seine Reaktion auf die Nachricht über den Tod
von Mairie Brennan war echt gewesen. Er war
entsetzt und tief betroffen.
Waffenschmidt wirkte zudem nicht wie ein
Mörder, der planvoll sein Opfer aus dem Weg
geräumt hatte.
Auch das mögliche Motiv, Mairie Brennan wegen
ihres Wissens getötet zu haben, war mehr als
konstruiert.
Wer aber wusste außerdem noch davon?
Körner und Waffenschmidts Schwester waren
zum Tatzeitpunkt im Oberbergischen gewesen,
ein hieb- und stichfestes Alibi.
Im Institut hatte Mairie Brennan mit niemandem
über ihre Arbeit gesprochen.
Auch der Stick in Waffenschmidts Tasche belastete
ihn nicht wirklich. Seine Erklärung war durchaus
logisch und glaubhaft.
Die Tatwaffe, die Ballistik hatte ergeben, dass es
sich um eine großkalibrige Automatikpistole
gehandelt haben musste, war nicht gefunden

worden und konnte Waffenschmidt nicht zugeordnet werden.

Aber - wenn Waffenschmidt nicht der Täter war, wer steckte dann hinter dem Mord?

Bestand wirklich ein Zusammenhang zwischen den Vorfällen im Institut und dem Mord an Mairie Brennan? War der gleiche Täter für den Tod beider Frauen verantwortlich, oder gab es eine andere Erklärung?

Die Tatsache, dass Bargeld, Schmuck und andere Wertsachen in Mairie Brennans Wohnung unangetastet geblieben waren, sprach gegen einen Raubüberfall.

Das Motiv des Täters war ein anderes.

Mertens Gedanken drehten sich im Kreis, landeten aber immer wieder bei dem Tagebuch der Magdalena Kogler und dem Stern des I-Sabbah. Mertens beschloss, Mechthild Waffenschmidt aufzusuchen.

Wenige Minuten später lenkte er seinen Dienstwagen ins Oberbergische.

28

Magdalena war verzweifelt. Wie so oft zog sie sich
in den Stollen hinter dem Hammerteich zurück.
Den Stollen hatten Bergarbeiter schon vor vielen
Jahren auf der Suche nach Erzen in den Berg
getrieben. Da sie aber entgegen ihrer Erwartung
nicht fündig geworden waren, oder sich die
erwartete Erzader als nicht ergiebig genug
erwiesen hatte, hatten sie ihr Vorhaben
aufgegeben.
Dies war in dieser Gegend nicht ungewöhnlich.
Vom rechtsrheinischen Köln bis ins tiefe
Sauerland zog sich eine lange aber nur wenige
Kilometer breite Verwerfung, die viele Erzadern
enthielt.
Gefördert wurden hier schon seit der Römerzeit
Blei, Silber und ein wenig Eisen.
Nachdem hier nun die wenig ergiebige Suche ihr
Ende gefunden hatte, war nur ein Stollen von
einigen Metern, der in einer kleinen Kammer
endete, zurückgeblieben.
Rechts und links von der Kammer zweigten
kleinere Stollen ab, die aber schon nach wenigen
Metern endeten, da auch dort die erhoffte Erzader
wohl ausgeblieben war. In der Kammer herrschte
Sommer wie Winter eine nahezu gleiche
Temperatur, die sich hervorragend für die
Lagerung von Heilpflanzen und Salben, aber auch

zur Frischhaltung von Vorräten eignete. Den Stollen nutzte Emilie schon viele Jahre zu diesem Zwecke. Daher waren die Kammer und die angrenzenden Stollen mit Regalen ausgestattet. Sie enthielten Unmengen von irdenen Gefäßen und Körben in den unterschiedlichsten Größen, die der Lagerung dienten.

In einer Ecke war eine kleine Nische. Hier tropfte beständig Wasser aus dem Berg. Es füllte einen Holzeimer, dessen Überlauf sich in einer schmalen, grob in den Fels gehauenen Rinne entleerte.

Alles war sauber geordnet und verstaut.

In der Mitte der Kammer befand sich ein großer Eichentisch, an dem Medizinen und Salben zubereitet werden konnten.

Die Kammer wurde durch eine grobe Eichentür verriegelt, um den wertvollen Inhalt vor dem Zugriff von Ratten, Mäusen und anderem Ungeziefer zu schützen. An diesem Ort hatte Emilie Magdalena in viele ihrer Geheimnisse eingeweiht.

Magdalena liebte diesen Ort wegen seiner Stille und Dunkelheit. Hier fühlte sie sich geborgen, hier konnte sie wirklich allein mit all ihren Gedanken sein.

Auf einem kleinen Regal hatte sie auch die Madonna aufgestellt, die sie aus der Wohnung der Fährleute mitgenommen hatte und mit der sie täglich, leise flüsternd, Zwiesprache hielt. Sie war sicher, dass sie dabei ihr Gelübde nicht verletzen würde.

Auch an diesem Abend teilte sie mit der kleinen Statue all ihren Kummer und ihre Verzweiflung.

Die Lage schien aussichtslos. Sie hatte ihrem Vater, als dieser sie in seine Geheimnisse eingeweiht hatte, geschworen, den Stern an sich zu nehmen, möglichst niemandem zu zeigen und ihn nie aus der Hand zu geben.

Niemals sollte er in die Hände anderer, auch nicht in die der besten Freunde oder Verwandten, gelangen.

Einzig von Generation zu Generation sollte das Kleinod durch die Zeiten getragen werden, um, vielleicht in ferner Zukunft, seine Bestimmung zu erfüllen.

Andererseits war der Inquisitor der rechtmäßige Nachfolger ihres Vaters, als der Großmeister der Bruderschaft des Sterns des I-Sabbah.

Hatte er nicht tatsächlich das Recht, den Stern einzufordern? Nein, ihr war die Gier, die ihm ins Gesicht geschrieben stand, als er den Stern einforderte und das voll Habsucht fast irrsinnige Blitzen seiner Augen nicht entgangen.

Woher wusste er von Ludwigs betrügerischen Taten, ihr und ihrem Vater gegenüber? Woher wusste er, dass ihr Vater ihn im Kampfe verletzt hatte?

Wieso hatte er Kenntnis davon, dass Ludwig ein gedungener Verräter war, der alles nur mit Aussicht auf eine Belohnung getan hatte? Warum hatte er Ludwig getötet und ihn nicht stattdessen der Gerichtsbarkeit übergeben und damit die Tat zur Aufklärung gebracht?

War er vielleicht selbst Ludwigs Auftraggeber und hatte sich mit dem Mord an Ludwig eines unliebsamen Mitwissers entledigt?

Für Magdalena gab es keine andere Erklärung.

Der Inquisitor, Graf von Bergen, stand hinter alledem.

Er wollte des Sterns habhaft werden und, statt des Vaters, der Großmeister des Ordens werden.

Magdalena wusste, dass sie alles unternehmen musste, um zu verhindern, dass der Inquisitor in den Besitz des Sterns gelangte.

Daher fasste sie einen folgenschweren Plan und verließ ihr Versteck, um heimlich die nötigen Vorbereitungen zu treffen.

Am nächsten Morgen schlug sie Karl und Emilie vor, sich an diesem Tage, zusammen mit Conrad ihrem Sohn und dem immer noch unglücklichen Eduard in dem Heuschober zu verstecken. War es doch sicher, dass der Inquisitor zurückkehren würde, um seine Forderung einzulösen.

Karl ließ sich nur widerwillig auf Magdalenas Vorschlag ein. Wie konnte er in einem Versteck ausharren, während sich Magdalena diesem

verschlagenen, habgierigen Unmenschen
auslieferte?

Die Kinder aber und seine Frau waren ebenso in
größter Gefahr, wie die Drohungen des Inquisitors
verraten hatten.

Sie benötigten ebenso seinen Schutz.

„Geh mit ihnen, beschütze auch mein Kind und
Eduard", bat Magdalena, „Der Inquisitor wird mir
nichts antun, wenn ich seine Forderungen erfülle.
Mein Tod würde ihm nicht von Nutzen sein."

Schweren Herzens willigte Karl ein und die vier
verließen in aller Frühe die Schmiede.

Benjamin erwachte wie aus einem Traum. War er
im Himmel? Hatte er nicht in das Antlitz seiner
Mutter geschaut? Wo war sie jetzt? Er öffnete die
Augen und blickte direkt in die eines
blondgelockten Engels, der sich über ihn beugte.

„Er scheint zu leben Herr, was sollen wir tun?",
rief der Engel, während er sich umwandte.

„Ladet ihn auf den Karren, aber Vorsicht, er
scheint viel Blut verloren zu haben und dem Tode
näher als dem Leben."

Benjamin verspürte einen stechenden Schmerz in
der Brust, als er von vielen Händen aufgenommen
wurde und verlor erneut das Bewusstsein.

29

Georg war schockiert. Wie in Trance hatte er das Polizeirevier verlassen und war mit dem Taxi in seine Wohnung gefahren. Mairie war tot. Er hatte sie nicht lange gekannt, doch tiefe Zuneigung zu ihr empfunden. Georg konnte das alles nicht fassen. Warum hatte sie sterben müssen. Hätte er sie nie kennen gelernt und sie mit der lächerlichen Tagebuchgeschichte belästigt, wäre sie wohl noch am Leben. Georg war geplagt von Selbstvorwürfen.

Ganz entgegen seiner sonstigen Gewohnheiten, goss er sich ein Glas des irischen Whiskys, den er schon seit Jahren auf seiner Anrichte stehen hatte, randvoll ein.

Den letzten hatte er mit Mairie geleert. Georg setzte sich auf sein Sofa und nahm einen tiefen Schluck.

Wie in einem Film liefen die wenigen, aber doch so intensiven Erinnerungen an Mairie vor seinen Augen ab. Die ganze Situation schien irreal, kaum zu begreifen.

Auf dem gläsernen Beistelltisch an seiner rechten Seite brummte plötzlich sein Handy. Auf dem Display erschien die Rufnummer von Meggy. Nein, er konnte jetzt nicht telefonieren.

Stattdessen goss er sich ein großes Glas Whisky nach. Nach drei weiteren gut gefüllten Gläsern forderten die Anstrengungen des Tages und der Alkohol ihren Tribut und er schlief auf dem Sofa ein.

Georg erwachte gegen 1.00 Uhr, weil sein Handy einfach keine Ruhe gab. Schließlich meldete er sich, vom Schlaf und Alkohol benebelt, um den Störenfried zurechtzuweisen. Dieser ging jedoch zum Angriff über: „Wach auf du Weichei! Dein Betthase ist tot und du betrauerst dich selbst!" Für Georg kam diese Stimme aus dem Off. Wer war der Anrufer? Woher wusste er von der ganzen Sache? Was wollte er von ihm?

„Du willst doch bestimmt wissen, wer die Brennan auf dem Gewissen hat? Ich kann dir da weiterhelfen", klang es aus dem Hörer.

„Wer sind Sie? Wieso wissen Sie wer der Täter ist?"

„Nun", kam die Antwort, „sagen wir, ich stehe dieser Person sehr nahe." „Und wieso bieten Sie ausgerechnet mir diese Informationen an? Wieso gehen Sie nicht zur Polizei?"

„Leider ist die Polizei nicht mein persönlicher Freund und Helfer. Ich möchte dort so wenig wie möglich in Erscheinung treten. Außerdem ist die Polizei nur selten bereit, für Informationen zu zahlen. Bei Ihnen erhoffe ich mir da etwas anderes."

Es ging also um Geld, dachte Georg bei sich. Warum auch nicht. Ihm war die Information, wer

Mairie getötet hatte durchaus Geld wert, wenn nötig auch viel Geld. „Also gut, was ist ihr Preis? Wieviel wollen Sie?"

„Sie verstehen mich falsch, Herr Waffenschmidt, mir geht es nicht um Geld. Ich denke eher an einen Tausch:

Information gegen Information. Aber ich möchte das nicht am Telefon klären. Ich weiß nicht, ob Ihr Handy inzwischen überwacht wird. Die Polizei hatte es ja den ganzen Tag zur Verfügung." „Okay, wo sollen wir uns treffen?", fragte Georg hektisch. „Sie finden einen Brief an ihrer Wohnungstür!", war die knappe Antwort des Fremden, bevor dieser das Gespräch abrupt beendete. Georg begann vor Aufregung zu schwitzen. Wollte er sich wirklich in Gefahr begeben? War es nicht besser, die Polizei zu verständigen? Was aber, wenn der fremde Informant davon erfuhr und seine Informationen für sich behielt. Nein, so weit durfte er es nicht kommen lassen. Georg schlüpfte in seine Jeans und seine Sneakers, warf sich eine dünne Jacke über und öffnete hastig das Couvert, dass mit einem Klebestreifen an der Wohnungstür haftete. „Volksgarten, Fort Paul", war die einzige Information des inliegenden Blattes. Georg machte sich sofort auf den Weg. Von seiner Wohnung aus hatte er nur einen Fußweg von zehn Minuten zurückzulegen. Die Stadt war hier nur wenig belebt, zumindest zu dieser Uhrzeit. Georg schaute sich ständig verunsichert um, aber niemand schien ihn zu verfolgen. Im Park selbst war keine Menschenseele unterwegs. Sogar die letzten Hundeherrchen hatten es geschafft, ihren Tieren ihr Geschäft auf dem nahegelegenen Kinderspielplatz unbemerkt zu ermöglichen. Schließlich bemerkte Georg eine einsame Gestalt auf einer Parkbank direkt am Fort.

„Bleib stehen!", rief diese, als sich Georg anschickte näher zu treten. Georg nahm allen Mut zusammen: „Hier bin ich! Nun ist es an Ihnen, unser Geschäft abzuschließen." „Unser Geschäft!", höhnte der Fremde, „Von einem Geschäft kann hier nicht die Rede sein. Ich will etwas von dir und du kannst froh sein, wenn du morgen noch in dein Butterbrot beißen kannst." Während dieser Worte hatte der Fremde einen kleinen, metallisch blitzenden Gegenstand, der neben ihm auf der Parkbank gelegen hatte, ergriffen und richtete diesen direkt auf Georg. Obwohl Georg in der Dunkelheit nur Schemen wahrnehmen konnte, war ihm sofort klar, dass eine Waffe auf ihn gerichtet war. Es ertönte ein sirrendes Geräusch und Georg verspürte einen leichten Stich im Oberschenkel.

„Mein Gott, was wollen Sie von mir?", rief er verzweifelt, bevor er sein Bewusstsein verlor. Georgs rechter Oberschenkel, besonders aber sein Kopf, schmerzten heftig, als er zu sich kam. Er war mit beiden Beinen an Stuhlbeinen gefesselt. Seine Arme waren hinter der Lehne zusammengebunden. Die Fesseln schnitten heftig in seine Handgelenke und begannen das Blut abzuschnüren. Das Licht einer einzelnen Leuchte blendete ihn, sodass er nicht in der Lage war, seine weitere Umgebung einzusehen. Aus diesem Nichts ertönte die Stimme des Fremden aus dem Park: „Ich will nur eine Kleinigkeit. Ich will den Stick, den du von Mairie Brennan bekommen hast. Gib ihn mir und ich überlege mir, ob ich dich gehen lasse." „Da kommen Sie zu spät!", Georg suchte verzweifelt einen Ausweg aus seiner Situation, „Da Sie ja alles bereits wissen, wissen Sie ja auch, dass ich den halben Tag im Polizeipräsidium verbracht habe. Den Stick hat Kommissar Mertens beschlagnahmt."

„Okay", kam die Antwort, „was war auf dem Stick gespeichert?" Georg verspürte trotz der bedrohlichen Lage leichtes Oberwasser. Der Fremde hatte offensichtlich keine Ahnung von dem Tagebuch. Georg versuchte Zeit zu gewinnen: „Woher soll ich das wissen? Mairie hat ihn mir am Morgen gegeben. Dann musste ich mich beeilen, um pünktlich im Gericht zu sein. Als ich das Gericht verließ, hat mich Mertens ins Präsidium geschleppt. Wann bitte sollte ich nachgeschaut haben, was auf dem Stick ist?"

„Blahblah, die Brennan hat den Stick von deiner Schwester bekommen. Erzähl nicht, dass du nicht weißt, was drauf ist. Weißt du was, Waffenschmidt? Ich habe eine Idee, wie wir unser Gespräch deutlich verkürzen können. Das ist dir doch auch sicher recht, oder? Schau her, das eine Ende des Kabels habe ich, als du noch so süß geschlafen hast, um deine Wade gewickelt. Das zweite Ende habe ich hier und nun darfst du raten, wo das dritte Ende des Kabels ist! Richtig, es steckt in der Steckdose hinter dir. Preisfrage: Was glaubst du, was passiert, wenn ich dir mein Kabelende an dein süßes Mauseöhrchen halte?"

Georg versuchte sich verzweifelt loszureißen. Was sollte er nur tun? Es gab kein Entkommen.

„Nein!", schrie er voller Todesangst, „Ich weiß wirklich nicht alles, was auf dem Stick ist! Ich weiß nur von der Kopie eines Tagebuchs aus dem siebzehnten Jahrhundert!"

„Das war sehr klug von dir. So liebe ich die Teamarbeit. Und weißt du was? Ich glaube dir! Der Stick ist bei Mertens. Jetzt fehlt nur noch eins: Wo ist das Original? Wo ist das Tagebuch?" Georg zuckte zusammen. Der Stromschlag war heftig und schmerzhaft. Warum reagierte keine Sicherung auf den Kurzschluss? Kurz darauf ein zweiter Schlag. Diesmal länger und heftiger. Georg spürte, wie sein Herz stolperte und unrhythmisch schlug. Georg schrie aus

Leibeskräften: „Ich weiß nicht, wo das Tagebuch ist! Meggy versteckt es irgendwo in der alten Schmiede!" „Warum nicht gleich so", höhnte Josef, „aber Vertrauen ist die eine Sache. Ich mache dir folgenden Vorschlag: Ich fahre nach Gummersbach und schaue nach und du wartest hier, bis ich zurückkomme. Wenn ich nichts gefunden habe, überlegen wir gemeinsam, wie es mit uns beiden weiter geht. Ich hab da auch schon eine Idee, die nur einem von uns beiden so richtig Spaß macht." Josef wandte sich von Georg ab. Der Lichtkegel seiner Taschenlampe traf auf eine Stahltür. Georg schloss daraus, dass er sich in einem Kellerraum befinden musste. Vor der Tür legte Josef die Lampe auf den Boden: Ich bin kein Unmensch. Du sollst nicht im Dunkeln sitzen und weinen!" Dann knallte die Tür und Georg blieb allein zurück. In seiner Verzweiflung versuchte er sich zu bewegen. Die Fesseln, vermutlich Kabelbinder, waren fest geschnürt und ließen keine Bewegungsfreiheit. Er war fest an dem Stuhl fixiert. Georg wusste, wenn er den Stuhl zum Kippen brächte, wäre die Gefahr groß, sich erheblich an der Schulter oder gar am Kopf zu verletzen, aber er hatte keine Wahl. Mit der verbliebenen Bewegungsfreiheit begann er, zuerst leicht, dann immer heftiger, seitwärts zu kippeln. Schließlich fiel er krachend zu Boden und verspürte einen heftigen Schmerz in der Schulter.

Georg glaubte aber nicht, sich etwas gebrochen zu haben. Glücklicherweise war dem Stuhl ein anderes Schicksal beschieden gewesen. Die Rückenlehne war beim Sturz zerbrochen und es gelang Georg, Bewegungsfreiheit zurückzugewinnen. Nach einigen Minuten war es ihm gelungen, auch seine Beine von den Trümmern des Stuhles zu befreien. Dennoch blieben seine Arme hinter dem Rücken verschnürt. Georg stolperte zur Tür. Josef musste sehr sicher gewesen sein, dass es für Georg kein Entkommen geben würde. Er hatte die Tür nicht verschlossen. Daher glückte es ihm, die Klinke mit dem Ellenbogen herabzudrücken, eine geschwungene Treppe nach oben zu nehmen und nach draußen zu gelangen. In der Ferne sah er das Licht einer einsamen Straßenlaterne. Georg hatte keinen Anhaltspunk, wo er sich befand. Daher stolperte er in wilder Panik in das Dunkel hinein.

30

Mertens hatte Mechthild Waffenschmidt nicht in
ihrem Hause angetroffen. Eine Nachbarin hatte
ihm verraten, wo sie zu finden sein könnte und
ihm den Weg zur Schrottverwertung beschrieben.
Als er auf dem Schrottplatz vorfuhr, fand er dort
alle in heller Aufregung. Georgs Anwaltskollege
hatte angerufen und Meggy von dessen
Verhaftung in Kenntnis gesetzt. Zurzeit versuchte
er Georg zu erreichen. Der meldete sich aber nicht
am Telefon und war offensichtlich nicht zu Hause.
Daher hatte Georgs Kollege gehofft, seinen
Kanzleipartner im Oberbergischen zu erreichen.
„Sie haben tatsächlich die Frechheit, hier zu
erscheinen?", wurde Mertens von Meggy
empfangen. Meggy war außer sich vor Wut. Wie
konnte dieser verblödete Bulle es wagen, ihren
Bruder zu verdächtigen. „Was haben Sie mit
meinem Bruder gemacht! Schlimm genug, dass
seine Freundin ermordet wurde, aber dass Sie ihm
darüber hinaus noch einen Mord in die Schuhe
schieben wollen, schlägt dem Fass den Boden aus.
Lernt man so was auf der Polizeischule?"
„Frau Waffenschmidt!", Mertens behielt seine
Ruhe, „Der Grund für meinen Besuch ist
folgender: Ich muss Abbitte tun. Tatsächlich habe
ich Ihre Geschichte nicht ganz ernst genommen
und keinen wesentlichen Zusammenhang

zwischen Ihrer Geschichte und dem Mord im Institut gesehen. Der zweite Mord an Frau Brennan und ein möglicher Zusammenhang zum ersten Mord, lassen das Ganze aber in einem anderen Licht erscheinen. Mein Gefühl sagt, dass Ihr Bruder unschuldig ist, vieles spricht aber gegen ihn. Er wurde am Tatort zur Tatzeit gesehen. Er hatte Kenntnis von den Dokumenten, wobei es in der Sache wohl auch um einen Gegenstand von hohem Wert geht. Ihr Bruder hatte Schulden. War Ihnen das bekannt? Er hat im vergangenen Jahr einen größeren Betrag bei Aktienspekulationen verzockt. Hatte Mairie Brennan ein Geheimnis gelüftet, für das Ihr Bruder jeden Mitwisser beseitigen wollte? Schließlich war er auch im Besitz des Sticks mit Mairie Brennans Arbeitsergebnissen."

„Sie sind vollkommen wahnsinnig!", empörte sich Meggy, „Verlassen Sie sofort das Gelände, sonst werden Sie mich kennenlernen!"

Zwei der Mitarbeiter, die die Szene aus einiger Entfernung beobachtet hatten, unterstützten Meggys Drohung, indem sie sich mit ernsten Gesichtern neben Meggy postierten.

„Jetzt ist aber mal gut!", schaltete sich Conrad ein, dem die Situation mehr als unangenehm war und verhindern wollte, dass das Ganze eskalierte. „So kommen wir nicht weiter! Der Kommissar tut sicher, was er tun muss. Wir müssen alles noch einmal überdenken, damit wir Georg entlasten können. Es muss doch noch andere Hinweise geben!"

Mertens nickte zustimmend. „Deshalb bin ich hier. Wer wusste noch von dem Buch? Gibt es irgendjemanden, dem sie auch nur annäherungsweise davon erzählt haben?"

„Nur ich! Ich habe das Ganze aber bislang nicht ernst genommen." Meggys Vater war näher herangetreten. „Meine Mitarbeiter wussten nichts davon. Außerdem lege ich für jeden von ihnen meine Hand ins Feuer."

„Das wird nicht nötig sein", konstatierte Mertens, „aber genau das beschränkt die Zahl derer, die für die Taten verantwortlich sein könnten. Ihre Tochter und Herr Kogler haben ein Alibi. Sie waren vom Tatort weit entfernt."

Conrad hatte eine Idee: „Was ist denn mit dem Stick? Die Geschichte, die Mairie uns erzählt hat enthält keinen Hinweis darauf, wo der Stern des I-Sabbah versteckt sein könnte. Wenn der Inhalt des Sticks keine weiteren Informationen preisgibt, wäre es doch für Georg unsinnig gewesen, dafür zu morden.

Schließlich kannten wir doch alle die Geschichte."

Mertens dachte kurz nach. „Okay, da ist was dran. Haben Sie ein Laptop in der Nähe?"

Wenige Minuten später hatte Conrad sein Laptop aus Meggys Auto geholt und hochgefahren.

Mertens reichte ihm den Stick, den er intuitiv, ohne zu wissen warum, eingesteckt hatte.

Hastig überflogen sie Mairies Aufzeichnungen.

„Da!", rief Meggy aufgeregt. Da sind noch weitere Aufzeichnungen. Mairie muss den Rest des Tagebuchs noch vor ihrem Tod entschlüsselt haben!" Sie las mit zitternder Stimme vor.

Magdalena setzte sich gefasst an den großen Eichentisch und überdachte ihren Plan zum letzten Mal. Der Stern musste verschwinden. Ihn zu vernichten, käme einem Frevel gleich. Dennoch musste er für den Inquisitor unerreichbar sein. Wäre doch Benjamin bei ihr. Wo blieb er nur? War ihm doch etwas zugestoßen? Sie liebte Benjamin sehr. Er hatte sie damals vor dem Verhungern und vor der Kälte bewahrt. Er war mit ihr geflohen und hatte zu ihr gehalten, ohne jegliches Wissen über ihre Vergangenheit. Er hatte sie nie gedrängt, sich dahingehend zu äußern. Er hatte ihr Kind angenommen und ins Herz geschlossen, als sei es sein eigenes. Manchmal quälte Magdalena ein schlechtes Gewissen.

Alle Liebe, alles Vertrauen, seinen Fleiß und seinen Mut belohnte sie mit ihrem selbst auferlegten Schweigen und ungeklärten Geheimnissen.

Gleichgültig, wie dieser Tag enden würde, sie schwor sich, Benjamin alles zu berichten.

Ausserdem würde sie den Stern für alle Zeiten in Sicherheit bringen.

Ihr Versprechen würde dadurch erfüllt sein und sie damit von ihrem Gelübde entbunden.

Bislang hatte der Stern des I-Sabbah nur Unglück über die Menschen gebracht, die in seiner Nähe waren. Wie konnte er sich da jemals zu etwas Gutem wandeln? Er durfte niemals mehr in die Hände eines Menschen gelangen. Er sollte an einem Ort verborgen werden, zu dem kein sterbliches Wesen jemals wieder gelangen würde.

Ja, sie war sich sicher, das Richtige zu tun und erhob sich, um ihren Plan in die Tat umzusetzen.

Doch das Schicksal hatte kein Einsehen mit ihr.

Magdalena erschrak zutiefst, als sie vor die Türe des Hauses trat.

Der Inquisitor war früher erschienen, als Magdalena vermutet hatte.

Er war nicht alleine gekommen. Er war in Begleitung des Eustach zu Isengarten.

Was hatte dies nur zu bedeuten? Gehörte dies wieder zu einem teuflischen Plan des Inquisitors? Und wie stand es um ihr Vorhaben? Würde sie es dennoch zu einem glücklichen Ende führen können?

Der Inquisitor blickte erwartungsvoll auf Magdalena hinab, während er nur höhnisch grinste, als er sich vom Pferde schwang.

„Du siehst, Magdalena, Eustach zu Isengarten und ich haben uns versöhnt. Das war wahrlich nicht leicht und mit vielen Zugeständnissen verbunden. Wir sind nun hier, um festzustellen, ob auch wir uns in Freundschaft trennen werden!", eröffnete der Inquisitor.

Magdalena war verunsichert und schwieg. In ihrem Kopf überschlugen sich die Gedanken.

„Du hattest nun genug Zeit, in dich zu gehen. Wie die Sache nun auch steht, Eustach wird dein Geschenk sein."

Weder Eustach noch Magdalena verstanden den Sinn dieser Worte. Dennoch näherte sich Eustach mit lüsternem Blick.

„So sei es denn!", rief Magdalena und brach damit ihr langes Schweigen. Sie musste Zeit gewinnen, um sich zu fassen. „Ich werde Euch, als dem rechtmäßigen Besitzer, das Kleinod überlassen. Ihr seid es, der die lange Tradition des Ordens fortsetzen soll, als Großmeister und Hüter des Sterns des I-Sabbah."

„Nun denn, so will auch ich mich für euer Entgegenkommen erkenntlich zeigen."

Mit diesen Worten nahm er das Gewehr, welches er an einen Lederriemen gebunden an seinem Rücken trug, legte kurz an und schoss.

Dies alles geschah in nur wenigen Sekunden.
Eustach hatte sich Magdalena weiter genähert und
starrte sie an, wie eine Schlange ihr Opfer. Daher
hatte er die Worte des Inquisitors und dessen Tun
nicht wahrgenommen.

Zu dem Zeitpunkt, als sich der Schuss mit lautem
Knall löste, zuckte er zusammen und brach
lautlos, mit erstaunt blickender Miene, zusammen.

Magdalena hatte die Waffe sofort erkannt: Es war
die Radschlossmuskete ihres Mannes.

Was war geschehen? War Benjamin etwas
zugestoßen?

Ihm, dem Inquisitor, hätte er die Waffe niemals
freiwillig überlassen.

„Wie seid Ihr in den Besitz des Gewehres gelangt?
Was ist mit Benjamin geschehen?", rief Magdalena
mit blankem Entsetzen.

Spöttisch entgegnete der Inquisitor: „Er gab es
ganz freiwillig. Ich traf deinen Mann, ganz
zufällig, an der Leppestraße bei Gimborn. Dort
bewunderte er meine feine Damastklinge, als sie
ohne Widerstand in sein Herz drang. Sei getrost,
mein Kind, er hat nicht gelitten! Übrigens, das
Gewehr gedenke ich nicht zu behalten. Ich
betrachte es vielmehr als Leihgabe. Ich habe
bereits die Büttel bestellt. Sie werden das Gewehr
hier finden und natürlich ihre Schlüsse ziehen.
Wer wird dir schon glauben, einer lange
gesuchten Vatermörderin?"

„Ihr seid ein Teufel!", rief Magdalena zornig, „Dafür sollt Ihr in der Hölle schmoren!"

„Ich hoffe, dein frommer Wunsch wird sich nicht erfüllen", entgegnete der Inquisitor höhnisch, „vielleicht ereilt dieses Schicksal weit vor mir aber den Schmied, seine Frau, diese Hexe, besonders aber euer Söhnchen!"

Magdalena wusste, dass ihr Plan gescheitert war. Es war zu spät. Ihr eigenes Leben war für sie bedeutungslos geworden. Aber hatte sie das Recht das Leben ihres Sohnes und des Schmiedeehepaares zu opfern?

Sie entschloss sich, sich ihrem Schicksal zu ergeben.

Mit den Worten: „Folgt mir!", geleitete sie den Inquisitor zu dem Stollen hinter dem Hammerteich. Dieser folgte ihr mit brennender Ungeduld bis in die kleine Kammer am Ende des Ganges. Magdalena hatte am Morgen einige Talglichter entzündet, die an den Wänden der Höhle gespenstische Schatten warfen.

„Hier hast du all die Jahre den Stern aufbewahrt! Ein wahrlich gutes Versteck!", rief der Inquisitor erregt.

Wortlos löste Magdalena eine Steinplatte im Boden, entnahm der darunter liegenden Aushöhlung eine kleine, aus Bleiplatten gefertigte Kassette und überreichte sie dem Inquisitor.

Dieser stellte sie auf den Eichentisch und öffnete sie hastig.

Das Strahlen des goldenen Sterns überstrahlte die beiden Talglichter, die auf dem Tisch standen und verliehen der Kammer einen goldenen Glanz. Mit zitternden Händen, voller Ehrfurcht, hob er den Stern vor seine Augen: „Endlich, wie lange trachte ich danach, dich in meinen Besitz zu bringen. Wie viele Opfer habe ich für dich gebracht, wie viele Entbehrungen erlitten! Jetzt aber bist du mein und ich werde dein Geheimnis lüften."

Ein wütender und gleichsam verzweifelter Schrei löste sich aus Magdalenas Kehle. „So habt Ihr auch meinen Vater auf dem Gewissen!"

Der Inquisitor schien Freude an Magdalenas Qual zu haben: „Ja, auch wenn dies nicht zu meinem Plan gehörte. Franz war einer meiner besten Schüler. Ich habe ihn angewiesen, deinem Vater den Stern zu entwenden, nicht aber ihn zu töten. Doch der Vater deines Kindes war ein Tölpel. Er hat die Wehrhaftigkeit deines alten Vaters unterschätzt. Dennoch hat sich sein Fehler für mich als hilfreich erwiesen, alsda ich durch ihn zum Großmeister des Ordens erhoben wurde."

„Ich verfluche Euch!", rief Magdalena zornig, „Ihr sollt den Stern haben, aber Ihr sollt auch bitter dafür bezahlen!"

Vom Inquisitor unbemerkt, hatte sie sich in Richtung der Eichentür zurückgezogen. Behände wandte sie sich um und schlüpfte durch den Eingang. Mit Schwung warf sie die Tür hinter sich zu. Es gelang ihr aber nicht den Riegel umzulegen. Dem Inquisitor war es gelungen, seinen Fuß in die Tür zu stellen. Magdalena hatte ein Talglicht in einer Wandnische vor der Tür abgestellt.

In Ihrer Not griff sie die Schale und goss den heißen Talg in den Stiefel des Inquisitors. Mit lautem Schmerzensschrei zog er den Fuß zurück und Magdalena warf den Riegel zu. Die Tür war nicht allzu stabil und nur notdürftig aufgehängt. Sie würde dem wütenden Inquisitor nicht lange standhalten können.

Magdalenas Plan war es gewesen, den Stern für immer im tiefen Berg ruhen zu lassen.

Vielleicht würde er in einer fernen Zeit, die nicht von Hass und Habgier gezeichnet war, wiedergefunden und seiner endgültigen Bestimmung zugeführt. Zum jetzigen Zeitpunkt sollte er aber für alle unerreichbar sein.

Magdalena musste schnell handeln. Bereits am Vortage hatte sie die beiden Pulverfässchen, die Benjamin in der Schmiede aufbewahrte, um seine Waffe und die, die er noch zu fertigen gedachte, zu erproben, rechts und links vor der Tür versteckt und mit kurzen Lunten versehen.

Diese entzündete sie mit Hilfe eines Kienspans und des Talglichtes. Jetzt war Eile geboten. So schnell sie laufen konnte eilte sie zum Ausgang des Stollens und sprang mit einem weiten Sprung in den Hammerteich.

Kaum war sie untergetaucht, erschütterte eine heftige Explosion die gesamte Umgebung.

Große und kleine Gesteinsbrocken durchschlugen, rings um Magdalena, die Wasseroberfläche.

Einer der Steine traf sie schmerzhaft an der Schulter. Als sie auftauchte, hatte sich der Rauch noch nicht gelegt.

Völlig durchnässt erreichte sie schließlich das Ufer.

Der Fels hinter ihr hatte sich in eine Schutthalde verwandelt. Von weiter oben waren Bäume herabgestürzt. Nur langsam verzog sich eine riesige Wolke aus Staub über den Baumwipfeln.

Als sie völlig durchnässt und von Lehm verschmiert das Haus erreichte, wurde sie bereits von drei Büttel erwartet, die der Inquisitor, wie versprochen, bestellt hatte.

„Jetzt wird sich auch mein Schicksal erfüllen. Der Inquisitor hat doch obsiegt", dachte sie bei sich.

Die Büttel hatten den Eichentisch aus der Küche geholt und Eustach zu Isengarten vor der Tür aufgebahrt.

Das Leben war noch nicht von ihm gewichen.

Mit brüchiger Stimme rief er Magdalenas Namen.

Als Magdalena zu ihm trat, schaute er sie mit schmerzverzerrtem Antlitz an: „Verzeiht mir, Magdalena. Ich werde bald vor meinen Schöpfer treten und muss für meine Untaten büßen! Ich habe den Schmied über Jahre gequält. Den Unfall seiner Söhne habe ich beobachtet. Ich hätte helfen können, habe dies aber unterlassen, sodass beide zu Tode kamen. Euch habe ich versucht als Hexe zu brennen und zu schänden. Ich habe Eure Verzeihung nicht verdient, bitte aber dennoch darum, als elender Sünder, der bald an der Tür der Hölle anklopft."

Magdalena nahm seine Hand in die ihre, mit der anderen strich sie über seine Wange: „Nicht ich bin es, die Euch richtet. Dies obliegt nur Gott, unserem Herrn. Es ist schwer, Euch zu verzeihen, dennoch soll es sein. Geht hin in Frieden."

Nachdem Magdalena geendet hatte, lösten sich die Züge Eustachs. Ja, er schien zu lächeln, als ihn der letzte Lebenshauch verließ.

Mit strengen Mienen schickten sich die Büttel an, Magdalena in Ketten zu legen. Sie wurden bei ihrer Arbeit von lauten Rufen unterbrochen.

„Haltet ein! Gebt sofort diese Frau frei! Ihr soll kein Leid geschehen!"

Vier berittene Soldaten in vollem Harnisch galoppierten den ausgefahrenen Fuhrweg zur Schmiede hinauf. Einer trug an seiner Lanze das

Wappen des Grafen von Gimborn, den sie in ihrer Mitte eskortierten.

Mit elegantem Schwung stieg dieser vom Pferd und fasste Magdalena an beide Schultern. „Keine Angst, gute Frau. Alles Leid hat jetzt ein Ende. Du und deine Familie stehen unter meinem persönlichen Schutz!"

Magdalena schossen die Tränen in die Augen. Nichts war vorbei, Benjamin war tot und sie und ihr Kind alleine. Was sollte nun mit ihnen geschehen?

Der Graf schien Magdalenas Verzweiflung zu spüren und rief: „Keine Sorge, dein Mann lebt! Er ist schwer verletzt und noch sehr schwach, aber er lebt und mit Gottes Hife, wird er wieder gänzlich genesen. Das muss er auch, ich benötige dringend seine Kunstfertigkeit. Die Schweden rücken näher!"

Magdalena konnte ihr Glück nicht fassen. Überglücklich fiel sie dem Grafen, entgegen jeder Etikette, in die Arme und dieser drückte sie herzlich.

Es war ein glücklicher Zufall gewesen, dass einer seiner Hunde, die ihn bei seinen täglichen Ausritten begleitet hatten, anschlug, als er Benjamins leblosen Körper in der Nähe des Weges gewittert hatte. Mit Hilfe des Fuhrwerkes eines vorbeiziehenden Händlers hatten er und seine Begleiter Benjamin ins nahegelegene Schloss gebracht, wo der Medikus des Grafen die schwere Wunde sofort versorgte.

Trotz seiner Schmerzen war es Benjamin gelungen, den Grafen über die Geschehnisse in Kenntnis zu setzen. Dieser war sofort aufgebrochen, um Magdalena zur Hilfe zu eilen. Wortlos luden die Büttel Eustachs Leiche auf einen Karren, um ihn nach Bellinghausen zurückzubringen.

Mit wenigen Worten erzählte Magdalena dem Grafen, was sich in den letzten Stunden zugetragen hatte. Sie verschwieg nicht, dass Arnulf von Bergen nun in seinem Grabe, tief im Berg, ruhte. Sie verschwieg jedoch, dass er dort nicht alleine ruhte, sondern kurz vor seinem Tode sein Ziel erreicht hatte: Er hatte den Stern des I-Sabbah zurückgewonnen.

Inzwischen hatten sich Emilie, Karl und die Kinder aus ihrem Versteck gewagt. Freudig fielen sie sich in die Arme. Endlich würde alles gut werden.

Der Graf von Gimborn versprach, Benjamin, sobald dieser so weit genesen war, eine Kutschfahrt zu überstehen, sicher zu ihnen zurückzubringen und verließ die Überglücklichen.

Zur Feier dieses besonderen Tages schlachtete Karl ein Ferkel und Emilie bereitete ein herrliches

Mahl. Gerade als sie sich zum Essen niedergelassen hatten, klopfte es an der Türe. Voller Misstrauen lud Karl die Radschlossmuskete und hieß Magdalena die Türe vorsichtig zu öffnen. Der Schein der Talglichter fiel auf einen hageren, aber kräftig wirkenden Mann. Hinter ihm stand eine junge Frau, mit einem kleinen Mädchen auf dem Arm. Als er Karl mit dem Gewehr erblickte, hob er abwehrend die Hände. „Bitte nicht schießen, guter Mann. Ich habe nichts Böses im Sinn. Ich heiße Hans, das hier sind meine Frau und meine Tochter. Ich bin auf der Suche nach meinem Sohn. Im Schloss Gimborn sagte man mir, dass ich ihn hier finden würde."

An dieser Stelle endeten Magdalenas Aufzeichnungen.
Die Blicke der Anwesenden schweiften in Richtung des Berghanges, vor dem einst der Hammerteich gewesen sein musste.
Der Wald hatte den Hang schon vor langer Zeit zurückerobert und nichts wies auf den Stolleneingang, der sich dort befunden haben musste, hin.
Alle waren betroffen von dem Fortgang der Geschichte.
Nein, die Kenntnis davon hätte nicht zu einem Tatmotiv geführt, denn eins war sicher: Der Stern

des I-Sabbah blieb zum jetzigen Zeitpunkt unerreichbar.

Nur eine aufwändige Suche mit schwerem Gerät würde ihn wieder zutage fördern können. Darüber hinaus hätte man eher eine Stecknadel im Heuhaufen suchen können, da niemand genau wusste an welcher Stelle des Hanges der Stollen gelegen hatte.

„Jetzt stehen wir dort, wo wir angefangen haben." Mertens griff nachdenklich nach dem Tagebuch, das Meggy auf dem Tisch neben dem Laptop abgelegt hatte.

Vorsichtig blätterte er in den alten Seiten. Erneut bewunderte er die gestochen scharfe Schrift Magdalenas und die detailreichen Zeichnungen, die sie angefertigt hatte. Hauptsächlich handelte es sich um Abbildungen von Kräutern und Pflanzen, die Magdalena zur Herstellung der Arzneien verwendet hatte. Alles das, was Emilie sie gelehrt hatte, hatte sie säuberlich aufgezeichnet. Allein deshalb war das Buch wahrscheinlich von unschätzbarem Wert. Verriet es doch viel über die Heilmethoden und das Wissen der Menschen in dieser Zeit.

Schließlich blieb sein Blick auf einer der Abbildungen hängen. Sie zeigte den Stern des I-Sabbah.

Mertens beschlich ein seltsames Gefühl. Irgendwo hatte er diesen Stern schon einmal gesehen.

Schließlich fiel ihm alles wie Schuppen von den Augen: „Ich muss sofort nach Köln. Ich muss Sie bitten, mir das Buch für kurze Zeit zu überlassen!" Wenige Minuten später raste sein Dienstwagen über die A4 in Richtung Köln.

Mertens wartete nicht, bis ihm das Dienstmädchen Einlass gewährte, sondern drängte mit vorgehaltenem Dienstausweis an ihr vorbei.

Wenig später klopfte er an die Tür des Arbeitszimmers von Professor Schneider.

Dieser saß, wie seinem ersten Besuch, an seinem schweren Schreibtisch, in einen dicken, augenscheinlich alten Folianten vertieft.

„Guten Tag, Herr Kommissar. Ich habe Sie bereits erwartet", sagte er unaufgeregt und ohne auf dessen stürmisches Eindringen zu reagieren.

Mertens umrundete den Schreibtisch und legte das aufgeschlagene Tagebuch der Magdalena Kogler auf den Folianten vor dem Professor. „Ich nehme an, Herr Professor, sie wissen, worum es sich bei der Zeichnung handelt?!"

„Sie fragen Dinge, deren Antwort Sie längst kennen", entgegnete dieser kühl.

„Es handelt sich um den gleichen Stern, der das Wappen über ihrem Kamin ziert!"

„Ich bewundere Ihre Beobachtungsgabe. Richtig, es ist der Stern des I-Sabbah. Eine Gruppe von Tempelrittern erbeuteten ihn während der Kreuzzüge. Sie gründeten einen Orden, die

Bruderschaft des Sterns des I-Sabbah. Der Orden machte es sich zur Aufgabe, das Kleinod zu schützen, bis es in ferner Zukunft zu seiner Bestimmung gelangen würde. Die Bruderschaft hielt die Zeit dafür noch nicht gekommen. Dennoch ging er zu Beginn des siebzehnten Jahrhunderts in Köln verloren."

Mertens fuhr fort: „Der Orden hat bis heute Bestand, habe ich Recht? Welches Geheimnis umgibt den Stern?" „Das ist eine alte Geschichte", gab der Professor zurück, „die für viele der Ansicht nach dem Bereich der Sagen und Mythen zuzuordnen ist. Angeblich ist in einer geheimen Kammer des Sterns, die nur über einen komplizierten Mechanismus zu öffnen ist, ein Pulver verborgen, das, eingenommen, alle Krankheiten heilt und nahezu unendliches Leben verleiht."

„In welcher Verbindung stehen Sie zu dem Orden?", fragte Mertens weiter.

„Die Antwort darauf ist einfach", antwortete der Professor. „Ich bin der derzeitige Großmeister. Der Orden ist klein und zählt nur wenige Mitglieder. Sie wären jedoch verwundert, wenn sie wüssten, wer ihm angehört. Seit seinem Verschwinden ist es unsere Aufgabe den Stern zu finden. Bislang jedoch war dem Orden kein Erfolg beschieden."

„Bis zu dem Zeitpunkt, als das Dokument gefunden wurde, in dem es um die

Hexenprozesse im Oberbergischen ging. Sie haben das Siegel des Inquisitors in der Zeitung sofort erkannt. Habe ich recht?"

„Auch hier liegen Sie richtig", bestätigte der Professor.

Mertens wurde laut: „Darum musste Ellen Martin sterben. Sie wollten das Dokument, um eventuelle Hinweise zu erhalten. Immerhin war der Inquisitor der damalige Großmeister Ihres Ordens."

Unbeeindruckt entgegnete der Professor lächelnd: „Schauen sie mich an! Ich bin ein alter Mann, von Alter und Krankheit gezeichnet. Ich bin kaum in der Lage, mich in meinem eigenen Haus zu bewegen. Wie hätte ich mir Zugang zum Archivierungs- und Digitalisierungszentrum verschaffen sollen, geschweige denn in den dritten Stock der Wohnung von Mairie Brennan...", der Professor stockte, als er sich seines Fehlers bewusstwurde.

„Ich habe nicht von Mairie Brennan gesprochen. Erst recht nicht darüber, dass die Morde in Verbindung stehen könnten. Merkwürdig, dass sie wissen, dass Frau Brennan im dritten Stock wohnte!", triumphierte Mertens. „Ich glaube Ihre Aussage reicht, um mich ins Präsidium zu begleiten. Ich habe da noch einige Fragen. Betrachten Sie sich vorläufig als verhaftet, wegen

Mordes oder Beihilfe zum Mord an Ellen Martin und Mairie Brennan."

Der Professor ohrfeigte sich innerlich für seine Dummheit. Er war sich zu siegessicher gewesen und hatte den Inspektor weit unterschätzt. Dies hatte ihn dazu verleitet, so unvorsichtig und unüberlegt zu sein.

Dennoch ließ er sich nichts anmerken und sagte lächelnd. „Sie werden mir nichts nachweisen können. Ich bin alt und gebrechlich. Zudem habe ich ein eindeutiges Alibi. Ich kann mein Haus nicht ohne Hilfe verlassen. Meine Bediensteten werden alles bestätigen. Trotzdem ziehe ich es vor, mein Recht zu wahren und zu schweigen, bis ich mich mit meinem Anwalt beraten habe."

Mertens reagierte nicht weiter auf den Professor. Er zückte sein Handy und bat zwei Kollegen im Präsidium den Professor abzuholen. Wortlos verließ er die Villa. Die ganze Aktion hinterließ bei ihm einen schalen Geschmack. Der Professor hatte recht.

Man würde ihm niemals auch nur das Geringste nachweisen können. Er konnte die Morde unmöglich eigenhändig begangen haben. Er musste einen Helfer damit beauftragt haben. Sicherlich war dieser in den Reihen des Ordens zu suchen. Solange dieser Helfer im Verborgenen blieb, gab es keine wirkliche Handhabe den Professor festzusetzen. Dies erforderte zudem ein behutsames Vorgehen. Wenn die Aussage des Professors zutraf, dass dem Orden einige einflussreiche Persönlichkeiten angehörten, konnte man sich schnell die Finger verbrennen. Dieser Umstand würde dem Professor ohnehin schnell dazu verhelfen, wieder auf freien Fuß gesetzt zu werden. Alles würde schnell im Sande verlaufen. Kölscher Klüngel!

31

Der schnelle Aufbruch ließ Meggy und Conrad alles aus den Gesichtern fallen.

„Hat der sie noch alle? Zuerst beschuldigt er Georg aufs heftigste, einen Mord begangen zu haben, dann beschlagnahmt er mein Buch und verschwindet über alle Berge."

Meggy schimpfte ohne Unterlass und ärgerte sich noch mehr, als sie Conrads Grinsen bemerkte.

„Du bist genauso bescheuert! Anstatt den Bullen vom Hof zu jagen, versuchst du noch einen Sinn in dem Quatsch zu sehen, den der verzapft! Von wegen - Der Kommissar tut was er tun muss-!"

Meggys Stimme wanderte in die höchsten Tonlagen: „Jetzt sag endlich was dazu und hör auf, mich so blöd anzugrinsen!"

Betont sachlich antwortete Conrad: „Im Auto ist, glaube ich, noch eine Flasche Wein."

Mertens stocherte lustlos in dem von seiner Frau liebevoll zubereiteten Abendessen. Immer wieder kreisten seine Gedanken um den Stern, den Professor und den frei herumlaufenden Mörder. Der Professor war mit hoher Sicherheit der Drahtzieher, der hinter allem stand. Er war zunächst in Gewahrsam. Der eigentliche Täter war aber noch auf freiem Fuß und nicht greifbar, solange der Professor sich in Schweigen hüllte. Er konnte seelenruhig seine nächsten Schritte planen und zuschlagen, wo und wann immer er wollte.

„Kannst du denn niemals abschalten, Dieter?", fragte seine Frau mit vorwurfsvollem Ton.

„Nein, in diesem Fall schon gar nicht. Ich habe das Gefühl, immer nur auf der Stelle zu treten. Es wäre furchtbar, wenn ich etwas übersehen habe und der Täter kann ungestört weiter morden. Sei nicht böse, ich muss noch einmal los!", sagte Mertens entschlossen und lenkte, ohne die Antwort seiner Frau abzuwarten, kurz darauf seinen Wagen Richtung Gummersbach.

Unterwegs klingelte sein Handy. Ein Kollege des Spätdienstes rief ihn aus dem Präsidium an. „Tut mir leid, Dieter, ich weiß nicht, ob das wichtig ist, oder nur das Hirngespinst eines Verrückten. Ich habe gerade den Anruf eines ziemlich aufgeregten Herrn entgegengenommen. Er behauptet, sein Name sei Georg Waffenschmidt und seine Schwester sei in großer Gefahr. Er flehte mich an, dich sofort zu verständigen." Mertens antwortete knapp: „Danke, Helmut, das hast du richtig gut gemacht".

Dann legte er auf und trat das Gaspedal bis auf das Bodenblech seines Wagens.

Gegen 19.00 Uhr war es still auf dem Schrottplatz geworden. Meggys Vater und dessen Mitarbeiter

hatten, wie an jedem Abend, die Container
sorgsam verschlossen
Nur Meggy und Conrad hatten ihre Arbeit noch
nicht beendet. Sie hatten den ganzen Tag an dem
Renault gearbeitet und jetzt die letzten
Verschönerungsarbeiten erledigt. Darüber war es
jedoch spät geworden.
Erschöpft saßen sie nun bei Kerzenlicht in der
alten Schmiede und überlegten den weiteren
Fortgang des schon vorangeschrittenen Abends.
„Hast du Hunger?", fragte Meggy, „Ich kenne da
eine super Pizzeria, ganz in der Nähe. Wollen wir
da hin?"
„Wenn du meinst", antwortete Conrad, „kann,
muss aber nicht." „Tolle Antwort, hätte von
meinem Vater sein können!", entgegnete Meggy.
„Was soll ich dazu sagen? Ja, mir knurrt der
Magen. Andererseits bin ich so platt, dass ich im
Stehen einschlafen könnte. Außerdem fehlt mir
der Spaß am Ausgehen. Ich muss ständig an
Georg und Mairie denken. Vielleicht..." In diesem
Moment blitzte in ihrem Rücken ein helles Licht
auf. Erschrocken drehten sich Meggy und Conrad
um.
Das Licht blendete so stark, dass sie nicht
erkennen konnten, wer sich dafür verantwortlich
zeigte.
Als sich der Lichtkegel ein wenig senkte,
erkannten sie die Gestalt eines großgewachsenen

Mannes, der in der einen Hand einen gewaltigen Strahler, in der anderen eine Pistole mit aufgesetztem Schalldämpfer auf sie richtete. Er musste sich durch die kleine Luke an der Rückseite der Schmiede gezwängt haben.

„So, ihr beiden Turteltäubchen, wir wollen jetzt mal die Sache zu Ende bringen. Machen wir es kurz: Wo ist das Tagebuch?" Der Fremde war nähergetreten.

Sein Gesicht war durch eine lange Narbe entstellt, die ihm ein grausames Aussehen verlieh.

Conrad hatte sich zuerst von seinem Schrecken erholt und entschloss sich, angesichts der vorgehaltenen Waffe, keine Experimente zu machen.

„Kommissar Mertens hat das Buch, aber ein Stick mit einer Kopie liegt dort hinten auf dem Schreibtisch. Mehr können wir Ihnen nicht bieten. Nehmen Sie ihn und lassen Sie uns in Ruhe!"

Dies entsprach der Wahrheit. Meggy hatte den Stick immer wieder geöffnet, voller Hoffnung, etwas zu entdecken, was bislang übersehen worden war. Sie hatte versäumt, ihn in das Versteck zurückzulegen.

Ohne die beiden aus den Augen zu lassen, beugte der Fremde sich über den Tisch.

Er setzte seine Lampe dort ab und ließ den Stick in seiner Manteltasche verschwinden.

„Jetzt haben Sie was Sie wollen!", bat Meggy ängstlich „Ich bitte Sie, gehen Sie jetzt. "
„Das Tagebuch, alles Nebensache! Professor Schneider war ganz scharf darauf, es zu bekommen. Er hätte abwarten können, bis ihr die Drecksarbeit erledigt und das gefunden hättet wonach er wirklich sucht. Aber er wollte es anders!"
Conrad versuchte den Fremden in ein Gespräch zu verwickeln. um Zeit zu gewinnen: „Darum mussten Ellen und Mairie sterben. Sie haben sie auf dem Gewissen!"
„Beide waren sehr unvernünftig", gab der Fremde zurück. „Ellens Tod war mehr oder weniger ein Unfall, der mir eine Kugel erspart hat. Mairie hat mich übers Ohr gehauen und damit verdient, was ihr zugestoßen ist. Aber, wie gesagt, das mit der Brennan war nicht meine Idee. Ich hätte gewartet. Wie dem auch sei, der senile Professor bekommt sein Buch, aber ich will das, was hinter der Sache steckt. Ich bin es, dem das ewige Leben gebührt! Ich will den Stern! Wo ist er? Rückt heraus damit!"
„Wir wissen es genauso wenig wie Sie aber lesen Sie doch das Tagebuch! Vielleicht sind Sie ja schlauer als wir!", antwortete Conrad aufgeregt.
„Unsinn!", tönte es zurück, „Ihr habt das Tagebuch gelesen und darin ist das Versteck mit Sicherheit verzeichnet."

„Nein!", rief Meggy ängstlich, „In den Aufzeichnungen steht kein Wort über das Versteck!"

„So einfach lasse ich mich nicht abfertigen. Ich will den Stern oder ihr erlebt den nächsten Morgen im Paradies."

„Machen Sie uns nichts vor!", konterte Conrad, „Sobald wir ihnen verraten haben, wo der Stern ist, blüht uns das Gleiche wie Ellen und Mairie!"

„Möglicherweise", erwiderte der Fremde spöttisch, „für euch gibt es aber keine Alternative, als es darauf ankommen zu lassen."

Mit diesen Worten hob er die Waffe und schoss. Die Kugel sirrte dicht an Conrads Kopf vorbei und schlug weit hinter ihm in der Fachwerkwand des Hammerwerks ein.

„Die nächste Kugel trifft deine Freundin. Glaub mir, ich beherrsche mein Handwerk! Also rück raus damit! Wo ist der Stern?"

„Nehmen Sie die Schaufel hinten in der Ecke und graben Sie den Hang hinter der Schmiede um!", rief Meggy ärgerlich. „Der Stern ist in einem alten Stollen, den Magdalena in die Luft gejagt hat. Das ist es, was in ihren Aufzeichnungen steht. Lesen Sie es doch selbst!"

Mit professioneller Ruhe hob der Fremde seine Waffe und zielte auf Meggy.

Voller Verzweiflung ergriff Conrad einen schweren Schraubenschlüssel auf der Werkbank neben sich und schleuderte ihn mit aller Kraft auf den Fremden.

Er wurde nur am Oberarm getroffen.

Dennoch genügte der leichte Stoß, dass die Kugel, die sich im selben Moment löste, Meggy verfehlte. Meggy warf sich auf den Boden. Dadurch entging sie auch der nächsten Kugel. So schnell sie konnte, robbte sie zum Ausgang und verschwand in der Dunkelheit. Nur wenige Augenblicke später quietschten vor der Schmiede die Bremsen von Mertens Dienstfahrzeug. Mertens ließ den Motor laufen und stürmte mit entsicherter Pistole in die Schmiede. Dort fand er nur den vor Schreck erstarrten Conrad vor, der in die hintere Ecke des Raumes auf eine Luke deutete, durch die ein Mann sich anschickte zu fliehen. „Stehen bleiben, Polizei!", rief Mertens. Der Fremde aber drehte sich um und schoß. Er verfehlte Mertens nur knapp. Dieser hatte seinerseits seine Waffe erhoben und den Schuss erwiedert. Der Fremde war aber schon durch die Luke entkommen. Ein kurzer Aufschrei bestätigte Mertens jedoch, dass seine Kugel ihr Ziel nicht verfehlt hatte. Mertens stürmte hinter dem Fremden her, was sich als fataler Fehler erwies. Der Flüchtige war um die Schmiede herumgelaufen und schwang sich in Mertens fahrbereiten Dienstwagen. Fast gleichzeitig wurde der Platz durch das gleißende Xenonlicht des Magnetkrans erleuchtet. Noch bevor der Fremde mit Mertens Auto fliehen konnte, war der Ausleger des Krans herumgeschwenkt und der schwere Elektromagnet mit lautem Scheppern auf dem Dach des Fahrzeuges gelandet.

Sekundenbruchteile später schaukelte das Auto mit brüllendem Motor in drei Metern Höhe. Meggy seufzte erleichtert. Sie hatte sich nach ihrer Flucht aus der Schmiede im Magnetkran versteckt und geistesgegenwärtig reagiert. Glücklicherweise hatte der Schlüssel des Krans gesteckt, was ansonsten beim alten Waffenschmidt so gut wie nie vorkam.

Mertens beschattete mit einer Hand die Augen. Seine andere Hand richtete seine Dienstwaffe auf das schwebende Fahrzeug. „Es ist vorbei! Ergeben Sie sich! Werfen Sie die Waffe herunter!" Der Fremde kam der Aufforderung umgehend nach. Die Luger fiel scheppernd zu Boden und Mertens nahm sie an sich. Dann bat er Meggy, den Kran abzusenken.

Der Fremde hatte durch Mertens Kugel eine Armverletzung erlitten, dennoch legte Mertens ihm Handschellen an.

Conrad war leichenblass. „Das wurde aber auch Zeit!", entfuhr es ihm.

Nur kurze Zeit später war ein Dienstwagen der Polizeidienststelle Gummersbach vorgefahren.

Mertens Kollegen in Köln waren alarmiert worden und befanden sich auf dem Weg zum Tatort. Bei dem Fremden handelte es sich um einen gewissen Josef Reinbach, Doktor der Geschichtswissenschaften, jedoch nie als solcher tätig gewesen. Er hatte jahrelang im Dienste von Professor Schneider gestanden, womit sich für Mertens der Kreis schloss.

Ein Klinomobil des Krankenhauses in Gummersbach war schnell zur Stelle gewesen und hatte den Arm von Josef notdürftig verbunden. Er hatte Glück gehabt: Mertens Kugel hatte nur eine Fleischwunde verursacht, sodass er vernehmungsfähig war. „Der Professor? Mein Auftraggeber? Lächerlich!", gestand er mit hasserfüllter Miene, „Ja, früher war das einmal so! Er hat mich aus der Gosse geholt und in die Geheimnisse des Ordens eingeweiht. Er hat mir Schwüre abverlangt und mich irgendwelchen unsinnigen Ritualen unterzogen. Ich habe den Firlefanz sehr ernst genommen und fühlte mich wie ein Ritter, der ein lange gehütetes Geheimnis zu bewahren hatte.

Schon vor Jahren habe ich die Wahrheit herausgefunden. Professor Schneider ist völlig verrückt! Es gibt keine Bruderschaft des Sterns des I-Sabbah! Sein einziger Ordensbruder war ich! Das große Geheimnis des Sterns erteilte mir

Absolution für meine Taten. Es ging doch schlussendlich um die Rettung der Menschheit! Später wurde mir aber auch klar, dass die geheimnisvolle Geschichte um den Stern viel Wahrheit beinhalten könnte und träumte davon, wie es wäre, wenn nicht der Professor, sondern ich in dessen Besitz gelangen würde.

Ich musste dabei nur weiterhin die für mich sehr einträglichen Aufträge des Professors ausführen und die Ergebnisse der Forschungsarbeiten abwarten. Ich hatte dabei ja nichts zu verlieren."

In seinen weiteren Ausführungen erklärte Josef, dass der Professor irgendwann bei seinen Studien auf die alte Geschichte gestoßen war. Es gab nur wenige Aufzeichnungen über den Orden.

Das Wenige aber hatte dessen Fantasie beflügelt.

Seine Gier, das Geheimnis zu lüften und des Sterns habhaft zu werden, hatte ihn in den Wahnsinn getrieben.

Die Wahrheit war, dass der Orden nach dem Verschwinden des letzten Großmeisters, Arnulf von Bergen, aufgelöst worden war.

Der Professor hatte sich in seinen wirren Fantasien verlaufen und sich selbst zum Großmeister ernannt.

In Bezug auf die Mordfälle hüllte sich Josef in Schweigen.

Die Waffe, die er bei sich getragen hatte, war aber mit großer Wahrscheinlichkeit die, mit der Mairie Brennan erschossen worden war.

Eine ballistische Untersuchung würde dies klar belegen.

Der Tod von Ellen Martin war nicht geplant gewesen. Sie war unglücklich gestürzt. Josef hatte das jedoch wohl ohne Reue in Kauf genommen.

Josefs Ausführungen deuteten aber auf weitere Verbrechen im Namen des Professors hin. Dessen Recherchen und die vielen damit verbundenen Reisen hatten großer finanzieller Aufwendungen bedurft.

Zudem pflegte der Professor einen exklusiven Lebensstil, der dem eines Großmeisters zu entsprechen hatte.

Seine vielfältigen Kontakte hatten es ihm aber ermöglicht, zahlreiche lukrative Geschäfte in Köln abzuwickeln. Die meisten davon bewegten sich am Rande der Legalität. Und wenn es notwendig wurde, war es Josefs Aufgabe dafür zu sorgen, dass alles im Sinne des Professors lief. Seine besondere Art der Unterstützung hatte den legalen Rahmen, sicherlich in mehr als einem Fall, weit überschritten.

Es war zu erwarten, dass dahingehende Ermittlungen einiges zutage befördern würden.

Gegen 24 Uhr war der Spuk beendet. Klinomobil und Polizei waren abgefahren. Conrad und

Meggy waren völlig entkräftet nach Strombach gefahren.

Die Schrecken der vergangenen Ereignisse steckten beiden noch tief in den Knochen. Sie sprachen wenig.

Auch wenn nun Meggys Bruder Georg völlig entlastet und das Geheimnis des Sterns weitestgehend gelüftet war, konnten sie sich nicht wirklich über diesen Umstand freuen.

Mairie Brennan war tot, ebenso wie Ellen Martin. Sie hatten ihre Leben gelassen für das Gespinst eines alten Mannes. Ein Umstand dämpfte bei beiden zusätzlich die Stimmung: Conrads Job in Köln war erledigt und die Zeit des Abschieds rückte unweigerlich näher.

Epilog

Conrad hatte sich herzlich von der Belegschaft des Institutes verabschiedet. Seine Arbeit war getan. Die Maschine lief zuverlässig und lieferte gute Ergebnisse.

Durch Josefs Verhaftung in Verbindung mit der Tatwaffe war Georg entlastet. Er hatte jedoch einen Nervenzusammenbruch erlitten und wurde zurzeit in einem Sanatorium behandelt.

Zum letzten Mal hatte Conrad seinen Wagen, diesmal aber einen tadellos schnurrenden Megane, Richtung Strombach gelenkt. Meggy hatte ihm mit total verheulten Augen die Tür geöffnet, ihn aber nicht ins Haus gelassen.

„Komm gut zu Hause an, Doktorchen. Lass mal was von dir hören - Nee, besser nich - und Grüße an die Gattin!", schluchzte sie, nachdem sie ihm einen Abschiedskuss auf die Wange gehaucht hatte.

„Mach's gut, kleine Schrottplatzprinzessin!", hatte er erwidert und war mit wackeligen Beinen zu seinem Auto zurückgestolpert.

Nach dem üblichen Stau auf der A45, kurz vor Dortmund, tuckerte er gedankenverloren in Richtung Hannover.

„Du bist ein Feigling!", schimpfte er mit sich selbst, „Kriechst zurück in Elkes Schoß, anstatt dein Glück zu packen und nicht wieder loszulassen."

Auf dem nächsten Rastplatz hielt er an und wählte Meggys Nummer. Sie meldete sich auch beim dritten Versuch nicht. Danach telefonierte er mit Elke.

Sie war nicht erfreut von Conrads Umzugsplänen ins Rheinland, schien aber auch nicht tief betroffen. Conrad verließ erleichtert über seine Entscheidung die Autobahn in Bad Eilsen Ost um in Gegenrichtung wieder aufzufahren.

Tief verschüttet in einem Hang im Oberbergischen saß in einer Felsenkammer eine reglose Gestalt an einem schweren Eichentisch, umgeben von verstaubten irdenen Töpfen und Körben, sauber in Regalen verstaut.

Seit fast vierhundert Jahren umklammerten seine knöchernen Hände ein Kleinod aus purem Gold. Sein bleicher Schädel starrte aus leeren Höhlen auf diesen Schatz, dessen Strahlen die Kammer in ein geheimnisvolles Licht tauchte.

Der Stern wartete schon seit vielen hundert Jahren.

Er würde nicht aufgeben zu warten und dauere es eine Ewigkeit. Es würde die Zeit kommen, alsda er gefunden würde, um seine Erfüllung zu finden:

Der Stern des I-Sabbah.

Es ist geschafft, ich habe meinen ersten Roman fertig! Ohne die fleißige Korrekturarbeit und der moralischen Unterstützung meiner Tochter Vera und meiner Frau Uta wäre das alles sehr viel schwieriger geworden. Darum: Ganz herzlichen Dank an euch beide! Sollten sich hier und da doch noch ein paar kleine Fehlerteufelchen versteckt haben, bitte ich den geneigten Leser gnädig darüber hinwegzusehen.